U0048904

How many more times will I watch the full moon rise?

Ryuichi Sakamoto

我還能再看到幾次滿月？

ぼくはあと何回、満月を見るだろう

坂本龍一

謝仲庭、謝仲其——譯

目錄

1

與癌共生

貝托魯奇與鮑爾斯

「我還能再看到幾次滿月？」最近我迎接了古稀之年的七十歲，常常想著這句話。可能有人會記得，這是出自電影《遮蔽的天空》（*The Sheltering Sky*, 1990）裡的一句台詞。是由柏納多·貝托魯奇（Bernardo Bertolucci）執導，繼《末代皇帝》（*The Last Emperor*, 1987）之後再次由我負責配樂的作品。

電影最後，原作者保羅·鮑爾斯（Paul Bowles）親自登場，輕聲說出這段話：

> 因為我們不知道死亡何時到達，所以會把生命當成一座永不乾枯的井。然而，所有事物都只出現一定的次數，並且很少，真的。你會想起多少次童年中某一個特定的下午、某個深深成為生命一部分的下午，如果沒有它，你甚至無法想像自己的人生？也許四或五次吧，甚至可能沒這麼多。你會看到滿月升起幾次呢？也許二十次。然而，這些都看似無窮。[1]

其實鮑爾斯在這部片完成後不到十年就過世，參與《遮蔽的天空》時年齡才三十過半的我，

1 專輯《async》的曲子〈fullmoon〉中，這段歌詞有各種語言版本的朗讀，取其中文版譯文。

對鮑爾斯這段話留下強烈的印象，但當時也不覺得與自己切身相關。

可是自從二〇一四年發現罹患口咽癌之後，不得不想到自己終有一死。也因為這段原委，我在二〇一七年發表的專輯《async》當中作了一首名叫〈fullmoon〉（滿月）的曲子。我加入了前述鮑爾斯在電影中的那段話，將同樣的文章翻譯成中文、德語、波斯語等各種語言，分別請熟悉這種語言的藝術家朗讀。

最後一種語言是義大利語，朗讀的其實正是貝托魯奇。我是有點隨性地問他：「如果要在這曲子裡放進義大利語的話，除了你我想不到還能找誰。你能幫忙唸嗎？」他馬上回信：「喔，好呀」。沒隔多久就把錄音檔寄過來了。

鮑爾斯的腔調一如他在戰前住在紐約時，曾經身兼前衛作曲家的身分，有一種枯淡的韻味，從語音的質感也可體會到他擁有不同於尋常美國人的豐富教養。相對地，貝托魯奇的腔調非常有戲劇性，讓人覺得不愧是來自歌劇之國的人，同樣非常精彩。

不過，貝托魯奇也就在這首曲子完成一年後離世。雖然是用錄音的形式，但他在〈fullmoon〉當中的人聲演出，成為他生前最後一次參與的作品。

手術前

在此想說明一下我目前的病況。敘述起來會有點直接，但還是請各位聽聽。

二〇一四年發現口咽癌之後，雖然宣告緩解，但是二〇二〇年六月在紐約接受檢查時，又被診斷出罹患直腸癌。前次放射治療很順利，讓我很信賴紐約的癌症中心。這回是採放射治療加上服用抗癌藥物，但開始治療幾個月之後，癌細胞一直沒有消失。

同年十二月我在日本有工作，那陣子我也覺得自己太常忘東忘西，想利用回國這段時間順便檢查一下腦部狀況，於是十一月中旬經過二星期隔離後做了健康檢查，結果腦部是正常的，沒想到卻在其他地方發現了異狀。直腸癌已經轉移到肝臟與淋巴。

這時距離放射治療結束已經過了三個月，紐約那間醫院竟然沒有告知我轉移的事實，至少在九月底就應該要發現轉移的根源才是。癌症轉移這事實使我大為震驚，但全美數一數二的癌症中心竟然也沒能查出來、或者因為某些原因沒有對我說，我一下子變得難以再信任他們。

在日本最初為我看診的腫瘤內科醫師直接對我說：「如果什麼都不做的話，壽命就只剩半年。」此外，因為放射治療已經傷害細胞，沒有辦法再以同樣的方式治療。他還說：「即使使用強烈的抗癌藥、施行痛苦的化療，五年內的生存率也是只有百分之五十。」這想必是基於統計數據得出的客觀數字吧。

說實在的我聽了很不高興。即使拿出數據給我看，但怎麼能對患者說這種話呢？連一點希望都不留如此悲觀地斷定，我既震驚、心情也嚴重低落。聽說他是很有名的大夫，但我想我們個性或許很合不來吧。

其實就在接受壽命宣告的翌日，我還要演出一場線上直播的鋼琴音樂會，後來發行成為《Ryuichi Sakamoto Playing the Piano 12122020》（2021）。當時不單精神狀況差到不行，為了便於拍攝影片，還選了一個讓人非常不舒服的演奏環境，因此我對於自己能不能發揮實力是一點信心也沒有。不過認識我愈久的人，愈是會跟我說這場彈得很好，真是件很奇妙的事。

雖然我決定不回紐約、留在東京接受治療，但因為我跟第一間醫院實在合不來，所以透過認識的醫師轉診到別間醫院。原本只打算短期回國一趟，結果就這樣留下來了。接著到另一間醫院尋求第二意見，這次被告知癌症轉移到其他器官已經是第四期。而且進一步檢查發現已經轉移到肺部，說真的情況很令人絕望。

於是，剛過新年的二〇二一年一月，我先切除原發的直腸部位，以及轉移至肝臟淋巴兩個位置的癌症手術。連大腸也要切除三十公分，手術規模不小。在手術前我竟然還傻楞楞地，站在手術室的門前一派輕鬆地向家人揮手說：「我進去啦——」當時還有拍照存證。

原本預定十二小時的手術最終花費了二十小時才結束。從上午一路做到翌日早上四點。自己都已經是「待宰羔羊」的狀態，既然決定要動手術，我就只能完全信任醫師了。更何況我也沒有什麼專業知識能夠提議：「能否切少一點，二十公分就好？」

事前就已經知道術後體力與免疫力會大幅下滑，所以手術前我每天都以走一萬步為目標。此外，這次不單是需要全身麻醉的大規模手術，醫療意外致死的風險也並非完全為零。所以還是要把握時機享受美食，大約有十天，我每晚都是以「最後的晚餐」為由吃各種美食。有時是牛排、有時是義大利菜，盡可能享用東京都內的高檔佳餚。

譫妄體驗

所幸手術一切順利，但事前我沒預料到手術後會有譫妄現象。譫妄大概有一個星期斷斷續續發生，連醫生也束手無策。

最嚴重的一次是手術隔天，我一睜開眼睛，就覺得自己不知為何住在韓國的醫院裡，也不是在首爾，而是在大城市之外的地區醫院。我匯聚所有能想到的各種片段知識，拚命想要用韓語與護理師溝通，但我也不明白意思有沒有傳達到。

在此期間，我想說這些應該是韓國人的護理師怎麼日語都這麼流利，才逐漸明白自己身處的狀況。這一定是因為我近年看了許多韓劇的影響。

另外還有一次經驗是，明明才剛動完手術，我發訊息給助理說：「我快趕不上會議了。」事實上我當時雙手都掛著點滴，身體根本無法自由行動，訊息還打了很多錯字。助理也嚇了一跳，怎麼在住院的我一大早突然傳訊息過來。

財津一郎的廣告歌：「♪大家圍圈圈竹本鋼琴～」伴隨著舞蹈在譫妄期間不斷在腦中反覆播放，真是讓人無處可逃地鬱悶，簡直覺得快要發瘋了。這廣告我絕對算不上喜愛，而且也是非常久以前看的，為什麼會突然跳出來呢？我也覺得再奇妙不過。

還有一次非常可怕的譫妄情境。我的電腦被駭客從暗網入侵，雖然用盡我全部知道的程式知識想要將之擊退，卻一點用也沒有。暗網是尋常搜尋引擎無法查詢到、網際網路上龐大的黑暗世界。

我能夠鮮明地看到電腦畫面被恣意操作，拚了命想要讓它停下來，打字卻好像打在所謂的空氣鍵盤上，莫名其妙都按了個空。平常我完全沒想過暗網的事，八成是累積在腦內某處一知半解的資訊化成了譫妄吧。有三天一直發生這樣的狀況，有時回過神來才發現自己渾身是汗。

我是第一次碰到譫妄經驗，雖然嚇人，但也讓我有種錯覺，覺得自己拚一下好像也能寫出連續劇的劇本呢。因為這個契機，讓我對腦部構造產生了興趣。超現實主義藝術家用自動書寫等實驗性方法想要達成的，或許就是這種半夢半醒下的創作。也讓我驚訝地發現，平常的所見所聞在腦中竟然累積如此龐大的資產。

被愛拯救

手術之後護理師對我說：「就算身體疼痛也要盡可能離開床舖坐到沙發上。」又說：「可以的話請站起身來走動。」在床上躺久了，因為無法違抗重力，肌力很快就會衰退，即使只躺一星期也會如此。肌力一旦衰退就很難再復原。

所以雖然我肚子上插著五根管子、雙手都掛著點滴，但白天還是盡可能都坐在沙發上。我必須拄拐杖走到沙發，坐著看看書、聽聽周遭的聲音、迷迷糊糊打盹。過往飄忽不堅定被稱為擁有「樹葉般意志」的我，一不留神就會輕鬆地躺在床上，這時倒是有努力堅持住。

外科手術切開的傷口隨著時間過去逐漸復原，疼痛也逐步減緩。但是接著就為併發症所苦，幾乎每隔一星期就會冒出新的併發症，整天忙著應對處理。這段期間內我幾乎沒吃什麼飯，體重掉了十三公斤。

醫生們盡心盡力做出最好的處置，但最關鍵的體力卻跟不上，身體狀況沒有如預期般逐漸轉好，一直在低檔徘徊。接下來說不定一輩子都無法出院了……想像著如此黯淡的未來，讓我不灰心喪志也難。自從發現罹癌，無論我看自己或者別人看我，這段期間都是公認最痛苦的時期。

再後來，我總算吃得下飯了，卻又抱怨起醫院的食物。雖然我非常感謝這間醫院，但是餐點實在是難吃到不可思議。等食慾恢復之後，我很任性地要求把餐點都換成鰻魚飯或豬排飯。

我的伴侶幾乎每天都會來，但因為新冠疫情的關係禁止會客，無法直接見面說話。於是我們養成了隔著醫院門口一條車道距離彼此揮手打招呼的習慣。到了傍晚，她會打開手機的手電筒，隔著道路揮手表示：「我在這唷！」這時她會看見十樓病房的窗戶旁邊也會有一道小小的光點左右搖晃。這也是我的伴侶為了讓我願意站起來離開床想到的方法。

我們近在眼前卻無法見面，因此彼此都說：「這好像羅密歐與茱麗葉唷」，便把這個習慣取名為「羅密茱麗」了。「羅密茱麗」大概維持了一個月，這段期間應該每天都有進行。在此之後只要我住院，她也一定會這樣做。雖然這樣講很老套，但愛在痛苦的時刻才最能拯救人。

我在這二年內動過大大小小共六次手術，目前已經將外科手術能夠處理的腫瘤全部切除完畢了。大的手術是在二〇二一年十月與十二月分二次切除轉移至肺部的癌症腫瘤，每一次都只花了三到四小時。

不過就在我想這一切已結束時，卻又發現不僅癌細胞沒切除乾淨甚至還轉移增殖。當我聽到醫生宣布這件事時，怎能不氣餒。接下來也無法再次動手術，只能採取藥物治療的方式。與疾病對抗的生活真是看不到終點。

住院醫院附近的天空

所謂朋友

在這段沮喪的住院日子當中，也讓我思考了什麼是朋友。我從以前就把「我沒有朋友」掛在嘴邊，然而大概在二十年前，曾有一次為朋友下了定義。

那時的結論是，在自己真的有困難的瞬間——比如說家裡失火、遭小偷，或者廁所漏水止不住時，會第一個想到要打電話給他的人，就是朋友吧？這次在面臨死亡時，我又重新算了算有多少人是我會想要找他商量的。還不錯，在美國、歐洲、當然還有在日本，都還有幾個人。所謂的朋友，即使思想、信仰或興趣都不一樣，也完全不成問題。唯一的要點是，能夠信賴他。體認到這樣的人雖然不多，但確實存在，讓我覺得自己起碼在這點還是很幸運的。

其中一位朋友是德國藝術家卡斯頓・尼古拉（Carsten Nicolai）。他以別名Alva Noto從事音樂活動，曾與我一同合作過幾部作品，從《Vrioon》（2002）、《Insen》（2005）一直到電影《神鬼獵人》（*The Revenant*, 2015）的電影原聲帶。

我們第一次見面，應該是他與池田亮司一起在青山的SPIRAL藝術中心表演的時候。卡斯頓雖然總是一臉凶悍、創作的音樂也是極其前衛的後現代風格，但為人卻是很顧家的和善性格，親切地讓人想稱呼他一聲爸爸。因此，從初識我們就十分要好。

他生長的東德在歐洲算是鄉下地方，或許某些部分與日本相通也說不定。說到這個，前首相梅克爾也是東德出身的吧？透過新聞媒體看到她的形象，就莫名給人一種「鄰家阿姨」的感覺。總之，即將動大手術的我，想到說不定會因為醫療意外一命嗚呼，當下想要聯絡的就是住在柏林的卡斯頓，而他也一如往常親切地聽我說話。

德國藝術家約瑟夫・博伊斯（Joseph Beuys）與韓國藝術家白南準（Nam June Paik）也是彼此住在歐亞大陸的二端、相隔八千公里以上的距離，還是能培養出友情。雖然拿這麼偉大的博伊斯與白南準來比喻我們倆人可能很可笑，但我覺得我跟卡斯頓的關係跟他們很相似。

懷疑時間

人稱音樂是時間的藝術，音樂作品在時間這條直線的起點開始，向著終點前進。所以長年以來，時間對我來說一直是重大的主題。

話雖如此，在自己身體還健康時，總是將時間的永恆性與單向性作為大前提。但是當面臨到生命有限的當下，我覺得或許有必要從不同的角度重新思考。如果不單純從哲學的研究方法去談，而是從更現實的角度認真面對的話，我們會不會是被時間這種東西所具備的虛偽特性所欺騙了呢？因為有了這種想法，這幾年我讀了很多學者對於時間的看法，從亞里斯多德到聖奧古斯丁、康德、海德格、柏格森，到現代物理學家們。

雖然還沒有得出很好的答案，但在我心中可以確信的是，牛頓所提倡的「絕對時間」概念是錯的。他主張絕對時間與觀察者沒有任何關聯，無論在任何地點都是以固定的速度前進，但並非如此。我目前的結論是，所謂時間是我們腦中所創造出來的幻象。

雖然如此，我們的生活樣式在好幾個世紀以來都是基於牛頓式的時間觀念來制定規則。更嚴密的來說，我們對時間的感覺從十九世紀末之後就沒有改變了。不對，這些規定變得更加精密了。

十九世紀末期各國都市間開始制定統一的時間。因為歐洲鐵路網開始發展，必須要將各都市彼此參差的時刻統一起來。維也納與柏林的正午——太陽在一天當中最為高掛的時刻，應該各自不同，現在卻必須裝作是一樣的。在此之前各都市的時刻彼此相差十分鐘，沒有任何人會在意。

這種對於近代時間的質疑，體現在我近期的作品當中。二〇二一年我與高谷史郎合作的舞台演出作品《TIME》，一如其名是以時間作為主題。二〇二〇年我為東北青年管弦樂團所寫的新曲，也取名為〈現在時間傾斜〉（いま時間が傾いて）。

「時間傾斜」這種奇妙的說法可能大家聽來不習慣，但這是摘自里爾克（Rainer Rilke）的詩集《時間之書》（*Das Stunden-Buch*）、由同樣是詩人的尾崎喜八所翻譯的全書開頭的一節。這裡引用如下：

時間傾斜觸碰我，
發出清澈、金屬性的聲響。
我的感知在顫抖。我感受著我的能力——
然後我抓緊了那可形塑的一天。

實在很有味道呢。白話文來解釋，里爾克應該是在描繪教堂鐘響的景況，但是尾崎喜八卻代換成「時間傾斜觸碰我」這樣的日文。這可能也是類似小林秀雄翻譯韓波那樣的「超譯」吧，不過我對這種獨特的語感很感興趣，就拿來用在曲名上了。《TIME》跟〈現在時間傾斜〉之後還會再詳談。

兒子帶給我的歌

住院有太多難受的事了。體力衰退、免疫力降低、必須吞一堆藥，身體也無法隨意行動。但在這段期間，音樂卻會在某些瞬間把我的心神完全擄走，只有這種時候才能讓我遺忘自己的病痛。有趣的是，當製作自己作品時，能夠集中在音樂裡的時間就變得更長了。

比方說，在《TIME》發表之前，我與高谷史郎在線上為了調整細節而彼此討論的時間——

唯有在這樣的時候，即使身處憂鬱的病房裡，我也會神奇地忘記自己身體狀況有多糟。在這些瞬間，我都特別慶幸自己是個音樂人。

音樂「music」的語源是「Muse」，也就是希臘神話中通曉學問藝術的女神。祂們都是無比迷人的女神，在我剛動完手術虛脫無力的狀態下突然現身，想留也留不住。這時我只好說：「過陣子再來吧」讓祂們先回去，然後一直聽一些不是音樂的聲音。

我特別喜歡雨聲，大概這十年以來，我在紐約也常常傾聽下雨的聲音。住院時也會聽窗外的雨聲，沒有下雨的時候我會打開YouTube找那種八小時全都是雨聲的影片聽一整晚。與環繞身邊三百六十度的真實雨聲不同，YouTube上的雨聲是被壓縮過的聲音，但即使如此也能讓我心情沉靜。

另外還有像這樣的情況：住院時我隨意點開兒子在臉書貼的某首樂曲，前奏結束之後歌曲唱了幾小節，我出乎意料之外的淚流不止。那是美國鄉村音樂歌手羅伊・克拉克（Roy Clark）的歌曲〈Yesterday, When I Was Young〉。

我這人平常聽歌曲時，腦袋是聽不進歌詞內容的。而且羅伊・克拉克與我實在沒有什麼交集，從來也沒想到自己會如此被其打動。

歌詞所唱的，是肯定自己的人生，同時也領悟到有些東西已經再難挽回。那是在單向的時間盡頭等待的苦悶未來。無論你是誰、無論做什麼工作，也曾這樣想過吧。然後對於上了這把年紀的我聽了又特別有感，真是不想哭也難。這首歌曲是法國香頌歌手夏爾·阿茲納弗（Charles Aznavour）在四十歲創作，很難想像是他如此年輕時候作的曲子。阿茲納弗也有留下在晚年顫顫巍巍地演唱這首歌的現場表演影片，真是非常非常有韻味。

如果不是生病，我恐怕不會被這種曲子感動。能夠聽進歌詞的內容，或許也是因為上了年紀的關係。所以，雖然我還沒有好好聽過演歌，但我現在說不定可以用和年輕時完全不同的角度看待它。

阿寅其實也是這樣呢。《男人真命苦》這系列電影在八〇到九〇年代期間每年都會拍攝，我們這世代對這種電影完全沒興趣，都是談著「高科技」、「後現代」之類的話題在東京街道穿梭遊玩。但那時的阿寅就已經在討論「昭和這個輝煌的時代已經走到無法挽回的階段」這種鄉愁的主題了。

這種鄉愁感更進一步來說，也呼應著我對整個地球不斷變化的環境問題思考。如今上了年紀的我，光是看到電影開場「男人真命苦」幾個字映在江戶川上就淚流不止。

突如其來的破壞衝動

人們常評論我創作的作品是破壞既有價值觀的音樂。我確實不喜歡因襲既有的音樂方程式，覺得隨時都要創新挑戰原有的框架。

但是對於破壞既成價值觀這種彷彿六〇年代前衛藝術的想法，我也是心懷抗拒的。所謂前衛就是新、後衛就是舊，或者知識分子就比較進步、大眾就比較保守，這種二分法本身早就過時。

從廣義的音樂語法來看，其實我做的東西並不創新。在我出生的一九五二年，約翰・凱吉（John Cage）發表了〈4分33秒〉。在藝術領域，馬塞爾・杜象（Marcel Duchamp）將現成物「噴泉」提交給展覽，已經是二十世紀初的一九一七年了。

六〇年代後半在戲劇、電影、文學與音樂各種文藝類型發生的前衛運動——簡單來說就是破壞舊的價值觀、建立嶄新事物的運動，到今日已經完全不新鮮。雖然這或許也變成一種時間論，但我覺得直線歷史上所有人共同遵守的規則，如今已經不存在。我也認為，姑且不論政治如何演變，藝術文化今後是不會再產生什麼應當被破壞的強力價值觀了。

每個人不同，或許有些創作表演者會因為不斷重複過去而獲得快感吧。可惜我不是這種人。話雖如此，我想要引進現代最高技術去做些什麼的心態也不是故意裝出來的，只是並非想著前衛這種誇張的企圖，僅僅是希望創作出自己想聽的音樂而已。

所以像我在完成《TIME》舞台創作的瞬間就突然想把它毀掉，這心態連我自己也被嚇到。這部同時包含裝置藝術與表演藝術的作品，一開始我是把它當作個人特別投入的專輯《async》的續篇來對待的。

我這人毫無計畫性可言，完全沒有那種「今天爬了北阿爾卑斯山，下次就來爬南阿爾卑斯山」這種俯瞰自身經歷而決定今後動向的想法。四十年以來一直都是想到哪做到哪，每次都是從事跟過去完全不同的工作。我的性格不會去想明天的事，說好聽點就是活在「當下」的類型。可是唯有在《async》這對我而言非常重要的作品發行之後，才覺得能爬上如此的山峰，後面應該還有更高的山才是，如果不往前進就太可惜了。我是抱持著這樣的直覺工作下去。

這張專輯今後還會詳談，《async》是「asynchronization」的簡寫，「非同步」的意思。當今世間要求絕大多數流通的音樂都要步調一致，我則對此提出異議。這也是對於時間的存在本身提出懷疑吧，其背景自然是起源於我個人生死觀的變化。

因為住院與疫情的緣故，我無法直接到現場。二〇二一年六月《TIME》在荷蘭阿姆斯特丹的荷蘭藝術節（Holland Festival）[2]首演，三天總共演出三場，每一場結束之後我都會遠距與在現場指揮的高谷檢討要修改的地方，到最後一天我覺得已經調整得非常完美。我很少會想使用「完成型態」這種詞彙，但第三場公演讓我覺得已經呈現出《TIME》這部舞台作品該有的型態。這時我突然就想要親手把《TIME》這部作品給破壞掉。這可是我抱病花了四、五年才完成的、很

2 創立於一九四七年，為荷蘭規模最大、歷史最悠久的藝術節。每年六月在阿姆斯特丹舉行，其中包括戲劇、歌劇、音樂、現代舞蹈，近來更增加多媒體、視覺藝術等表演。

投注情感的作品呀。這也是過去不曾體會過的感覺。

為什麼會首次對自己的作品產生破壞衝動呢？對於這點我至今仍是心裡不太舒坦地一直思索著。我想這也一定是跟時間的悖論有關吧。黑格爾的辯證法是，你否定了A，又抵抗著相反的B時，最終就會朝著C過去。但這種一開始將原因與結果設想好的想法，本身就已經內含了時間的幻象。

所以我或許是難以忍受那個將《TIME》視為已完成作品的瞬間也說不定。因為這部的表演帶有相較一般舞台作品而言非常高度的即興性質，即便如此還是讓我覺得已經完成，就代表著將作品定型。今後如果《TIME》在其他地方重新演出，或許會跟荷蘭藝術節的演出版本稍有不同也說不定。

我從以前就不喜歡形式化的東西，這種感受隨著年歲增長更為強烈。現在已經變成會閒來無事一直彈敲鋼琴。每天有好幾個小時就只是享受手指放在鍵盤上彈出來的聲音，這樣的心態不也挺好的嗎？

對於〈戰場上的聖誕節〉的想法

前陣子的一次訪談中我說：「既然我的生命好不容易延長，在剩餘的人生當中，我希望創作出超越〈戰場上的聖誕節〉（Merry Christmas, Mr. Lawrence, 1983）的樂曲。」[3] 樂曲創作的靈光閃現只在一瞬間。其實我想出〈戰場上的聖誕節〉的旋律，只花了不過三十秒。我當時坐在鋼琴前面，放空意識閉起眼睛，當眼睛再度睜開的瞬間，就在五線譜上面看到了那段旋律，還帶著和弦。你們大概會想說怎麼可能，但事實就是如此。所以，如果我的生命能延長個一分鐘、二分鐘，創作出新的樂曲的可能性不就又增加一點了嗎？

我所尊敬的音樂家們直到臨終前都持續寫著曲子。巴哈在死前三個月失明，他在死前撰寫的《賦格的藝術》，最後一首賦格是在樂句中間突然斷掉。我小時候聽這首曲子總覺得奇怪，當時怎麼會寫到那個部分就戛然而止呢？後來才知道他是寫到這邊時失明的。

此外，五十幾歲就逝世的德布西，最後一首樂曲是獻給一位照顧他的煤商老闆。第一次世界大戰期間全歐洲物資短缺，但有一位先生將煤運到臥病在床的德布西家中。他於是受這位先生委託，寫了名叫〈炭火映照出的夕陽〉（Les soirs illuminés par l'ardeur du charbon）的鋼琴小品，成為他的遺作。仰望這些先賢，我也希望能不斷創作新的音樂，一直到最後一刻。

不過為什麼我還會想寫出超越〈戰場上的聖誕節〉的樂曲呢？當然，這首曲子廣為世人所知，是我的代表作品，但其實我很厭倦這種公眾形象，因此，大概有十年的時間未曾在音樂會上

3 「Merry Christmas, Mr. Lawrence」講到電影時為《俘虜》，但提到曲名時則為〈戰場上的聖誕節〉。

表演這首曲子。無論世界任何地方，都有人問我：「你怎麼不彈彈〈戰場上的聖誕節〉呢？」我光聽到這句話就感到厭煩。

那為什麼又會開始演奏呢？起因是我二〇一〇年待在日本時，在武道館看了卡洛・金（Carole King）與詹姆士・泰勒（James Taylor）的演唱會。包括我在內，所有觀眾都很自然地希望聽到卡洛・金的名曲〈You've Got a Friend〉，但那天他們彷彿是刻意吊觀眾胃口，一直沒有唱。我等到最後的最後，他們終於在終曲演唱了這首歌，讓我覺得能親臨現場聽到真是太好了，雖然後面還有安可，但我聽到那裡就放心回家了。就連這麼倔強堅持不彈〈戰場上的聖誕節〉的我，碰到其他藝術家演出時，竟也會對於沒有表演代表曲而心神不寧。這時我也才能接受那些來坂本龍一音樂會就是為了聽到〈戰場上的聖誕節〉一曲的聽眾，他們的存在也是絕對不能抹煞的。

當然，我至今對於「以〈戰場上的聖誕節〉為人所知的坂本龍一」之類的、把這首曲子當虛詞用的介紹還是會排斥。所以直到某個時期，我還會一直拚命想要破壞這個被塑造出來的形象，到如今心境已經有了轉變，覺得為此浪費寶貴的能量真是不值。

我又不是為了改變他人的認知而活，只要能夠淡淡地持續創作自己想作的音樂不也就夠了嗎？雖然最後的一首曲子不一定就是好作品，但我也不想把終生目標從此鎖定在打破「坂本龍一等於〈戰場上的聖誕節〉」這種框架上。把剩餘的時間花在達成這種目標上面真是太愚蠢了。這就是我現在經過各種思維變遷所形成的真實心境。

雙親之死

我也想回顧一下父母的逝世。二〇〇二年九月二十八日父親坂本一龜逝世，這在《音樂使人自由》一書中也有寫到[4]。當時我人正在歐洲做巴薩諾瓦（Bossa Nova）巡迴演出，母親打電話來說腎臟不好、已經好幾年反覆透析治療的爸爸病情惡化了。

要是音樂會能找到人代我上場，或許還有機會見父親最後一面。也就是說，我必須決定是否要在這個階段飛回日本。結果我苦思到最後還是決定繼續進行巡迴演出。我覺得過去熱愛工作的父親必定能理解我的想法。

又過了一星期，我接到父親的死訊，是在從比利時前往法國的巡迴用臥鋪巴士上。記得當時是清晨四點鐘。雖然已有心理準備，但當下還是整個人虛脫，爸爸終究還是撐不過去啊。聽說媽之前一直隨侍父親身旁照顧，但是就在她為了早餐離開病房的短短十五分鐘裡，爸爸就走了。所以說即使希望陪伴家人走完最後一程，還不是那麼容易如願呢。

---

4 參見《音樂使人自由》頁二四〇—二四一。

父親過世後，媽媽有好一陣子獨自住在東京。老媽不愧是老媽，雖然從甲狀腺癌後開始罹患過各式各樣的疾病，每次手術過後都仍展現出非比尋常恢復能力，一路挺了過來。

但是一直以來都親自整頓所有生活環境的母親，也逐漸無法好好打掃乾淨、各方面都很令人擔心。於是在二〇〇九年夏天，我說服她住進醫院。雖然我覺得應該送往安寧療護機構，但是媽媽對這還是有表示抗拒，所以先以治療為目的送往一般醫院，然後再轉往老人安養院。媽媽一開始還是會抱怨：「住自己家比較好」，但後來好像很喜歡那裡年輕男物理治療師，心情看起來愉快許多。

雖然如此，畢竟我現在住在紐約，所以送母親進醫院之後我說：「等我有工作要回日本時再來探望妳唷。」就道別了。當然，畢竟她都八十多歲了，也還是會想說會不會有個三長兩短。所幸那一年的十二月在日本有幾場鋼琴音樂會，我就在巡迴演出時找時間去探望她。

照預定計畫，我年底就要回美國，但是當時心血來潮，聯絡一位住紐約的熟人問：「我現在離開日本會不會有問題？」這位女士平常就說自己能預見未來，身邊人也說滿準的。澄清一下，她絕對不是那種可疑的靈修人士，過去在演藝界曾做過很了不起的正當工作。

這時她說：「令堂的能量在明年一月九日就看不見了呢。」雖然我聽了也不是完全相信，但還是決定在日本多留一陣子。如果沒說中也好。結果母親真的就在一月九日過世，這真的令人感到不可思議。

這次我也沒能見到母親的最後一面，不過至少可以馬上到醫院。之後我作為喪主辦完守靈、葬禮與告別式，在全部結束後的一月二十日飛回美國。之所以會改買二十號的班機，也是聽從當時朋友的預言，在日本待到這時候會比較安心的緣故。

此外，贈與出席母親葬禮的人士的感謝函裡面，引用了她生前喜愛的歌人：柿本人麻呂的一首輓歌：

泊瀨山谷間　飄盪的白雲　是妳化成的吧

這是奈良時代，土形娘子逝世後人麻呂在喪禮所詠的輓歌。因為我是獨子，母親過世之後，親子三人就只剩我獨自一人。雖然不需要拘泥於家族制度或者守墓文化這些規矩，但還是莫名有種寂寥感。

生命的本來面貌

過去有幾萬年的時間，身處不同國家地區裡的人們碰到爺爺奶奶生病時，想必不會有什麼重大的治療，只能一路看顧到過世吧。雖然還沒有近代醫術存在，部落還是會傳承一些使用草藥、吟唱咒語，讓老年人走得不痛苦的習俗。

不過前一陣子我問了中澤新一才知道，這種對於人類臨死前的文化人類學研究竟然保存的不多。如果有熟知這方面文化的人請務必告訴我。即使像古埃及知名的《死者之書》會記錄死後的世界，卻也沒有記載關於看顧親友們臨終時的文化。因為我所生所長的是屬於都會近代化的家庭，所以沒有什麼機會累積生死觀。如果是二、三代以前的地方農村的話可能就不一樣。志賀直哉的小說就有描繪家族人臨終前的景況。

另一方面，我認為現在支撐日本各地生死觀的脊樑已經消失，所以我們變成要匯集過去一知半解的西藏佛教或禪宗的生死觀來思考自己的死亡。

說到這個，有一本由南西・伍德（Nancy Wood）整理印第安哲學的書籍《今天是死去的好日子》（*Many Winters*），內容感覺就有點有趣。裡頭的話語不知道是不是摻進了印地安人身為 warrior（鬥士）的自尊，它完全否定近代應該要盡一切努力延長壽命才好的思維。如此痛快決絕真是令人景仰。

我又想到件軼事。有位名叫肥田春充的武術家，身材矮小卻力大無比，能一腳將地板踩穿。此人創建了肥田式強健術，同時也以思想家為人所知，但是在七十二歲的某一天，他卻因為憂心人類前途而決定斷食四十九天不吃不喝，就這樣過世了。雖然這實在不是我們能學得來的死法，但我覺得也是非常壯烈。

最初發現罹癌時我就想，如果是發生在還沒有治療方法的一百年前，我一定活不到現在。常被提到的例子是從江戶時代末期活到大正時代的夏目漱石，因為罹患胃潰瘍而死的時候也才四十九歲。相比之下，即使我在發現癌症的二〇一四年就以六十二歲身亡，也算是非常長壽。都年過六十，過世了身邊的人也能服氣吧。畢竟日語當中六十歲稱「還曆」，就是代表生命過了一個循環的意思。

人類壽命被延長到八十、九十歲，也不過這三、四十年的事。人類的悠久歷史據說長達二十萬年，想想那些沒有醫療技術存在的時代，我們現在硬是將壽命延長到底是不是一件好事，我實在不知道。我覺得那種拒絕痛苦的治療、只靠最低限度的看護到達人生終點的價值觀應該受到世人的寬容才是。從這點來說，我對荷蘭、比利時的合法安樂死也有興趣。

話雖如此，我卻做了放射治療、外科手術，還加上化療，也是相當矛盾。心理遠比生理更加保守這點也很讓人傷腦筋。不過我覺得基本上自然出生、自然死亡，才是動物本來的生命面貌，只有人類不去遵守。

我在四十歲以前從來沒有想過健康問題，每天都像頭野獸一般過日子。後來因為視力下降、才不得不正視自己的身體，開始野口整體與長壽飲食（macrobiotic）。不過必須每天服用西醫開的藥，是從六十多歲罹癌才開始。對此我也有達觀的一面，相信罹患癌症必定有其理由，就算因此而過世，也是我應有的人生。

二〇二一年一月剛動完手術之後，我宣布：「從此我要『與癌共生』。我希望能再多擁有一點時間作音樂，還請大家多多關照。」之所以不用「與癌症搏鬥」而是「與癌共生」，或許是因為我心中隱隱覺得，硬是搏鬥也是沒有用的吧。

死後的世界

有一部由茱蒂・佛斯特（Jodie Foster）主演、勞勃・辛密克斯（Robert Zemeckis）執導的電影叫《接觸未來》（*Contact*），改編自曾擔任NASA行星探測任務領導者的卡爾・薩根（Carl Sagan）所撰寫的小說。這部科幻大作在上映時就蔚為話題，可能很多讀者也看過。

佛斯特飾演的主角艾麗是位天文學家，自小就一直對宇宙有沒有生命很感興趣，但是她最大的知己：父親，在她年輕時就逝世了。電影後半段，搭乘太空航行器的艾麗在穿越蟲洞、時空飛越之後來到一片藍色海洋，看到她最愛的父親就站在白色沙灘上。雖然艾麗知道這是外太空的智慧生命藉由她父親的形體現身，但她依舊因這段重逢得到救贖。這部作品的主題是：「如此廣闊的宇宙間，我們不是孤獨的」。

卡爾・薩根也是康乃爾大學的教授。看看他的學術資歷，會覺得他應該不會想寫這麼浪漫至極的故事才是。但是薩根身為一流科學家的同時也抱有如此的想像力，我覺得這裡面有著很重要的意義。

我又想到我敬愛的安東尼奧・卡洛斯・裘賓（Antônio Carlos Jobim）的軼事。深深熱愛故鄉巴西的裘賓，是位知名的環保人士，曾為里約熱內盧舉行的地球高峰會創作樂曲。他對於亞馬遜熱帶叢林遭到砍伐，比任何人都還要痛心。

裘賓在生前曾這樣說過：

上帝呀，亞馬遜的三千萬棵樹木之所以這麼容易就被推倒，一定是因為您在另一個地方讓這些樹木重生吧。那裡一定有猴子、有花朵，有著清澈的流水潺潺。等我死後就要前往那裡。

常有家庭眺望夜空時，父母會對孩子說：「那顆閃閃發光的星星，就是你死去的爺爺唷。」從科學角度來說，發出強光的是遙遠距離外的恆星，那裡具備的能量是太陽的好幾千倍，怎麼想都不是適合人類居住的環境。但是小孩子有時還是會相信父母親的這段話。

薩根與裘賓的想像力、以及死後變成星星這樣樸素的幻想，如今的我是絕對不會否定的。我不知道死後的世界究竟存不存在，但還是會胡思亂想著這些。

2

給母親的輓歌

於義大利的雷焦·艾米里亞進行排練

《音樂使人自由》

二〇〇九年初，滿五十七歲之際，我出版了自傳《音樂使人自由》，為我到那個時間點為止的活動做個總結。說真的，把零碎的回憶片段整理成一段故事實在不是我的風格，而且線性地按照時間先後順序排列也讓我覺得不對勁。不過我生了這場病，不得不意識到餘生有限，重新回顧一下過去十幾年的活動也好，接著我就來回顧二〇〇九年之後的足跡。

《音樂使人自由》（音楽は自由にする）這日文書名乍看之下不太像日語對吧？可能會覺得「は」這個助詞的用法好像哪裡怪怪的，但這其實是模仿德國納粹政權刻在猶太人集中營門上的標語「Arbeit machi frei」（勞動使人自由），刻意這麼使用的，所以「音樂使人自由」寫成德語的話是「Musik machi frei」，英語就會是「Music sets you free」。

這書名的時空背景是書末提及二〇〇一年在美國發生的九一一恐怖攻擊，還有事件之後變了樣的世界。恐怖主義當然很駭人，我在紐約時目睹了世貿中心崩塌的瞬間，親身體驗到那種恐怖感，可是我也記得九一一之後美國開始藉著「憎恨恐怖分子」的氛圍做出帝國主義般的行徑，對其也抱持相同等級的危機感。剛進入二十一世紀，人們就遭逢該向美國、還是恐怖分子靠攏的重大撕裂[1]。

1　參見《音樂使人自由》頁二二九—二三五。

在這種無論與哪一方交好都免不了動用武力的情形下，我思考著音樂是否能對此做些什麼，即使可能有點太樂觀，我還是將如此單純的心願放進《音樂使人自由》的書名裡。不光是政治問題而已，當後來我被名為癌症的桎梏所束縛時，這樣的感受變得更為強烈。就算無法自由控制身體，至少在創作音樂、聽音樂的時候能夠忘卻痛苦和不愉快，真正感受到「Music sets me free」。

月亮想必和音樂有著同樣的效果吧。以前我曾經參觀過京都的桂離宮，庭園裡有座專為賞月所建造的草屋名為「月波樓」，令我相當感動。江戶時代的貴族們到了晚上就是在這裡邊賞月邊飲茶酒吧？那座建築物現在來看有點土裡土氣，但它的廊台正好面向水池，或許映在水面上的滿月也會讓他們感動不已。我們在傾耳聆聽音樂時心情會突然感到放鬆，我想月亮帶給他們的感覺就類似這樣。

這可以說是一種語言出現以前的消遣娛樂。八〇年代索尼（Sony）隨身聽廣告裡有個畫面是一隻猴子閉上雙眼戴著耳機，好像很享受地聽著音樂。就算是動物，聽到音樂或者看到滿月也不可能沒有任何感受。詩人或許就有辦法將他的感覺化為語言，而沒有這種能力的普通人就只有感受，此時在人類腦中產生的反應，恐怕和動物腦中的反應都一樣。遠古時代的恐龍所具備的感受，和我們每個人擁有的感受都是同樣類型。

「動物是否有感情呢？」這樣的爭論在生物學領域或哲學領域都曾出現過，要我回答的話，我只會說：「這還用說嗎？當然有啊！」

大約十年前，有幾張連續拍攝的相片在法國引起話題，相片拍的是路邊有對燕子夫婦，妻子似乎剛剛遭遇交通意外，燕子先生多次努力叼著餌去給負傷而奄奄一息的妻子，並且不斷鼓勵她，只不過最後妻子還是力竭身亡，結果發現妻子過世了的先生張大鳥喙用盡全力叫著「嗶——」這一連串畫面被相機捕捉下來。真是令人難受又哀傷的場面。不過我看著這相片還是忍不住想到，人類的情感其實是從動物那繼承而來的。

北極圈之旅

《音樂使人自由》出版後沒多久，我在三月發行了與前作《CHASM》睽違五年的原創專輯《out of noise》，不過專輯製作是書出版前一年，所以我接下來要回顧的內容會有一部分與《音樂使人自由》的內容重疊[2]。

二〇〇八年格陵蘭之旅的遊歷與這張專輯密不可分。那年夏天來臨前突然來了個邀約，問我「要不要去北極圈啊？」，當時已經進入專輯製作階段，我猶豫了一下，可是這個經驗實在太難得，最後心一橫還是決定去看看。這個由英國的藝術工作者大衛・巴克蘭（David Buckland）發

2　參見《音樂使人自由》頁二四七—二四八、二五九—二六一。

起的「法韋爾角」計畫，每年都會舉辦，二〇〇七年時高谷史郎參加過。出發時間是九月，團隊約五十人，美國藝術家勞麗・安德森（Laurie Anderson）也在其中。

格陵蘭是地球上最大的島嶼，幅員廣闊，我們乘坐一艘改造自六〇年代蘇聯間諜船的觀光遊輪，花了十天參訪一部分的島嶼，當時巡迴的地方是格陵蘭島的西邊，他們說要看到極光這裡的緯度可能有點太高，不過到了晚上，還是很幸運地看到了極光。

極光是因為來自太陽的粒子「風暴」碰撞到大氣層所產生。儘管腦中有這樣的知識，實際目擊那綠色的光簾瞬間搖曳變換形態，除了感動還是感動。我想，這正是動物的本能感受。當這般震撼人心遠超過我們想像的大自然景象出現眼前時，我甚至覺得人類想要守護地球環境的想法根本是不自量力。當然地球是個星體，無論人類存不存在，再過五十億年都不會有所改變。

不過，這樣的北極圈還是有人類居住，伊盧利薩特（Ilulissat）這座城市大約有四千人，我們一停泊在這，就被巨大超市內整排的可口可樂瓶嚇到，附近還有中式餐館。就算這樣，自古以來就住在這的因努伊特人（Inuit）[3]還是以生或曬乾的鯨魚肉、海豹肉為主食。身為日本人的我很習慣吃生馬肉或生拌牛肉，因此對這些食物不排斥，但是與我同行的西方人多數是動物保育人士，但又因為身為自由主義的知識分子覺得必須尊重當地的風俗民情，相當掙扎，每個人都皺著眉頭、驚恐地吞下生肉。

這趟旅程我能從船上近距離目睹大量的冰山，無數的冰山從那像湖泊般寧靜的海面一個一個探出頭來緩緩地移動著，那個樣子完全就像《風之谷》（風の谷のナウシカ）裡出現充滿謎團的「王蟲」[4]。因為看起來太像生物了，我還把其中特別喜歡的一座親暱地稱為「冰山寶貝」，還從船上伸出手去撫摸它。就像有句形容成語叫「冰山一角」，在海面上露出來的冰山似乎只是整體的七分之一而已，有時候它們還會因為重量失去平衡而翻過來，太接近的話很危險。

冰山是冰河在出海的部分應聲崩裂而產生的，比較大片的冰河最深處竟然是在兩萬年前就形成，實際的厚度更達兩千公尺，而且聽說就連相對較新的冰河，底下的部分也都是五千年前就結晶而成，由於有著天文數字等級的重量壓在上面，冰裡幾乎沒有空氣，進而呈現出前所未見的美麗顏色。

這之後我們一行人下船踏上的是相對較年輕的冰河。當時夏天才剛過不久，站在冰河上都不動的話就會冷到很難忍受，可是參加者都是藝術家，所以在如此嚴寒的環境下，還有人試著匍匐前進，也有人在拍攝影片，每個人都恣意活動著。

至於我自己則是發現不遠處有座金字塔型的洞窟，便打算走去那裡，但因為周圍所見的景色

3 美洲原住民之一，分布於北極圈周圍，包括格陵蘭與阿拉斯加，和加拿大的努納福特地區、西北地區、育空地區、魁北克等地。從事漁業為主要經濟活動。

4 在《風之谷》中，王蟲的設定是造成嚴重環境污染後誕生的一種巨形爬蟲生物，棲息於「腐海」。

從船上眺望格陵蘭的冰山
照片授權：Cape Farewell

全都一片白，整個冰面廣度實在太大了，一直走都到不了。電影裡出現沙漠場景時常會出現這樣的情節，目的地看起來明明很近實際上卻很遠，同樣的情形，從我開始啟步前往三角形洞窟，實際抵達已經是整整四十五分鐘後。我在那座洞窟裡敲了鐘，試著錄下「叮——」的聲音。此外我還錄了雪融化過程的聲音、把麥克風放進海裡錄音等等，這些在格陵蘭田野錄音的成果都充分利用在《out of noise》這張專輯。

不管怎麼說，這趟旅行經驗對我的價值觀影響不小，回來後好一段時間彷彿靈魂還留在冰河一般，整個人失魂落魄。也因為心理層面如此轉變，專輯在出發前製作的部分幾乎作廢，回到紐約後直接重新製作。就結果而言，這張收錄了十二首樂曲的專輯看起來就像是一張大幅的山水畫，整體帶有靜謐的音色。

《out of noise》

其實《out of noise》[5]這標題省略了前半段，對我來說這個製作案的名字是「Music comes out of noise」，也就是「從噪音當中冒出的音樂」。不過這種感覺又有點不太像雕刻家米開朗基羅，

5 參見《音樂使人自由》頁二五八。

看到大理石的瞬間就在石塊裡看到大衛像那樣，對我來說比較像在玩沙。

小孩子在公園的沙坑玩耍時，並非想著說一定要造出什麼東西，他們只是將沙堆高，時而作成橋，時而作成城堡，事前並沒有設計圖。在《out of noise》我也希望最後的成品像是在聆聽雜音時，從噪音當中浮現的音樂。在電視仍以類比訊號播送的時代，當天所有節目播畢後，深夜時段放的都是雪花雜訊影像，伴隨刺耳的「沙——」聲音，我曾經喝得酩酊大醉時一直盯著那雜訊畫面，就莫名在裡面看到了影像和音樂，或許就是類似這種感覺。

建築家採用的方式就正好相反。他們一開始就會作出成品的模型，精密計算建築結構，必須確認堅固程度才能真的開始建造。但是這種如同柏拉圖的理型論一般，事前擬定好藍圖再依據著逐步前進的作法，我實在感覺不到樂趣所在。

其實我當初為了要考進東京藝術大學，在準備入學考試時也學過那種方法論呢。藝大作曲科的術科考試必須被關在教室五個小時左右，考題是「請用這個樂句主題寫一首賦格」[6]。而且，能在這題拿高分的方程式是存在的。因此我高三的暑假有四十天左右每天都去老師家補習。分數的確是拿到非常高，也因而產生反作用，讓我從此討厭這個作法。

樂句主題先決定的話，就只能把音符放置在被賦與的空間裡。首先要根據考題給的樂句分析，這首曲子是不是該作成十九世紀浪漫派的風格，如果是的話究竟是浪漫派前期還是中期，接著就是思考具體風格要偏哪位作曲家比較有利，貝多芬還是舒曼等等。再來看聲部部分要二十小節，還是四十小節好，把這類的樂曲框架擬定好，自然就能完成一首符合要求的樂曲。以奏鳴曲（Sonata）為例，整體來說分為呈示部（Exposition）、發展部（Development）、再現部（Recapitulation）三種段落，開始的部分要幾小節，中間要幾小節，最後一部分要幾小節，各部分小節所占比例大致都決定好了，接著就是依循法則把樂音填進去。

有必要的話我也能用這種方法構築音樂，大家說我很擅於譜寫電影配樂，搞不好跟這也有關係。不過自己的專輯，我還是希望以完全相反的方式來製作。

接受法國政府的表揚

《out of noise》發行後沒多久，我在日本國內舉辦了二十四場巡迴演出。全都是我個人的鋼琴演奏。雖說是鋼琴獨奏會，這次巡演採用了兩台鋼琴的特殊配置，一台由我本人演奏，另一台則事先設定好要按壓的琴鍵使其自動彈奏。

這段時期的現場音源都會在該場演出結束後，最快二十四小時就會上傳到iTunes Store，之後也從中嚴格挑選了二十七首收錄在《Playing the Piano 2009 Japan》（2009）。特別是收錄在《out

6 參見《音樂使人自由》頁八六—八七。

of noise》中第一首的〈hibari〉，因為每一場都有演出，光是把全部二十四場演出的版本一口氣聽完就要花上四小時，相當累人。

這段在春天舉辦的巡迴剛好與櫻花前線[7]一樣，從西邊一路向東移動。其間搭乘「北越」特急列車從新潟前往富山市時看到的山櫻，令我印象深刻。當時我只是漠然從電車車窗眺望著山景，沒想到從茂密聳立的樹叢中突然出現一片粉紅，非常美麗。一年之中，山岳會染上那種顏色的時間我想也不過一到兩週，就這麼碰巧讓我遇上了。我不怎麼喜歡上野公園那樣為了讓人類賞花而栽種一大叢的染井吉野櫻花，這次不經意目擊如此自然生長的山櫻，讓我相信，這才是櫻花素顏的美。

七月時，法國政府授與我藝術及文學勳章軍官勳位。在拍電影《俘虜》時很照顧我的大島渚導演還有北野武都曾得過一樣的勳章。

這次的授勳典禮是在東京的法國大使館舉辦。我十四歲時深深地相信自己是德布西轉世[8]，將來會住進巴黎的十六區、在布洛涅森林散步，十分可笑。也因為這樣，當大使館的人員在宣讀授勳理由時還提到了德布西，讓我覺得彷彿達成了少年時期的夢想，令人感慨萬千。

法國文化部授予的勳章：司令（Commandeur）、軍官（Officier）、騎士（Chevalier）原先是來自軍隊內的階級。所以之後十字軍如果再次遠征到耶路薩冷的話，我覺得自己搞不好會因為軍官的身分而被召集入伍。我致詞時雖然半開玩笑地說了這些，但還是明確表達：「我絕對不希望這樣的事情發生」。

我已經是個老爺爺了，不可能派我去前線，命令我為軍樂隊譜曲倒是有可能發生。順帶一提，此時我已經收到這個軍官勳章紀念品。雖然一次都沒有用過，不過要是碰到法國餐廳預約不到位子，別上這勳章，會不會就特別通融我進去了呢？

搭乘臥鋪巴士的巡迴

接下來，我從十月一直到十二月初，舉辦了包含法國公演在內的大規模歐洲巡迴演出。跟我春天在日本國內巡演時一樣的方式，是用了兩台鋼琴的獨奏會。

全世界的音樂市場一直在萎縮，雖然《out of noise》某方面來說是我借力使力而得以恣意製作的專輯，但是不是應該藉由相對知名的鋼琴曲來創造機會，讓大家重新認識坂本龍一呢？尤其日本以外的國家非常堅持想看到彈鋼琴的坂本——我就這樣被兼任製作人的伴侶給說服了，決定不計成本舉辦這段巡迴。

---

7 每年日本各地櫻花綻放日期的預測資料。

8 參見《音樂使人自由》頁四〇—四一。

而這也表示，因為我的鋼琴獨奏採用了同時使用兩臺鋼琴的特殊系統，必須靠我們自己把這些機材運送到歐洲各地。雖然表面上出現在舞台上的只有我而已，可是鋼琴用到兩臺，其中一臺還要以電腦控制，再加上還要播放影像，幕後的工作人員數比起一般的鋼琴獨奏會還多更多。說實在的，辦愈多場就愈虧錢。

歐洲巡迴主要是跟英國的公司租借大型臥鋪巴士，以此移動到各地的場館。巴士二樓放了約二十人份的床位，一樓有交誼廳、小廚房和廁所。就連義大利很小條的路，這台巴士都開得進去。載了兩台鋼琴的卡車也同時跟在巴士後面。

這種大巴士在整個歐洲好像為數不多，所以要是同時期滾石樂團（Rolling Stones）正在巡迴的話，設備比較好的大巴士就會被他們開走。每台巴士會有兩名司機，一名司機每天最多只能開八個小時，絕對不能更長，所以時間到了就要換班。

曾有另外一次歐洲巡迴途中發生過這樣的事情：當時我們要從法國巴黎前往義大利米蘭，已經過了本來預計抵達的時間，司機都沒有來叫我們。因為車子也沒有晃動，我想說應該是暫時停個車而已，於是稍微睡了一下，過了好幾個鐘頭都睡醒了，車子卻一點也沒有在動的樣子。這時我才終於覺得不對勁，忐忑不安地掀開窗簾往外一看，才發現我們在一座巨大的倉庫裡。問司機才知道巴士拋錨了，當天還很不巧地剛好是假日，技師也不在，司機說他正在打電話叫人過來。

原來那天我們在史特拉斯堡，是個離米蘭還很遠，靠近法國與德國國界的城市，我們就這樣被關在倉庫裡大半天，哪裡都沒法去。原本這天是巡迴中久違的休息日，工作人員都很期待這天到米蘭休假，一個個都說好要去買東西或是去吃飯，結果計畫全都泡湯。不過現在回頭看這次意外事故反而是難忘的回憶。

演奏從此改變的一夜

在《out of noise》巡迴之前，我也曾有好幾次長達一個月巡迴的經驗，但我都已經五十歲後半了，自旅途開始四週之後，不管是身體還是精神都變得非常難受。但因為行程排得相當密集，每天或每隔一天我就得像修行僧侶般反覆地演奏。每一次彈奏、每一場演出都得全心全力投入。

我從以前就很討厭練鋼琴。我有個理論是，在觀眾面前的正式演奏才是真正的練習，不是我自誇，但我很少排練。這個理論在其他音樂家身上還是可以成立。本來大家覺得演奏很不錯的音樂家因為種種理由開始減少在人前演奏的機會，幾年過後便完全失去了風采，這是很殘酷的現象。演員也是這樣呢，在人前發揮演技才能展現職業風範、演什麼像什麼，在家排練得再多都沒有意義。

反過來說，像這樣巡迴時在觀眾面前實際演出幾十場，演奏的品質也會一場又一場地逐漸改變。當時在歐洲各地巡演過後，十一月底在英國倫敦的卡杜甘音樂廳（Cadogan Hall）舉辦了演奏會。這個音樂廳只有大約九百個席位，根本不大，可是當晚的演出我可是記得一清二楚。

運動員常常會說自己「進入某個境界」對吧？同樣的情形那天也發生在我身上，我進入了沒有任何雜念的狀態，回過神來已經持續演奏了兩個小時。說得誇張點，那種感覺就像是音樂之神從天而降，用掛勾把我吊上更高一層的舞台一般。

在那之前，我腦中的某處都有個念頭想要主動控制鋼琴，可是當時這樣的邪念完全消失，只是以無心的狀態讓手指移動。彈錯也完全不在意，一直近身看我彈鋼琴的伴侶說，她覺得我的演奏水平好像自那天公演之後就完全改變了。

這樣的情形其實鮮少發生。前一次有這樣的經驗，是在希臘雅典的圓形劇場（Amphitheatrum）。這座劇場建造於二世紀，號稱能容納下五千人。我記得那次是一九九六年，以三重奏的形式演出，準備開始彈第一首曲子時，手一放上鋼琴就一直彈一直彈，沒辦法停下來。彈了可能有三十分鐘，完全忘我地獨自彈奏。

一陣子過後，我察覺到低音大提琴家和小提琴家一直目不轉睛盯著我看，才突然回過神，從那個時間點才開始三人合奏。我在曲與曲空檔無意間回過頭，從希臘神殿的柱子間看見了月亮的身影。

「空即是色」的世界

巡迴結束後我回了趟紐約，過完年在二〇一〇年三月便在義大利羅馬展出與高谷史郎合作的裝置藝術《LIFE–fluid, invisible, inaudible...》。這部作品的原型是我一九九九年發表、概念是為二十世紀做出總結的歌劇《LIFE》[9]。我二〇〇七年在山口縣的YCAM（山口媒體藝術中心）駐館創作，將這齣歌劇解構後重新建構成為美術作品，在展出的同時持續一點一點做出更新。

剛進入二十一世紀沒多久，我就去了一趟非洲肯亞，因為在薩凡那（Savannah）看見雲的流動，開始對雲本來的形態——水的存在產生興趣。後來在北極圈看到了冰山，讓我對形成冰的水又多了更深一層的關注。作品名稱裡面的「fluid」意思是「流體」，我當時在思考，能不能透過這項裝置藝術表現出有形似無形的「空即是色」的世界。我和高谷討論琢磨這構想的期間，他提出了這樣的點子：在天花板吊九個水槽，讓它們內部產生水蒸氣，然後用上方的投影機投影影像在屏幕狀的霧上。我聽了立刻贊成。

回過頭審視人類語言的功能，所謂的語言是連沒有實際形體的東西都賦與框架。我們聽到「霧」，就會覺得好像可以看到霧；聽到「空」，彷彿覺得可以感覺到有空這種區分。小孩畫花時

9 參見《音樂使人自由》頁二二四。

也是這樣。一定很多小孩都會畫出花瓣、雄蕊或雌蕊吧，我認為會選擇這樣畫，有相當程度是受到語言的影響。

自然界的一切事物本來都是彼此連結，卻因為語言而被劃分出界線。當然，這樣也不是都沒有帶來任何好處，但是隨著年紀增長我開始覺得，說不定這正是人類一切錯誤的根源。所以《LIFE–fluid, invisible, inaudible...》整部作品是試著想表現出不斷變換形態的水的總體樣貌。

在福岡伸一的著作《動態平衡》（動的平衡）裡有詳細說明，我們的身體有很大一部分是處於流動狀態，可是當它與語言結合的瞬間就被固定了。這樣想想，我就是從這個時期開始希望能逃離Logos的認知，希望能更接近Physis——自然本身。

電視節目的可能性與極限

四月時NHK教育頻道開始播出《schola　坂本龍一　音樂學校》。起因是導播覺得從二〇〇八年開始出版的音樂全集《commmons: schola》很有意思，問我能不能將書的內容延伸，製作一部以國高中生為主要視聽群的教育節目。「schola」這個字是拉丁語，意思是「學校」。我覺得這樣可以讓更多人知道製作全集過程中所培養出的知識，所以就接受了這個提案。

節目由我擔任主要講師，決定要介紹的曲風或作曲家，每次邀請不同的客座講師如淺田彰、小沼純一、岡田曉生等等，請他們講授課程。依據音樂理論的實際示範演奏，也曾請到過去與我一起組YMO的細野晴臣和高橋幸宏參與。每個主題花四個星期深入探討，處理的題材五花八門，從古典樂、搖滾樂甚至到電子樂，就這樣持續播放到二〇一四年的第四季結束。

不過這項工作比我事前預想的還要辛苦。雖然有一部分也是像commons發行的CD書一樣，印出來後再仔細確認修訂就行，可是電視節目的話有可能直接使用說過的內容。我知道自己有個習慣是會不經意地想到什麼就說什麼，因此為了不讓自己說出錯誤的內容，錄影前都會拚命地預習。畢竟觀看的人數比起書籍讀者不知多了幾位數，壓力非常大。

即使如此，其中還是有印象特別深刻的地方，那就是德布西那一回。德布西有留下以「海」和「雲」為題的曲子，我以前就知道他同樣受到水的存在所吸引，當時便試著和孩子們用裝滿水的盆子當作樂器一起演奏。然後在搖滾樂的那一回，我讓成員年齡十幾歲的樂團自由改編YMO的〈Behind The Mask〉（1979）。能夠接觸到如此年輕的孩子們的創造力，也是這節目為我帶來的珍貴經驗。

但是另一方面，我也感受到電視節目的限制。就是製作單位在決定參加節目的來賓時，會先從「好孩子」開始選起。我不太清楚他們是以學校還是地區為單位、從哪些組織篩選出來，總之都是聽話的小孩。就結果來說，一切過程都在預期之內，在錄影時很少遇見跳脫安排的和諧發展、新鮮而有趣的聲音。

有一次我在宮崎縣的諸塚村舉辦了與這個節目類似的音樂工作坊，當時小學、中學的所有學生都參加，其中還有類似自閉症的孩子，那個孩子製造出的聲音好得出眾，絕對不是我偏坦他。這也呼應我前文所述，我對於遵照事先描繪好的藍圖，一步步前進的方式還是會發自本能地抗拒呢。

我甚至在錄影結束後對著撰寫腳本的《schola》製作群大發雷霆罵道：「搞什麼東西，要讓他們自然發揮啊！」這次讓我體驗到明明是教育節目，教大人反而比教小孩更加讓人心力交瘁。雖然我不喜歡說這樣會顯得老氣的話，可是某種程度上也讓我感到日本的世風日下。

在高度成長期的六〇年代，整個社會風氣都歡迎著更荒誕的電視節目，就算到了七〇年代，打開電視還是可以看到亂七八糟的節目照常播放。我深深地覺得自從搞笑團體CRAZY CATS不在以後，日本就沒有自由了。電影《日本第一的背叛者》（日本一の裏切り男，1968）的最後一幕，當上議員秘書的植木等爬上國會議事堂的屋頂喊著「來喔！日本列島，整組出售喔！」向觀眾叫賣、徵求買家。以前像這樣的黑色喜劇每天茶餘飯後都在播，現在卻會收到一堆投訴說：「太不正經！」電視臺還很有可能因此被投訴。最糟的情況是製作人會以侮辱罪被逮捕。我覺得現在這個時代實在是變得令人窒息。

繩文時代的音樂

我與中澤新一合著的《繩文聖地巡禮》（縄文聖地巡礼）在同年的五月底出版，內容彙整了我們在雜誌《SOTOKOTO》的對談。我第一次見到中澤是在八〇年代前半，當時正盛行著現在已被人遺忘的「新學院主義」熱潮，我跟淺田彰好像也是那時候認識的。當時中澤的《西藏的莫札特》（チベットのモーツァルト）和淺田的《構造與力》（構造と力）都成為暢銷書，他們因此成了時代的寵兒。《繩文聖地巡禮》的企畫內容就是請與我同世代的中澤擔任解說員，一起去日本各地的遺跡探訪。

即使都以「繩文時代」稱呼，期間涵蓋的年代範圍也橫跨一萬年。而且就算是同時期製作的土器，在不同地區所出土的外觀也完全不同，例如在福井縣若狹發現的土器紋路樣式相對樸素，後來的彌生土器也有類似的美麗紋路。搞不好是因為這塊土地面向日本海，接近朝鮮半島的關係。另一方面，在隼人[10]曾居住的薩摩（也就是現在的鹿兒島）發現到的土器，則跟東南亞諸國也曾使用的、以貝殼刻上紋路的土器十分相似。所以雖然我非專業人士，但也認為沒辦法將這些都一概統稱為「繩文土器」。

10　古代日本南九州地區的原住民，大和王權時期被和人當作異族人看待。

當時的人們沒有國家這個概念，是以至多三百人左右的單位形成聚落，在日本列島各式各樣的場所自在地過生活，從西邊到東邊都有。當時不同聚落的人應該彼此語言也不通吧。即便如此，貿易發展仍是愈來愈興盛，在神津島採集到的黑曜石還橫渡海洋，不只本島有，甚至更北邊的北海道都有發現。尤其在繩文時代中期，青森縣的三內丸山似乎還成為交易的一大據點。於是我就想到了這樣的假說：是不是為了在其他地區交易往來，就得要有共通語言或是數字概念，現今日本語的母體語言便自然而然地誕生了吧？

這個假說是根據我實地造訪非洲的經驗所推導的。東非的共同語言是史瓦希利語，當地的人們除了史瓦希利語，各個部族自己的母語也能夠說得很流利。史瓦希利語的根源好像是阿拉伯語。過去，阿拉伯血統的商人為了貿易活動到了東非許多地方，進而使得不同部族發展出共通語言。所以史瓦希利語並不能算是非洲的原創語言呢。

幅員廣大的中國也是如此，曾經也是越過山頭就會使用另一種語言，各地區的用語不同。就算是在法國，在南法阿瓦隆（Avalon）出生的昆蟲學者法布爾（Jean-Henri Casimir Fabre）就曾說，他十幾歲時去巴黎，出了門才發現語言不通讓他很困擾。這代表在民族國家（nation state）的體制被創造出來之前，在某種意義上所有的土地都帶有邊界吧。

當然，這種情形在日本也是一樣的。我十幾歲起就無師自通地非常相信日本人的根源絕對不會只有一個。對於聲稱日本人就是由「大和民族」這個單一民族形成的國家這樣的神話，我也發自本能地感到厭惡。

我剛進小學時，新宿車站有一台電視，若是轉播摔角比賽時行人都會駐足熱情地看著轉播。而這群人數多到快要塞滿新宿車站的觀眾會一起幫力道山加油。力道山出身北韓的咸鏡南道，但這時的他就是被視為「日本人」。可是我非常抗拒成為群眾之一，獨自為另一邊的摔角手——鐵人路·塞茲（Lou Thesz）加油著。

離題了，回頭談繩文時代。學校歷史課都說人類是在開始耕種稻米才漸漸定居下來。可是，與中澤這趟旅行的過程中讓我體會到這種說法是不對的。我之所以會這麼認為，是因為理當屬於狩獵民族的繩文人就已經定居。根據調查，三內丸山的遺址所在顯示人們其實已經在那生活一千七百年以上。但是我們忽略這個事實而偏好把農耕與定居連在一起、然後又串連到國家的誕生上面、這樣的單純故事，說不定也是人類擁有的語言腦壞習慣。

我在這趟「繩文聖地巡禮」最關心的，就是當時的人們都在演奏什麼樣的音樂。當時出土的器物沒有讓人一眼就認定是樂器的物品。不過我在青森的資料館裡倒是發現了一種器物，感覺在上面裝上弦就會變琴了。沒記錯的話那是以木頭製作的。如果樂器是用骨頭作的，就能擺放更久的時間、外形更完整。在中國和歐洲其實就有發現超過四萬年前的笛子，是把鳥的骨頭挖出幾個洞製作而成。如果那是只有一個孔的單音笛，搞不好連猩猩都懂得「噗—噗—」吹出聲玩一玩，可是那笛子卻有好幾個孔，就可以看出背後有著改變音高的意圖。我認為文明就是顯現在這種地方。

繩文時代到底有什麼音樂，到了現代我們當然只能靠想像。但是既然我們已經能確定在當時祭祀或是向神明祈禱是社會上很重要的事，一定存在過一些音樂。像是用手打打拍子，或是用木棍敲敲動物的骨頭這種原始的方式。和中澤一同環遊遺跡，也讓我的思緒在人類的初始音樂上環遊來去。

與大貫妙子的回憶

十一月時發行了與大貫妙子合作的專輯《UTAU》，接著舉辦我們二人的巡迴演出直到年底。這張專輯的製作理念很簡單，就是我彈鋼琴她唱歌，她自己還為本來是演奏曲的〈Tango〉、〈三隻小熊〉（3びきのくま）和〈Flower〉填上日文歌詞。我們久違地在札幌郊外的藝森錄音室以合宿方式錄了專輯。

其實我很久以前就已經跟她提過一起製作專輯的想法，可是一方面我的工作忙碌，另一方面很在意彼此的音樂性已經與過去大相逕庭，我就因此逃避了。但是六十歲就近在眼前，漸漸覺得嘗試一次也好。我從年輕時就一直接受她的幫忙，卻也帶給她許多的麻煩，所以心情上也想著要報恩。我終於也從野獸變成了人呢。

因為事過境遷，如今我才能坦白，其實我在二十出頭曾跟她同居一段時期。但是交了別的女朋友後就搬出去了，我對她做了很殘酷的事。我媽與她一直都很要好，後來還去見了她說：「謝謝妳這麼照顧龍一。」大貫告訴我：「伯母那天戴了一串很純淨的珍珠項鍊」。

在音樂會上，大貫演唱了〈新的襯衫〉（新しいシャツ）這首歌，我聽到歌詞忍不住哭了。不過哭的不只有我，在兩個人的音樂會上，我盡可能壓抑著自己的感情彈出歌曲前奏時，聽見觀眾席竟然也傳來啜泣的聲音。看來有知道我們過去關係的人在場吧。從那之後經過了那麼久的時間，現在相處已經變得像是親人一樣，《UTAU》這張專輯為我們兩位成熟的音樂人同儕構築了新的關係。

話雖如此，想起以前的事還是很令人懷念。七〇年代剛認識大貫那段時期，大家都還沒有名氣，最不缺的就是時間。想打麻將時因為只有兩個人湊不到一桌，便打電話去問很要好的山下達郎來不來，他就立刻從練馬老家的麵包店開著店裡的小貨車過來。可是還缺一個人，於是就找了住在附近的吉他手伊藤銀次，四個人就這樣圍著麻將桌打牌，連打三天三夜也是常有的事。

沒有人在好好工作，大家都是怎麼養活自己的？我當時還有藝術大學的學籍，雖然有課必蹺，但是肚子餓了的話還是可以用定期票去位在上野的大學，然後在學生餐廳前像蜘蛛等獵物上鉤一樣等著，看到有認識的人來了就跑去問「喂，你有帶錢嗎？」「可以請我吃點東西嗎？」厚著臉皮逼人家請客。不過那畢竟是個連炸豬排丼都只要九十日圓就能吃到的時代。

如向日葵的母親

如前所述，二〇一〇年發生最重要的事就是母親去世。她的身體在前一年夏天急速惡化，要去老人安養院探望母親前，無論我暫在日本的哪裡，都一定會在百貨地下街買個美味的便當帶過去。但是從年底開始，她的意識漸漸不清楚，在剛過完年的一月九日就離世。雖然在此之前父親也早就走了，但與母親的死別還是影響很大。倒沒有說陷入抑鬱，而是失落感非常大。

父親的工作是文藝編輯，是個在家仍會一直校稿的人。他在工作日幾乎沒有在我還醒著的時間內回到家過，偶爾碰到面又給人感覺高不可攀的樣子，總覺得讓人如坐針氈。相形之下，母親爽朗又擅於交際，我從小跟她就是什麼都可以聊的關係。但是在我體內，也是同時有雙親各自的特質。父親是曾經歷過戰爭，沉默的九州男兒；母親是出生在東京，開朗得像向日葵女性。有時會覺得我的自我快要被如此兩極的性格撕裂開來。

曾經是帽子設計師的母親非常時髦，而且很喜歡義大利電影。我有生以來看的第一部電影就是費里尼（Federico Fellini）的《大路》（*La Strada*, 1954）。有段記憶是，母親坐在電影院的椅子上，還很小的我坐在她的腿上，抬頭看著黑白螢幕。最關鍵的故事情節我不記得，倒是當時聽到的「♪搭—哩啦哩啦—」女主角潔索米娜的主題曲一直迴盪在我耳邊。母親如此深受義大利影響，也去當地旅遊了好幾次，有一回我在佩魯賈（Perugia）演出時她跟朋友也去那裡玩。那天剛好佩魯賈市長也在現場，他相當喜歡母親，還以「SAKAMOTO Mamma」稱呼並護送她。

母親的名字叫「敬子」，這名字好像是外公取自戰前擔任總理、最後在東京車站被暗殺的原敬。對外公外婆來說，她是第一個小孩，底下雖然還有三個弟弟，卻是四人中口才最好而且最會念書的。外公的好友池田勇人曾說，要是這孩子是男生的話希望她能從政。她也是個強勢的人，如果我說「若尾文子真的很漂亮對吧？」[11]希望她能贊同我，她就會回「是這樣嗎？」燃起與我的對抗意識。就算她過世了，那張臉踐踐的表情還是深深地烙印在我腦海。

順帶一提，根據過去與母親交好的金子きみ女士的歌集《草的身分》（草の分際）所寫，母親年輕時還會牽著我的手，去參加以女性為主要成員的和平活動團體「草實會」（草の実会）舉辨的反戰示威活動。我對這件事情一點記憶都沒有，但是看來在我懂事前，我的思想就深深受母親影響吧。

四季更迭

母親過世後沒多久，我便接受箏曲家澤井一惠的委託，首次正式以日本傳統樂器創作，寫下

---

11 日本女演員，有「日本美人映畫女優」的稱號。

全新的〈為箏與交響樂團寫的協奏曲〉（箏とオーケストラのための協奏曲）。首演場是二〇一〇年四月，但我在前一年的歐洲巡迴中便已開始構想。

深秋之際，我坐在要前往英國國內各地的巴士裡，腦中突然出現折口信夫[12]的話語。他曾這麼解釋過，日語「冬」（fuyu）是來自「殖ゆ」這個希望增加生命種子的動詞；「春」（haru）則是來自描述那些種子落地生根長出新芽，生意昂然的「張る」。受此影響，我曾想過四季的順序應該不是「春夏秋冬」，而是從冬天開始。當然，季節遞嬗還讓人聯想起人的一生，秋天就成了一切的結束。

〈為箏與交響樂團寫的協奏曲〉由四個樂章組成，分別是「still」（冬）、「return」（春）、「firmament」（夏）以及「autumn」（秋）。從「冬」到「夏」三個樂章以極簡的方式編制，只有最後的樂章「秋」加入了優美的旋律再平靜地結束。因為我的本性還是很害羞，如果是只屬於我的作品，我會表現得比較壓抑，但若是創作提供給其他音樂家的樂曲時，有時也會刻意浪漫主義全開。澤井女士同時身為委託人，為這首高潮迭起的樂曲貢獻了出色的演奏。

為了迎接我七十歲的到來，commmons舉辦《我喜歡的十首坂本龍一》企畫，其中相識超過四十年的好友村上龍為這首協奏曲寫了很詳盡的文章，內容有點長，但就讓我引用那部分吧。

對我個人來說，這首〈為箏與交響樂團寫的協奏曲〉（2010）就是坂本龍一的最高傑作。這首協奏曲由四個樂章組成，結合了四季的春夏秋冬，並賦與「靜止與胎動」、「發芽與誕生」、「成長」、「黃昏．黑暗．死亡」四種意象，從極簡音樂的架構中靜靜地像泉水般流洩而出，並且像是用「感情」的荊棘刺進「精準與控制」般編織進了「浪漫」。這首協奏曲是坂本獻給母親的輓歌，因此，我們所有人都透過這首樂曲接收到了慈愛和悲傷的情感。

坂本不曾在音樂裡以這種型態表現出慈愛和悲傷的情感，那份情感卻常常潛藏在樂曲的背後。坂本的母親無法聽到這首曲子。既然是首輓歌，無法聽到也是當然，但我覺得他應該希望母親聽到吧。我在坂本的音樂會或是電影試映會上，常常都會坐在他母親旁邊或是旁邊的旁邊，總之都是很近的好位子。我會向她輕輕點個頭，接著就座。伯母會和我打招呼說：「謝謝你一直以來的照顧」。但我不曾看她笑過，總是扳著一張臉。我心會想著：坂本龍一就是被這個人養育長大的啊。

真不愧是作家，能夠得出如此精彩的連結。我不曾明確地說過這首〈為箏與交響樂團寫的協奏曲〉是獻給母親的輓歌。不久之前我讀了青柳いずみこ寫的《德布西最後的一年》（ドビュッシー最後の一年），在這之前我還以為自己已經徹底了解德布西，書中寫到薩提（Erik Satie）因

12 是日本的民族學家，語言學家，民俗學家，小說家和詩人。也是柳田國男的弟子。

為看上德布西的才能而持續援助他，但到了晚年兩人卻絕交的故事，我邊讀著兩人之間詳盡的小故事又重聽樂曲，從中感受到與過去完全不同的印象。因為這個經驗，我希望還沒聽過這首協奏曲的人，先暫時把村上那美得過火的解說放在一旁。真的要說，我希望大家第一次聽的時候沒有任何先入為主的知識。

儘管如此，〈為箏與交響樂團寫的協奏曲〉開始有個雛形是二〇〇九年的秋末，而我心中一直認為四季本來就是從冬天開始秋天結束，時間點和我的這個想法重疊，同時令我想起身處遙遠病房的母親，這也是事實。就這個意義來說，這的確是首輓歌。

3

敵不過自然

於宮城縣農業高中邂逅的「海嘯鋼琴」

與韓國的交流

我二〇一一年的活動就從一月九日在韓國首爾的音樂會開始。這次主打專輯《Chasm》[1]的前導單曲〈undercooled〉（2004），請來韓國饒舌歌手MC Sniper客串演唱，我們兩人在安可曲一同表演這首共同創作的樂曲。我還記得會場的聽眾也因他熱情的能量利用而徹底沸騰。

記得當日的公演還透過串流平台Ustream[2]直播，在以日本國內為主的四百個地點公開播映。我在前一年的北美個人巡迴音樂會、以及與大貫妙子合作的「ＵＴＡＵ」巡迴都有利用Ustream免費直播，西雅圖公演時，我請在Twitter上有往來的日本微軟前董事長古川享、媒體創作者平野友康提供技術面的支援。直播音樂會從九〇年代開始就有辦法進行，但如今能夠用非常便宜而且輕便的器材達成，的確讓人感到時代在變化。雖然音質絕對算不上好，但是看到欣賞直播的觀眾們在Twitter上說：「看了更讓人想去現場聽音樂會」、「我也希望體驗與現場聽眾相同的空氣」，就讓我很高興。

1　參見《音樂使人自由》頁二四二—二四四。
2　ＩＢＭ於二〇一六年併購的雲端影音串流商Ustream，現已更名「IBM Cloud Video」，鞏固其雲端影片服務。

那時《音樂使人自由》的韓文版已經出版，在當地舉辦簽名會出現排隊的長龍。上了年紀的男性粉絲自不用說，竟然還有非常多年輕女生也來，讓我多少有點吃驚，因為在日本已經很久沒有碰到這樣的情況了。也收到許多粉絲來信與禮物，其中還有小孩幫我畫肖像畫。看來他們並不受到韓國人、日本人這樣的國籍所束縛，能夠把我看成同屬亞洲人來為我加油。也有聽人說：「你是以電影《末代皇帝》獲得奧斯卡獎的第一位亞洲作曲家，我真以你為榮」。我在紐約也常常得到類似的回饋。我在美國的音樂會有很多亞裔的聽眾，體認到大家還是會支持同樣的人種，讓我很感激。

說到這個我想到，後來我還收到一位中國女高中生寫的信說：「我看了最近國內剛解禁的電影《俘虜》十分感動。不過大衛．鮑伊（David Bowie）已經過世了，所以我就成了坂本的粉絲。」無論從什麼管道入門，能夠獲得現在的新世代年輕人青睞，我都覺得很光榮。

我第一次在韓國辦音樂會是大概二〇〇〇年左右，還在日本韓國舉辦世界盃足球賽之前。當時韓國自戰後李承晚政權以來一直持續管制進口的日本大眾文化剛剛鬆綁，我應該是解禁之後在韓國公開表演的第二位日本藝術家[3]。當時三星、現代汽車都大幅躍進，韓國經濟趨勢就要趕上日本經濟了。相信許多韓國人都十分振奮：我們終於要打敗宿敵日本啦！從此我們就要一路向上爬升啦！——事實上也的確如此。

但是我對當地協力的音樂相關人士稱讚韓國的發展時，收到卻是：「沒有沒有，我們文化方面還有待加強，還有很多需要向日本學習」如此謙遜的回應。我很欽佩他們這種冷靜持平的感受。但是自那之後經過二十年，如今韓國文化以BTS防彈少年團、電影《寄生上流》為首席捲全球。我自己也迷上韓劇，從韓流熱潮的開端《冬季戀歌》開始一直到《大長今》、《陽光先生》等等，至今仍經常透過Netflix平台觀賞。

韓國在一九八〇年發生光州事件。光州市民群起示威要求軍事獨裁政權民主化，與警隊、軍隊衝突而造成許多人犧牲。但是就跟中國的天安門事件一樣，當時完全沒有任何報導。我只從一些傳言聽聞韓國現在正發生重大事件。

也因光州事件，翌年我為了雜誌工作首次造訪韓國時，說真的有點緊張。但是站上首爾的街道時我非常驚訝。街景乍看與東京街道極為相似，只是文字從日語變成韓文而已。我彷彿身處科幻電影、來到時空扭曲的另一顆行星。當地跟香港或馬尼拉街道帶有的亞洲都市特有的熱氣又不太一樣。走在首爾的巷道間，迎面而來的彷彿是以前學校認識的山田同學、小林同學那些人，許多臉孔看來都相當面熟。兩座都市彷彿孿生兄弟一般，唯有語言不同，這感覺真的太不可思議，讓我終生難以忘懷。

3 韓國對於日本大眾文化流入限制解禁後，二千人以上的日本文化公演，第一組是PENICILLIN（盤尼西林）樂團。

八〇年代前半的韓國還在戒嚴，所以凌晨零點到四點都不准在街道上走動。因此，我居住的旅館大廳到了晚上會有些韓國小姐專們找日本的大叔談價錢，談成的話就會一同進到房間。這種情況在那個時代很常見。

還有呀，在市場走著走著，竟然能看到賣天婦羅的攤販。我不經意呢喃著：「天婦羅耶……」，店裡的大媽竟然臭罵：「被你們的爸爸拿走了啦！」我實在不知要怎樣跟她道歉，只能傻傻站在那邊。壓迫別人的一方很快就遺忘了，但是被壓迫的一方七代以後也忘不了。有了這次經驗，我才開始對日本與東亞的歷史產生興趣，持續至今。

附帶一提，第一位與我成為朋友的韓國人，是透過中上健次介紹認識的杖鼓演奏家金德洙（Kim Duk-soo）。創設打擊樂團「四物遊戲」（사물놀이）的他跟我同年齡，我們很快就打成一片。杖鼓是朝鮮半島的傳統大鼓。金德洙的伴侶是韓裔日本人利惠，是一位韓國傳統舞蹈教師。我到首爾時，幾乎都會拜訪他們。

後來我從首爾回到紐約，剛入春時又因為其他工作要待在東京。然後，我就撞見了那一天。

東日本大地震

三月十一日是我為三池崇史導演的電影《一命》（2011）錄製配樂的第一天。下午二點四十六分，我在青山的Victor Studio準備錄音的瞬間，腳底傳來劇烈的振動。一瞬間我還沒意會到發生什麼事，但可能是出自音樂家的可憐本能，我先去穩住昂貴的麥克風，而非躲到桌子底下。我在東京出身長大，自小就經歷過好幾次地震，但是這次明顯跟我已知的搖晃方式不同。劇烈振動持續超過五分鐘，隔了一陣子又開始搖，此時我才驚覺事態嚴重。

第二次劇烈振動平息，晚到的吉他手村治佳織錄完音之後，我開車從青山的錄音室前往六本木的下榻處。但是車道大塞車，完全動彈不得。我看見旁邊人行道有一群戴著白色安全帽的女性上班族整齊地往澀谷方向走。這樣講可能有些冒失，但我看到這種景況隨時出現哥吉拉都不奇怪、彷彿在拍特攝電影一般的景象，感覺很不真實。想像首都正下方發生地震，道路塞車導致緊急車輛無法通行，如果失火也只能放任它燒，想到就害怕。結果從青山開到六本木花了三小時，我竟然沒想到該走路過去，走路的話應該差不多四十分鐘就到了。

到了旅館，大廳已經坐滿許許多多避難者，每個人都分配到水和毯子。幸好我本來就有訂房，但很多人因為電車停駛無法回家，只能在大廳過上一晚。村治也因為回不了家，也在同一間旅館先住下來。

當天就傳來福島第一核電廠因為海嘯停電、隨時有可能發生氫爆的消息。後來才知道，地震當時爐心就已經熔毀了。我大為驚慌，到處搜尋能夠降低輻射傷害的碘片，但是都沒有地方販售。大概在這個時刻，碘片已經由政府管制了吧。無計可施的我，心想只能先往西緊急避難。查詢旅館的訂房狀況，整個日本國內除了沖繩以外都已經客滿。

就在各種想方設法的期間，三月十二日午後一號機發生氫爆、十四日三號機發生氫爆、十五日則是四號機發生氫爆。我從九〇年代開始就持續參與環境議題活動，二〇〇六年推出「STOP ROKKASHO」計畫，一直宣揚核電的危險性，如今卻目擊了想像中最糟糕的一幕。

因為有好一陣子無法離開日本，所以我還是留在東京，按照原先計畫完成《一命》的配樂錄音，從成田機場飛去美國時應該已經是三月二十日以後了。往紐約的班機平常是從成田往堪察加半島的方向直線往北飛，但是這時為了避開福島縣的上空，改成朝東往夏威夷的方向直飛。飛機裡的座位螢幕有顯示出這條航線，我還拍了照。

回到紐約之後，我馬上參加了四月九日臨時企劃的東日本大地震賑災音樂會「Japan Society presents CONCERT FOR JAPAN」。我的表演時間有三十分鐘長，在當中我盡可能做了各式各樣的嘗試。

首先是以鋼琴即興演奏搭配在紐約發展的舞蹈家三輪萬葉（Mayo Miwa）演出能劇劇目「江口」，其中蘊含了我們的悼念之意。接著同樣是我即興演奏，搭配我請大友良英從日本傳來的、以備長碳為素材的噪音音樂，以及大衛・席維安（David Sylvian）朗讀幾篇阿爾謝尼・塔可夫斯基（Arseny Tarkovsky、電影導演安德烈・塔可夫斯基的父親）詩作的錄音。其中他朗讀詩篇〈And this I dreamt, and this I dream〉的錄音，後來被我用在《async》（2017）的專輯收錄曲

〈LIFE, LIFE〉當中。此外，再混進合作過幾張專輯的音樂家朋友克里斯汀・凡尼希（Christian Fennesz）特別為這次演出製作的電子聲響。最後我與日裔美籍的小提琴手安・梅耶（Anne Akiko Meyers）合奏了卓別林的電影樂曲〈Smile〉。我與三輪以及安・梅耶都是當天才第一次合作表演，但是大家都身懷來自日本的根源，都同樣希望為災害地區盡一份心力。這段表演時間不長，卻十分充實愉快。

在受災地體會到的無力感

日本的狀況依然令我憂心，於此同時，我於四月前往德國，與卡斯頓・尼古拉在五六月間辦了歐洲巡迴演出。我們二人的巡迴名稱借用那年發表的合作專輯《summvs》頭一個字母，取為「『S』Tour」。工作人員是以英國人為中心、很懂得諷刺玩笑的一群人，我們都懂得彼此的性情，一直很開心。

好朋友卡斯頓我在最開頭已經介紹過了。前陣子得知我因為治療癌症住院，他也發來訊息關心我：「能為你做些什麼嗎？」，我就模仿歌德回訊息給他：「Give me a light!」沒隔多久卡斯頓寄了信過來。拆開信封、取出他製作的信紙，上面是他用畫筆畫出的美術作品，還用藝術字撰寫鼓勵我的話。他真是個大好人。

巡演那時卡斯頓住在柏林的米特區，那個地方原本屬於東德，殘留著獨特的社會主義氛圍。一九八九年柏林圍牆倒下許多年輕人的舞廳、酒吧隨即如雨後春筍般陸續誕生，到二〇〇〇年代初期已經成為文化中心。那裡沒有被過度商業化，白天在街上還能看到媽媽推著嬰兒車，乍看是個很悠閒的城鎮。但是等到晚上走進小巷子，一路走進沒有招牌看板、半毀的可疑大樓深處，突然間就有一片作為舞廳的空間出現在那邊，令人吃驚。也沒有固定每週哪天開業，只是這些年輕人隨意聚集起來玩樂。我去的時候還保留著這種氛圍。

卡斯頓帶我造訪的酒吧也很有趣，店裡也彷彿廢墟一般，沒有擺放椅子家具，店主很粗魯地說：「你們就把躺在地板上那些老舊映像管電視當凳子用吧」。後來我才知道，這間店的店主是影像藝術家，每個星期只開一天。

看到街上隨處可見像這樣子充滿創意的拼裝藝術（bricolage）讓我很感動。因為實在太喜歡那裡了，有一陣子我還想在米特區租個公寓，方便自己隨時過來。可惜那裡已經徹底都更，卡斯頓也搬出米特區。不過因為柏林物價還是相對便宜、生活較容易，所以聚集了來自全歐洲、不對，全世界的年輕人，其中有許多都是創作領域的人。在柏林又能隨時體驗當地獨特的歷史，是個十分具有魅力的城市。

七月我回日本造訪了岩手縣的陸前高田市以及氣仙郡的住田町，這時距離發生東日本大地震已經過了四個月，但是親眼看到沿海地區廣布著大量的斷垣殘壁，依然是超乎想像的衝擊，深刻感受到凡是人類創造的東西，終有一天全都會毀壞。專輯《out of noise》也是懷抱著對自然的敬畏創作、意圖描繪出廣大的山水畫。或許該說這個精神因為大地震又進一步升級，讓我認知到人類真的敵不過自然。

有位我喜歡的德國藝術家叫安塞爾姆・基弗（Anselm Kiefer），他知名的作品是以納粹政權等德國近代史陰暗面作為主題，運用稻草、碳灰等製作的巨大裝置繪畫。就連他那些充滿魄力的作品，放到東北的殘骸面前想必都會變得毫不起眼。這麼說可能很奇怪，我覺得受災地眼前這些光景就是終極的裝置藝術，是超越人類智慧的藝術品。當然，這種想法也反過來影響到我自己的工作，讓我體會到一種無力感，覺得像人類這樣努力創作音樂或表現藝術，最終到底有什麼意義呢？

縱然這些人類耗費長時間汲汲營營建設起來的物體在瞬間毀壞殆盡，我茫然注視著這樣的景況，卻又栩栩浮現出一種心情，覺得好像還是可以再增添些什麼。原本只要專注聆聽竹林裡的風聲就可以充分感受到聲音之美，卻還是一直創作著音樂。也許在承認「敵不過自然」的前提下，是不是就有權利在大自然裡添加兩三種聲響呢？我的想法本來就偏向如此，只是可能因為這場地震而更加確信。

另外這段時期我與透過臉書認識的朋友彼此推薦能夠讓心情沉靜、幫助思考的書籍，我將這些書單整理成書籍《現在我們想讀的書——三一一後的日本》（いまだから読みたい本——3.11

後の日本）於八月緊急出版。這本書匯集了從茨木則子到斯維拉娜・亞歷塞維奇（Svetlana Alexievich），古今東西方各種作家所寫的、富含洞察與啟發的金句。這與九一一當時所出版的《非戰》（2001）是同樣的編輯概念。

我自己觀察地震之後的政治狀況，覺得日本的民主主義恐怕還不夠成熟，因此又開始讀丸山真男的書。他批評戰前日本政府的決策系統時有個詞用得一針見血：「不負責任的體系」，原封不動放到現在也依然適用。因為探討這個議題，我在這本書裡面介紹了丸山選集《現代政治的思想與行動》（現代政治の思想と行動）中的論文《現代社會的人與政治》（現代における人間と政治）。

More Trees的活動

二〇一一年七月訪問受災地，是為了我身為代表的組織「More Trees」的活動。相較於面海的陸前高田市，緊鄰而靠山的住田町從過去就以林業著名。為了幫助地震後房屋被海嘯沖走的陸前高田市居民，住田町提供當地採伐的木材、且獲得當地建商的協助，蓋約一百棟能夠舒適居住的木造臨時住宅。

但是當住田町向岩手縣政府申請補助時，卻被判定這是住田町獨自安排的作法，不適用災害救助法，因而被打了回票。我偶然在網路上看到這件事，感到非常憤怒，這真是墨守成規的愚蠢作法。我毅然宣布，住田町這個作法確實很棒，那就讓More Trees來籌措這總計三億日圓的預算吧。「LIFE311」計畫因此快速成立。

因此之故，我開始與當地居民有了交流，也見到住田町的町長，是位有義氣、很了不起的人。聽說岩手縣得知我們的活動受到媒體報導之後臉色大變，慌忙說：「還是由我們出錢吧」。結果町長親自回絕。町長還說：「你們不要高高在上指指點點的」。結果More Trees募資的捐款金額雖然比目標的三億日圓稍少些，但還是籌到差不多二億四千萬日圓。

接下來More Trees的活動又前往拜訪同樣以林業著稱的宮崎縣諸塚村，這裡的村長也很有見識。林業盛行的地區在日本當中都算是偏遠地帶，但是這裡的每個人都能跟上世界脈動，某位爺爺對我說：「坂本呀，日本還是應該要盡早成為碳中和[4]社會才好呀」。這些從事一級產業[5]的居民，每天面對著自然，想必很敏銳地體察出環境的變化吧。比如說水產業，海水溫度即使只上升一度，就會造成無魚可捕。大自然與他們的生計緊密相連。

---

4 透過使用低碳能源取代化石燃料、植樹造林、節能減排等形式，以抵消國家、社會、個人等產生的二氧化碳或溫室氣體排放量，實現正負抵消，達到相對「零排放」。

5 生產鍊的最底層，以採取原料為主要工作。

此外，諸塚村雖然以林業為核心，但他們認為不能完全仰賴，因此也投注心力在菇業、製茶、畜產業等領域。為了讓大家即便在天候不順的年頭也能吃得飽，昭和三〇年代的村長領頭培育了這四種基礎產業。我覺得地方上有許多的政治家，比中央還要優秀許多。

話說回來，在More Trees成立的二〇〇七年時，實在無法想像我們社會竟然會發生這樣的事態[6]。最開始我只是想到「No Nukes, More Trees」這樣的標語，想把它印出來做成T恤而已。後來成立變成一般社團法人，開始在高知縣檮原町舉辦植樹活動，陸陸續續在各地種下了「More Trees的森林」，如今擴大遍及日本國內十六個地方（位於十二個地區）、海外兩個地方（二〇二三年五月的現狀）。推動這些只是我自己興趣使然，並非覺得有必須貢獻社會的義務。可是透過這些活動讓我有機會遇見這些只做音樂就無緣認識的了不起人們，讓我覺得實在很幸運。

還有件事也算跟More Trees有關聯。二〇一七年我生日時突然收到海外寄來一張我植樹的證書，原來是中國的粉絲們一起出資，搭著我的生日一月十七日在內蒙古沙漠地帶種下了一千一百七十棵樹木。他們事先聯繫經紀公司取得使用我的名義的允許，對我保密進行這個計畫。我真是高興到快要哭出來。同一個團體在翌年還以我的名義捐助音樂教室與樂器給中國貧窮的地方村落。「No Nukes, More Trees」最初不過是我脫口而出的一句話，其訊息竟然能對世界帶來如此的影響，真是讓我驚奇不已。

孩童音樂重建基金

從受災地回來之後，在新聞媒體看到瓦礫堆的照片、影片，我注意到裡面有一些樂器的殘骸。身為職業音樂家，我會覺得那不僅是廢墟而已，而能感受到如刀割般的痛楚。能不能把地震毀壞的樂器盡可能修復、重新拿來演奏音樂呢？畢竟人類不能只有水跟食物，音樂也是必要的——我抱著這種想法聯繫全國樂器協會的會長，成立了「孩童音樂重建基金」。

我得知於東日本大地震遭受震度六級以上重創的學校，在受災的三個縣裡面其實高達一千八百五十間。這個基金將無償維修這些受災地學校毀壞的樂器，如果真的無法修復，也將由基金撥出經費支援購買。我們安排修理工作交由當地的樂器行負責，盡可能讓經費保留在受災地運轉。此外年底在銀座的山葉演奏廳也為「孩童音樂重建基金」舉辦了義演。

隔年二〇一二年，我獲悉有鋼琴因海嘯遭到泥水覆蓋，特別前往宮城縣名取市查看。見到面第一個感受是，鋼琴比想像中的還堅固，遇到災害也不像其他樂器那樣壞到不成形狀。當然，因為長期浸泡在鹽水裡面沒有處理，金屬琴弦上面都是鏽，木製鍵盤也因為吸水膨脹、有一半琴鍵壓回去也無法復原。這些部分都無法輕易修復，頂多稍做修整，更別想還能於一般音樂活動正常

---

6 參見《音樂使人自由》頁二四六—二四七。

使用。

我試著按按這台壞掉的「海嘯鋼琴」的鍵盤聽聽聲音，發現琴弦雖然已經完全走音，但發出的聲響卻很有味道。仔細想想，鋼琴本來就是一種人工物品，是從大自然摘取木材這種物質綁上鋼鐵、讓我們能彈奏出自己想要的聲響。所以我是不是能反過來說，這鋼琴因為海嘯的自然力量破壞了人類的自我、而還原成本來該有的自然樣貌？

這台鋼琴是高中的備用品，沒有被使用過就一直擺在那邊，現在卻要被廢棄掉。我知道這件事之後真是坐立難安，最後說：「這台鋼琴我要了」就運回來，後來被我製作成裝置藝術作品《IS YOUR TIME》（2017），在同一年發表的專輯《async》也有使用這台「海嘯鋼琴」的聲響。

回想起來，我從這段時期開始，在作曲方向上也有了轉變，不再受五線譜規則的束縛。五線譜只是基於「音樂是一種時間藝術」這樣的公約所編造出的權宜規定罷了，我之所以時不時會發表裝置藝術作品，跟我希望逃出這種規定有著很深的關係。在藝廊中展示的聲響表現，至少沒必要像一般音樂那樣要有個故事般的開頭結尾。

夏季音樂節的事蹟

二〇一一年八月十五日我受大友良英之邀參加了「Project FUKUSHIMA!」音樂節。這個免費入場的大規模活動，其企劃目的是將文化從福島推廣出去。一直持續努力至今，我覺得很了不起。他們為了募集活動的經費，在事前也成立了捐款網站「DIY FUKUSHIMA!」。我也對其表示支持，提供了一首靈感來自福島市詩人和合亮一詩作的樂曲〈靜夜〉（静かな夜）。

結果，大友改以吉他、唱盤音樂將這首《靜夜》徹底改頭換面，變成另一首樂曲〈quiet night in Fukushima〉，彷彿對唱一般送給由我擔任共同代表的「kizunaworld.org」。「kizunaworld.org」是我朋友平野友康在地震後成立的計畫，募集世界各國對受災地的捐款，然後將支持本計畫的藝術家作品作為謝禮致贈給捐款者。

音樂節的重點演出是和合朗讀自己的詩作《詩的小石子》（詩の礫），同時由大友和我即興演奏。附帶一提，當時我無論走到哪都帶著蓋格計數器[7]，走到福島車站前廣場的樹叢一側，竟然測到足以讓指針整個偏轉過去的輻射量，嚇我一跳。但是小孩子、年輕女子都若無其事地從那樹叢旁走過，讓我非常擔心。

作為前導活動，有個用巨大的包袱布將整個會場「四季之里」的草坪覆蓋起來的儀式，我下車往會場那邊走，沿途經過經過一些攤販，其中有一攤在賣水果的阿媽笑著說：「福島的桃子香甜好吃唷，不過最好別給小孩吃唷。」她懂得人體暴露在輻射下危險，還是得賣這些桃子，讓我

7 一種可以探測游離輻射的探測器。

既高興又難過，心裡五味雜陳。她又說：「但是，給老年人吃沒關係唷。」

另外，這段時期ＹＭＯ有好幾次現場演出。六月在洛杉磯的好萊塢露天劇場、舊金山的The Warfield劇場，連續二場在美國國內的公演；七月首次參加富士搖滾音樂祭，八月則按照慣例參加了WORLD HAPPINESS。洛杉磯這場其實應該是我們睽違三十一年在當地的演出，會場聚集了來自全美國最熱烈的、有些可能從三十一年前就開始聽的ＹＭＯ粉絲，我們也久違地演奏了像〈Seoul Music〉（1981）、〈Lotus Love〉（1983）這些難得表演的樂曲。

當時在好萊塢露天劇場的音樂會是日本特輯企畫的一環，我們還與小野洋子一同演出。不過主辦方安排那些又是富士山又是藝妓的表演真是不堪入目。都二〇一一年了，竟然還有那麼低級的東方主義，甚至根本該說是種族主義橫行，真讓人瞠目結舌。

附帶一提，在富士搖滾音樂祭的演出上面，就連那如仙人一般的細野晴臣與溫厚的高橋幸宏都一同做出了「還是別用核電的好」的發言，讓我很驚訝。雖然我們幾個從二十多歲以來長年相識，但我從來沒在公開場合聽過他們發表過任何政治性、社會性的發言。能夠目睹他們明確提出反對核能的主張，一方面覺得真是可靠的同伴，但也體會到事態嚴重到連他們都會感到憂慮。就連細野也在地震之後，趕緊購買了中國製的輻射劑量計隨身帶著。

吉永小百合與美智子皇后

女演員吉永小百合長年以來都在倡導廢除核能。吉永從一九八六年東京召開和平集會以來，朗讀核彈詩已經成為她的畢生活動，一直都是以義工身分舉行。核彈詩是因廣島、長崎核彈轟炸而逝世、受害的人所寫的詩作，峠三吉、原民喜是廣為人知的核彈詩作者。

吉永之所以會開始探討這個議題，是她在年輕時演出了改編自大江健三郎《廣島筆記》（ヒロシマ・ノート）當中一則故事的電影《愛與死的紀錄》（愛と死の記録，1966），然後在八〇年代又在ＮＨＫ連續劇《夢千代日記》（1985）演出胎兒時遭受輻射線照射的女性。而經過福島核電廠的事故，讓她的活動有了更深一層的實際意義。

然後在二〇一一年十月，吉永受英國牛津大學邀請舉辦朗讀會，我也作為伴奏者一同受邀。吉永小百合在日本是無人不知無人不曉的國民級演員，我也不例外地從很久以前就是「小百合主義者」。能夠被這位簡直是現代卑彌呼的女王[8]所囑託，相信不會有任何人拒絕幫忙。這次是吉永在歐洲第一次舉辦朗讀會，能夠受邀參與這寶貴的演出也是我的榮幸，二話不說就答應了。

---

8 古代日本邪馬台國的女王，其身分有眾多說法，現用來形容女性地位崇高如女王。

會場位於大學校區內一間歷史悠久的禮拜堂。在這座位不滿二百席的小型會場裡，進行的方式是先由英國人朗讀詩作英譯，再請吉永唸出原文。吉永在朗讀時，想必是她的語音足以超越語言的隔閡觸動情感吧，可以聽到應該不懂日語的觀眾傳出啜泣聲，而彈奏著鋼琴的我也幾乎要落淚。我還記得，演出途中還有白色的鴿子不小心飛進禮拜堂。

最早與吉永共事，是在前一年夏天於東京舉辦的「吉永小百合　與和平連結」，是以音樂會形式演出的朗讀會。與吉永是好友的美智子皇后也蒞臨這場在NHK音樂廳舉辦的活動，表演結束後在貴賓室會見了所有演出者。輪到我面對美智子皇后時，我整個人僵在那邊，無法直視對方的眼睛。皇后問我：「你剛才彈的鋼琴曲有樂譜嗎？」我回答：「沒有，那是即興彈奏的」。她回應：「哎呀，沒有樂譜留下來嗎？真可惜。」我緊張地渾身僵硬，想來都覺得丟臉。這對於年輕時參加過全共鬥學運、對天皇制也抱持批判態度的我來說真是太莫名其妙了。大概我心中還是有被接受軍國教育、派到滿州的父親遺傳到些什麼吧。父親在戰後有了自由主義的思維，可是我覺得他終生還是懷著一些已成為身體本能的東西。

不過當時一起演出的一些比我還年輕的音樂家，同樣有機會謁見，他們都能正眼面對美智子皇后，交談也非常隨興，有時甚至不加尊稱。我看到這景況，內心半開玩笑地想著：「真是大不敬！」說到這個，二〇〇五年布希總統訪日，從伊丹機場搭直升機直接降落在京都皇宮內場地時，我也一與淺田彰一同大怒：「那些右派人士怎麼不去抗議美國這種不敬的行為！」

後來我把鋼琴曲抄寫成樂譜，請託與美智子皇后熟識的津田塾大學早川敦子教授轉交致贈。樂譜還特別準備了花朵圖樣的特製版本。因為皇后對彈鋼琴是有興趣的，或許會想要這份樂譜吧。雖然僅有這麼一次會面，但我覺得皇后真是非常好的人。

再次見到吉本隆明

另外在十月底我見了吉本隆明，這次與工作沒有關係。吉本已經是無須再多做介紹的戰後代表性知識分子之一。因為他有著如宗教教祖般的強烈個人魅力，學運時的派系甚至還分裂為親吉本派與反吉本派。我自然是屬於親吉本一派，從年輕時候就深受他的影響，還在一九八六年與他合寫了《音樂機械論》這本書。當時我是請吉本到我在東京常用的一間錄音室討論我在行的音樂題目，非常奢侈地對談了一整本書籍的份量。

吉本原本身材高大，久違見到他，這次覺得他頭的位置比我記憶中矮得多。仔細看看，原來是已經上了年紀，腰都直不起來了。不過等他一坐到椅子上，又恢復以前那種龐大的身形，我也就放心了。吉本對於核電議題也是有諸多發言與評論，就如他在地震之後出版了《「反核電」異見》（「反原発」異論）一書，雖然是左派人士，卻有其特殊的觀點，認為核電作為文明的象徵反而應該去擁護，這方面的意見跟我是完全相反呢。雖然有很多東西想請教吉本，不過當時我這樣帶著一股衝動去他家拜訪，卻奇妙地不記得我們談了些什麼。我想沒談到什麼政治、思想方面的話。

要問我還記得什麼，大概就是我為愛喝酒的吉本帶了瓶挺不錯的日本酒當伴手禮，記得是「黑龍」吧。老花眼已經非常嚴重的吉本還用一台讀文字書用的大型放大鏡機器來看。吉田是讀書破萬卷的學者，但自己家中的藏書數量卻出奇地少，只有他嚴選過覺得對自己真的非常重要的日文平裝書、外文書才會擺上書架。聽他說他從以前就時常利用附近的圖書館看書。這樣身無長物一身輕的感覺真是十分帥氣。

見過吉本之後不到半年，翌年的二〇一二年三月十六日就因肺炎逝世了，享壽八十七歲。我絕對不是有了什麼預兆才跑去看他的，但現在想想很慶幸在他生前還能再見一面。吉本常用「老兄」（大将）這樣親暱的稱呼叫我，也是讓我難以忘懷的回憶。

此生最棒的禮物

二〇一二年年初的一月十七日，我邁入花甲之年。經紀公司的工作人員為我買了紅色的羽織服，雖然很不合我的調調，但我還是穿了。這輩子總是一個勁地向前衝，回過神才發現自己六十歲了，我只是彷彿事不關己般地想：「原來都這年紀啦」。

那時還收到一份驚喜，是一張專屬於我的致敬專輯，參加者有細野、幸宏、高野寬、小山田圭吾、高田漣、權藤知彥、U-zhaan等與我熟識的音樂家，連我女兒坂本美雨也參加了。平常情緒不太容易激動的我，對此也是心頭一陣暖意。這張專輯是非賣品，除了細野唱的「Birthday Song」我在自己的電台節目RADIO SAKAMOTO有特別播放過之外，其他內容從未對外發表過。

還有一份慶祝我花甲之年、我這生中收過最棒的禮物。生日當天伴侶對我說：「我們出門一趟吧」，我順著她上了預先安排好的車子，一路搭到曼哈頓五十七街，來到鋼琴製造公司史坦威（Steinway & Sons）的本店。我想著這可是鼎鼎有名的格連・顧爾德（Glenn Gould）也來過的鋼琴店呀，隨即被帶到地下樓層讓我試彈各種鋼琴。這時伴侶突然對我說：「可以挑選任何一台你喜歡的鋼琴唷。」我大驚：「哇！怎麼可能！」

她說以前就看不慣我以家裡沒有鋼琴為由一直不練琴，決定送我一台讓我不能再逃避。我很感謝她的好意，就挑了一台家裡客廳放得下、尺寸比較小的小平臺鋼琴。過去總是堅持「不靠音樂會真槍實彈上場、彈奏技術就不會進步」的我，自此也就不得不在平日彈琴了。仔細想想，自從小時候影響我很深的小舅舅轉讓給我一台茶色的鋼琴後，直到六十歲才有了專屬於自己的鋼琴。

與電力站樂團的情誼

再後來，春天我與卡斯頓一同巡迴到達中南美洲各國，第一次到阿根廷還跟工作人員一起吃了大量的牛肉，接著七月七日、八日在幕張展覽館舉辦「NO NUKES」音樂節，以YMO＋小山田圭吾＋高田漣＋權藤知彥的樂團陣容演出。這場從我構想的標語「No Nukes, More Trees」取出「廢核」主題所舉辦的音樂節，不只有音樂表演而已，還舉行了座談會。音樂節從年初開始準備，很高興地發現支持活動宗旨、表明願意參加的藝術家人數超乎我們的想像。同時我也延續去年的編輯職務，在夏天出版了《NO NUKES 2012我們的未來指南》。

有個樂團是我們堅持要請來「NO NUKE」音樂節的，就是一九七五年發表專輯《輻射能》（*Radio-Activity*）的德國科技樂團「電力站樂團」（Kraftwerk）。當我們與團長瑞爾夫．休特（Ralf Hütter）接洽時，他一口答應，還很體貼地對我們說：「相信你們預算不多，所以到日本的旅費只要提供我們經濟艙機票的金額就好。」歐洲在一九八六年發生車諾比核電廠事件，遭受莫大的災害，之後批判核電的聲音就日益高漲，但如今福島又發生了事故。

瑞爾夫說他希望在「NO NUKES」舞台上演奏電力站樂團代表樂曲〈Radioactivity〉的特別版。這首曲子原本有段歌詞是「Chernobyl, Harrisburg, Sellafield, Hiroshima」（車諾比、哈里斯堡、塞拉菲爾德、廣島），列舉了遭受輻射能所害的土地，但他想要再做更新。於是他請我們教他新加的「Fukushima」（福島）怎麼發音，還幫他們準備的日語歌詞做出調整，幾乎每天都在電子郵件往返一直到演出當天。

我和電力站樂團從他們一九八一年第一次來日本時就認識。對YMO來說是開拓科技流行樂的大前輩，因此最開始光是到舞台休息室打招呼就讓我緊張不已。不過實際見面之後馬上意氣相投，還介紹他們去六本木以迪斯可聞名的熱門舞廳「玉椿」。原本想像做如此酷炫音樂的人可能都有點像生化人一般，結果私底下卻是穿著不搭調的外套，實在很煞風景。然後竟然還在迪斯可舞廳找日本女生跳舞把妹，讓我覺得很幻滅：「什麼嘛，原來也是普通大叔嘛。」當然啦，那時候應該也有人對YMO有著同樣的想法就是。

能夠久違地與其實很有人味的電力站樂團在這年的「NO NUKES」共演，讓人感慨萬千。瑞爾夫不用說，與他們共事許久的樂團經紀人也都是一直持續參與反核運動的人士。他們平常演出後不像其他音樂家會去開慶功宴，但是當時氣氛熱烈，電力站樂團與YMO成員就一同到幕張旅館內的酒吧喝酒。

回頭想想，我真的在很多時候都承蒙他們幫助。創建「STOP ROKKASHO」網站時也是，然後再往前推，二〇〇一年我發起以清空全球埋設地雷為目標的計畫「ZERO LANDMINE」時，也是請電力站樂團特別製作了聲響標語。或許可以說我們是懷有共同cause（大義）的朋友吧。

「NO NUKES 2012 」的表演舞台

「不過就是電」發言的真意

那段時期只要我人在日本，就會參加在首相官邸前舉行的反核示威活動。自七〇年代以後就不曾有這麼多人發出政治呼籲。七月十六日我在代代木公園的「向核電道別十萬人集會」的台上發表演說，從許多聽眾的反應，能夠體會到國民對於政府核電政策的忿怒。不過媒體只擷取了我「不過就是電」的發言報導，後來我遭受大量的批判，罹癌之後也有人揶揄我：「你治療癌症用不用電嗎？」

沒想到會有這麼多人因為「不過就是」一詞而做出情緒化的反應，我完全不是在否定電的價值，只是丟出「人命與電哪個重要」這樣的疑問而已。絕大多數人對於這個問題的答案想必都會是「人命」吧。

我在這段發言希望訴求的，是更加安全的發電方式。直到福島核電事故以前，日本國內應該有許多人都以為發電只有石化燃料與核能這些方法。但現實是，核電在事故前總電力的占比只有百分之三十左右。核電是最危險的發電方式，除了需要耗費莫大的成本，一旦發生什麼問題就會演變成無法挽回的事態。事實上在福島事故後，有十六萬居民不得不離開避難，還有更多人因為害怕健康受損而不得不永久搬離。

在還有其他選擇的情況下，完全沒有必要繼續使用風險最高的發電方法。氣候變遷也在持續進行，人們應該要改往以太陽能發電為首的可再生能源發展才行——我這想法至今不但沒變，而且更加強烈。即使事故已經過了十年以上，我們依然連熔毀的燃料都無法回收，同時也沒有人能正確回答核電廠除役要花費多少時間與成本。我覺得這些都會成為日本經濟的重擔。

包含「不過就是電」發言在內，我對當時的發言不抱任何後悔。想要斷章取義的人就隨便他們吧。但是我要藉此機會，保留前後脈絡一字不漏地重新抄錄在此。坂本龍一究竟是不是在主張「我們不需要電」呢？請各位讀者自行判斷。

雖然長期來說，即使我們呼籲馬上停用（核電）也不會就此停止，但是我們能作的，是降低對電力公司的依賴。這樣的呼聲會為他們帶來些許壓力，而且像電力公司的收費體系制定問題、發電與輸電事業分離、地區獨占等等都能逐步自由化的話，市民就可以選擇不依賴核電的電力來源。

此外，當單一家庭與商務場所能夠陸續自力發電時，雖然過程會耗費不少時間，但只要盡可能降低對電力公司的依賴，我們就可以盡可能少付錢給電力公司，讓電力公司不能用這些錢蓋核電廠與相關設施，這點我想是很重要的。

說起來，這些不過就是電而已。

就為了這些電，為什麼我們必須要將生命暴露在危險中呢？我不知道何時能夠達成，但是希望我們的社會在本世紀過半的二〇五〇年左右，家庭、商務場所、工廠等能理所當然的自力發電。我期盼那一天的到來。

我們不該為了這些電，讓美麗的日本、國家未來主人翁的生命暴露於危險之中。人命比金錢更重要，生命比經濟更重要。一起守護我們的孩童吧，一起守護日本的國土吧。

最後我要說：「Keeping silent after Fukushima is barbaric」——在福島事件之後保持沉默是野蠻的，這是我的信條。

賑災音樂會

二〇一二年十月，我以三重奏樂團的形式發表了許久不見的自我翻奏專輯《THREE》。前一年年底我在歐洲辦了幾場公演，最後一場到了葡萄牙的波多，這張專輯就是在那錄製。先巡迴後錄音是因為考量讓同樣的成員在各場聽眾前反覆演奏，等到圓熟有韻味之後再來錄音，成果應該會更好。

大提琴手是上一張三重奏專輯《1996》（1996）也有參加的老朋友賈克．莫瑞蘭包姆（Jaques Morelenbaum）。賈克出身巴西，曾在裘賓樂團中活動，非常資深。另一方面，小提琴手則是我當時透過 YouTube 甄選出來、最後實際欣賞過演奏而邀請加入的韓裔加拿大新秀茱蒂．康（Judy

Kang）。

錄音所在的波多是我的鋼琴調音師喬賽．羅查（José Rocha）的出身地，聽他說葡萄牙的首都里斯本與第二都市波多的關係，就如同日本的東京與大阪。他常常沒事開起這種玩笑：「里斯本最美麗的地方，就是高速公路入口那塊『往波多方向』的交通標誌。」

《THREE》甫發行沒多久，我就因為榮獲「亞太電影獎」前往澳洲布里斯本，在會場與在《俘虜》電影中共同演出的演員傑克．湯普森（Jack Thompson）再次會面。

接下來於十二月舉辦《THREE》的發行巡迴演出，前往包括日本國內九個地點，以及韓國首爾的世宗文化會館。這個三重奏又順著巡迴的行程，於十二月再次造訪陸前高田市，為當地七百位居民舉辦賑災音樂會。從東日本大地震之後已經來到第二個冬季，但當地仍然有些許廢墟殘存，看到在上面擺著千羽鶴，讓我感到很心痛。承受毀滅性災害的沿岸地區的建地上面擺著祭壇，我蹲在祭壇前面雙手合十。景色已然全非，即使我跟一同巡迴的外國成員解釋說這裡原本有一條街，他們也完全無法想像。

就在賑災音樂會之前，我們還為了支援More Trees的「LIFE311」計畫而前往住田町的木造臨時住宅。正值寒冷時節，我們一同坐進暖爐桌與居民們交談。原本一直很活潑的二位三重奏團員，目擊受災地所有東西都被沖走的景象也變得啞口無言，臉上露出複雜的表情。

到了正式演出，大提琴賈克與小提琴茱蒂都投注了安魂的心意賣力演奏，我也懷抱著安撫受災者們的願望，用心彈奏著鋼琴。在九一一事件之後有一段時間我不但無法創作音樂，甚至無心聆聽音樂。對我來說，多虧在曼哈頓散步時偶然遇見一位無名街頭音樂家演奏披頭四的〈Yesterday〉，才讓我得以脫離那種狀況、重新面對音樂。這話說得冒昧，但我很希望自己的演出也有同樣的作用。

其實要與受災者們拿捏好彼此的距離絕非易事，我們絕不希望迫使他們重提那些悲劇往事，但也不能只是輕率地說：「加油吧」。即使如此，我還是希望透過音樂盡可能傳達出支持他們的心意，我在這兩年間在可負擔的範圍內盡了最大的努力。

4

旅行與創造

於冰島的雷克雅維克

向冰島學習

目前為止因工作之故我造訪過許多地方，但還是有不少沒去過的國家，二〇一三年的行程就從邂逅這些陌生土地開始。

首先是剛過完年的二月，我去了在冰島舉辦的音樂節，他們邀請我與卡斯頓・尼古拉演出二重奏。這場音樂節是發祥自西班牙巴塞隆納的電子音樂節「Sónar」的海外版，這個年度起也在冰島首都雷克雅維克舉辦。「Sónar」也曾在東京舉辦過。

我從以前就十分關注冰島，起因是讀了《重生吧！夢之國冰島》（*Draumalandið–Sjálfshjálparbók handa hræddri þjóð*）這本書。冰島在二〇〇八年因為雷曼風暴與其他國家一樣陷入金融危機，後來興起一股脫離歐美經濟發展路線的運動，奇蹟似地成功復活。而為這場運動帶來思想面影響的，就是這本於二〇〇六年撰寫、全冰島三十萬人口有過半閱讀過的書籍。這本書批判過去冰島政客們所犯下的過錯，另一方面則有介紹地熱發電機制等內容，闡明小國將發展重點放在永續性有多麼重要，是劃時代的一本書。

作者安德烈・馬納松（Andri Magnason）是兒童文學作家，我造訪冰島的主要目的就是與他見面。我徵詢是否願意對談，獲得他爽快答應，對談內容刊登在《婦人畫報》上。冰島自九〇年代開始建設了大量美國資本的鋁工廠，刮起空前的投資熱潮。但是隨之而來的，是工廠廢棄物對環境的污染、使得當地知名的候鳥棲息地陷入危機，可以說與日本經歷過的、高速經濟成長期帶來的公害問題如出一轍。其實冰島也有規模不小的泡沫經濟崩潰，於是商業與環保對立日益激化。

但是如前所述，冰島在正視這些問題時，採用了足以稱得上是直接民主主義的方法，讓市民交換意見，這十分厲害。而政治方面也能確實反省過去招致失敗的各種判斷。事實上，造成泡沫經濟的元兇、某位銀行幹部就被宣判需要為經濟崩潰負責而坐牢。在遭受金融危機時，也馬上重新舉辦了國政選舉，一位在二十幾歲與碧玉（Björk）同組樂團、擔任主唱的樂手，還在音樂活動之餘擔任首都的市議會員。

雖然冰島是到一九九四年才從過去的共主聯邦國丹麥分離獨立出來成為共和國，但是其歷史比這更為古老。有一本記載日耳曼神話的著名古書叫做《埃達》（*Edda*），相當於日本的《古事記》，是北歐各國的最重要文獻之一。這本書最古老的版本、通稱《斯諾里埃達》（*Snorra Edda*），正是由十三世紀冰島詩人斯諾里・斯蒂德呂松（Snorri Sturluson）所撰寫。

此外說個題外話，冰島人的名字和一般歐美先名（first name）後姓（family name）的寫法不同。他們在名後面接上的是父親或母親的名，然後如果是兒子就會加上「-son」、女兒就會加上「-dóttir」。像馬納松就是馬納的兒子，如果他有兒子的話，其名字應該就會是「某某・安德烈松」。然後又因為彼此名字都很像，聽冰島人這番解釋之後，也讓人感覺好像全體國民都是親戚一般，團結感很強。發生任何變故時能夠快速做出決定，一定也是因為這個緣故吧。

如果想前往冰島，從日本出發的話光移動航程就要花上整整一天，但是從紐約去的話意外地近，不到六小時。冰島和日本相距如此遙遠好像無交集，不過雙方其實很類似，都是座落在歐亞大陸板塊與北美洲板塊邊界的島國呢。我覺得地球的構造實在是太有趣了。因為大陸板塊移動的緣故，冰島每年都會變大個幾公釐。

冰島如今是可再生能源的最尖端國家，據悉其水力發電占了全體能源的百分之七十、地熱發電占了百分之三十，光靠自然能源就能達成百分之百的發電，真令人羨慕。我到當地的地熱發電廠參觀，驚訝地發現那邊的地熱渦輪是由日本的三菱重工業所製作。既然日本是個有許多溫泉的火山國，實在應該比照辦理。我覺得日本有潛力成為自然能源的大國。隨便想到的就有地熱、太陽光、風力等能源可以活用，而且雖然國家三百六十度環海，卻沒能藉機活用龐大的潮汐力，十分可惜。

我當時造訪冰島感受非常好，翌年「Sónar」沒有來邀，我就厚著臉皮與泰勒．度普瑞（Taylor Deupree）一起演出。泰勒主持音樂廠牌「12 k」，自己也以音樂家身分活動，是我見過最安靜的一位美國人，他的音樂也一如其人充滿靜謐感。也因為如此，我和他非常相處得來，過去邀請他為我的樂曲混音好幾次，那陣子也發行了我們二位第一張合作專輯《Disappearance》（2013）。

中東公主

接下來三月，我又踏上另一塊過去不曾前往的土地：阿拉伯聯合大公國（UAE）。UAE成員國之一的沙迦大公國，其公主喜愛當代藝術，這次我會前往當地，就是受到她設立的基金會所舉辦的沙迦雙年展邀請。公主曾在倫敦大學學習藝術史，英語自不用說，連俄語及日語都可流暢表達。其人非常聰慧，還帶我們從外面觀看她居住的廣大王宮，據聞裡面隨時都有五百位人員在工作。不過因為公主的面貌沒有對外公開，所以就算她站到一般市民旁邊也不會被發現。公主就利用這點，彷彿《羅馬假期》的奧黛麗．赫本一般在街上闊步。

我在沙迦展示的是與高谷史郎以及音響工程師小野誠彥合作的裝置藝術作品《silence spins》。我們模仿茶室製作了三個榻榻米大小的空間，在內側牆壁貼上吸音材質，讓人身在茶室內部聽外面的聲音時，會與平常聽起來有所不同。作品靈感來自我幾年前與高谷夫妻以及淺田彰一同拜訪大德寺的塔頭[1]真珠庵的經驗。

我們在真珠庵裡面喝茶，外頭突然下起滂沱大雨。我被雨聲吸引，在茶室裡面靜靜傾聽，發現聲響與單純待在外面淋著大雨又有所不同，奇異莫名。結果在場沒有任何人說話，大家默默地聆聽了三十分鐘左右的雨聲。這次體驗讓人覺得像是進入一個超越時間的聲響空間，又彷彿茶室直接被送上了太空一般。雖然太空沒有空氣所以不會有聲音，但總之這次體驗對我與高谷都是相當震撼，之後更成為我們兩人在創作東西時的核心之一。這次所製作的裝置藝術，靈感就來自這一場神祕體驗。

沙迦雙年展之前，《silence spins》也曾於東京都現代美術館舉辦的企畫展「藝術與音樂——追求新的聯覺」展出，這場展覽還搭配展示了我與高谷採用鋼琴與雷射的合作裝置藝術《collapsed》。可能因為「藝術與音樂」展的策展人長谷川祐子也有參與沙迦那邊的策展，所以同一件作品才能實現巡迴展出吧。

不單UAE，整個中東我都是第一次造訪。那邊各地區的世俗化程度不同，像在沙迦完全不能喝酒。當地的工作人員也對我說：「如果你想喝酒精飲料的話，請開三十分鐘車到杜拜去吧。因為在那喝酒是合法的。」不過最終我還是在一星期的旅途間全程禁酒。在沙迦有很多從他國前來的勞工，我們每天晚上都到巴基斯坦風的餐廳吃肥滋滋的咖哩飯吃到飽。

後來中東方面的邀約，還有沙烏地阿拉伯的富翁藝術家邀請合作、讓我去那邊的巨大音樂廳演出的提議，以及為中東出資製作的動畫電影配樂等等，但不巧碰上我生病，全都未能實現。

1 禪寺裡面紀念高僧的小院小庵。

生性討厭觀光

回頭想想，那段時期我一直到處旅遊。其實音樂家與旅遊自古以來就有密不可分的關係。一個知名的例子是奧地利出身的少年莫札特（Wolfgang Amadeus Mozart），前往當時西洋音樂核心地帶的義大利旅行；相反的例子也有像生於德國的巴哈（Johann Sebastian Bach），終生沒能造訪義大利，但因為嚮往當地而模仿義大利樂曲風格寫出《義大利協奏曲》。巴哈也有他的所謂南方憧憬[2]呢。雖然沒有實際踏上那塊土地，但是對異國的憧憬，成了創作的原動力。

當然，演出收入也是音樂家與旅遊關係匪淺的另一個要因。這套商業系統是生於十八世紀的作曲家海頓（Franz Joseph Haydn）那時代確立下來的。海頓雖然以長期侍奉匈牙利貴族埃斯特哈齊家族出名，但是在晚年受到英國的音樂經理委託，請他到倫敦為管弦樂團公演撰寫新曲。承接委託的海頓，在兩次的倫敦行寫下十二首交響曲。其音樂會並非為貴族表演，而是為市民演出，因為市民階級在英國興盛得早。公演大獲成功，也讓海頓聲譽大振。這可以說就是如今音樂演出的肇始吧。

不過接下來所說可能又與前面有所矛盾。雖然我會從旅行目的地獲得一些創作想法，但其實我非常討厭所謂的觀光。卡斯頓是因為他年輕時是學建築的，所以在各地巡迴時只要當天沒演出，他一定會去看當地的建築物。另一方面，我基本上都是關在旅館房間裡面。嗯，偶爾卡斯頓來約我也會一起出去就是。

以前我為了宣傳專輯到葡萄牙，曾經發生過這種事：當時我是一個人待在那裡，某天當地唱片公司的負責人親自開車載我出去，從上午開始為我介紹市中心。我想對方當然也是一片好意，只好忍耐著讓他帶我觀光。但是跑了幾個所謂的觀光名勝、一起吃過午餐又要到其他地方。下午三點多，車子在路途某處碰上塞車，隔了好一陣子依舊動彈不得。這時我從早上開始累積的怨氣終於壓不住了，逕自打開塞在路上的車門，落下一句：「I hate sightseeing!」就走路回旅館了。對方真的就如字面所說「下巴掉下來」。

在我從葡萄牙回國當天，這位負責人來機場送行，對我低頭道歉：「這次我沒有先問過坂本先生的意願，真是太抱歉了。」隨即獻上一瓶高級紅酒作為賠罪。畢竟是我自己在鬧脾氣，也能夠理解對方是百分之百善意地為我導覽，所以我也說：「別客氣，是我沒先說明清楚，不好意思。」說著就要接過這瓶紅酒……但是卻一個不留神手滑了，整瓶酒連著袋子掉地上，瓶子當場裂開，機場大廳一下子被染成紅色，瀰漫著紅酒的芳香，當然是想救也救不回來。負責人滿臉欲哭無淚。當時我的行為真的是很不得體呀。

2 原指日本人對南方海外異地風情的憧憬與幻想。

白南準與凱吉

二〇一三年四月華盛頓特區的史密森尼美國藝術博物館舉辦了白南準的大規模回顧展，邀請我於紀念活動演出。自從我高中時從手邊的《美術手帖》讀到白南準以來，他對我來說就是偶像一般的存在。我尤其喜歡他一件使用小提琴的影像藝術作品《Violin with String》，是拍攝藝術家本人將小提琴綁上繩子，在關島的道路上像是遛狗一般拖拉著。另外還有一件知名的《One for Violin Solo》，是捕捉他將小提琴砸壞瞬間的影像藝術。那天的紀念活動，我就將這二件作品融合起來作了行為藝術演出，在小提琴內側埋入小型麥克風與攝影機，從樂器主觀角度記錄小提琴毀壞瞬間的聲響與光景，投射在現場的屏幕上。

自十幾歲以來我就單方面仰慕著白南準，實際與他會面是一九八四的事。那年東京都美術館舉辦白南準的個展，我前去與準備展覽的他見面。我往展場走去，白南準就從對面張開雙手向我走來，唸著論語那句：「有朋自遠方來」擁抱住我，真讓我發自內心感動。白南準是經歷日本殖民地時代、接受過日語教育的世代，之後也在東京大學留學，日語非常流利。後來我們成為非常好的朋友，我也曾經幾次前往位於紐約蘇活區的白南準創作據點畫室遊玩。畫室位於一棟破舊的大樓最頂層閣樓，廁所沒有門，到了冬天，天上飄落的雪會穿過天花板的開口在畫室裡飄盪。

有一次我還被白南準帶去拜訪約翰．凱吉的家，與凱吉聊了約莫三小時的天。我對凱吉當時說的一段軼事印象深刻：他曾有三次在旅途中遺失行李的經驗。雖然這三次都很不幸地沒能找回行李，但是卻都成為他將過往人生歸零、重新出發的好機會。我聽完不禁想到，這果然是受到禪宗深遠影響的凱吉會有的思維呀。不需要被過去綁住，更重要的是擁有捨棄過去的勇氣。

我之前就知道凱吉身為前衛作曲家卻也對於蕈菇十分著迷，已經超越單純「喜歡蕈菇」的程度，不過實際到他家才看到廚房裡面擺著一個大大的中國製藥櫃，上面整齊排列著約莫一百種不同種類的蕈菇與藥草，很是驚人。他身為業餘研究者，對於蕈類研究也曾做出貢獻，而且與朋友合力創設了紐約真菌學會。附帶一提，凱吉之所以會迷上蕈菇，理由之一似乎是因為字典裡面「music」與「mushroom」是緊鄰在一起。他自己在生前從未明確表明自己的性取向，不過以現在的說法或許可以稱之為酷兒作曲家吧。仔細想想，蕈菇等真菌類也是非二元性別呢。

白南準與凱吉是在一九六〇年左右認識。凱吉前去觀賞白南準的行為藝術演出，當白南準發現他在場時，竟然拿出剪刀把凱吉的領帶剪斷丟出會場窗外。就因為這則軼事，當白南準於二〇〇六年以七十三歲逝世、全紐約的藝術家齊聚一堂為他舉辦盛大的葬禮時，男性參加者中有很多位剪下自己的領帶放進棺材裡。傳說級的舞蹈家摩斯・康寧漢（Merce Cunningham）也坐著輪椅現身，離去時還對我報以微笑。那真是非常美妙的瞬間。九年後，白南準的伴侶久保田成子逝世時也舉辦了隆重的葬禮。久保田的藝術活動直到最近才受到關注，在日本也舉辦了回顧展。她還有件名叫「Sexual Healing」的影像藝術作品、拍的是晚年住院的白南準，十分迷人。他們夫婦都是紐約的亞洲藝術家代表性人物，非常了不起。

影展這種空間

之後我繼續旅行。二〇一三年八月底至九月初，我受邀擔任威尼斯國際影展評審前往義大利。這一年的評審團主席是柏納多·貝托魯奇，在六月時突然寄電子郵件說：「我指定你擔任評審，希望你能來影展」。貝托魯奇對我來說既是心靈導師也宛如父親一般，他直接寫信邀請，斷沒有拒絕的可能。影展的行程表非常緊湊，一天要看三、四部電影，經過全體評審討論，從二十部電影當中選出競賽獎項的得獎作品。

影展的訊息管制非常嚴格，評審在評選期間絕對不可接受任何媒體訪問。也因為如此，連移動路線都是全部交由主辦方決定。我搭飛機到威尼斯機場，在走下登機梯的時候就已經有接送專車在現場等著，將我載到不同於一般旅客的通關房間進行入境檢查。我到威尼斯城區的餐廳用餐，要付帳時被櫃台阻止：「坂本先生不需要付錢」。我住的是維斯康堤（Luchino Visconti）執導的電影《魂斷威尼斯》（*Morte a Venezia*）原作當中作為故事舞台的「至上飯店」（Hotel Excelsior），又接受在日本想也不敢想的特殊待遇，體會到整座城市對影展這個活動的敬意。從麗都島上的飯店房間看出去，亞得里亞海閃耀著粼粼波光。

這段期間我得以久違地和貝托魯奇好好共處。他已經七十多歲，腰部無力，需要靠輪椅移動。一開始他很痛恨輪椅生活，悶悶不樂地長期閉門不出。我看貝托魯奇年輕時的照片非常俊美，其實他本人也非常在意外貌。因為從小他父親的好朋友帕索里尼（Pier Paolo Pasolini）就很疼他，還會牽著他的手帶他去看電影呢。不過看到他願意以評審團主席的身分重新現身人前，我也為他變得比較積極而感到欣慰。

影展這種空間有點奇妙。雖然與外部隔絕，但在內部卻有來自世界各地的電影相關人士密集交流。我過去就是台灣導演蔡明亮的影迷，在這次影展才得以有機會和他接觸。一開始只有簡單寒暄而已，但是當我四年後再度因為影展造訪威尼斯、在海岸邊走路時，突然聽到有人大聲喊到：「Ryuichi～!」我往聲音來源看去，蔡導演彷彿在拍義大利電影一般向我跑來，用力擁抱我。他是公開出櫃的男同志，對情感的肢體表情很豐富。後來我與蔡導演曾在台北短暫共處，也為他的作品《你的臉》（2018）製作配樂。

藉由擔任評審接觸到許多未知的電影，也是這份工作的趣味之處。二〇一八年我擔任柏林影展評審時，就被一年只能拍出三部電影的貧困國家——南美巴拉圭的作品，馬塞洛・馬蒂內西（Marcelo Martinessi）導讀的《寂寞離航中》（*The Heiresses*）打動。這部作品講述的是一對剛邁入老年的女性情侶，我看這主題在強權政治體制的巴拉圭可能無法上映吧。但是這部作品還是堅持拍攝完成、參加外國影展，製作者的勇氣也令我佩服。還有一部電影也是透過柏林影展才認識，就是當時已經逝世的中國電影導演胡波的長篇作品《大象席地而坐》（2018），也讓我相當震撼。他是匈牙利最具代表性的電影導演貝拉．塔爾（Tarr Béla）的高徒，前途倍受期待，但是只留下這一部近四小時長的電影在二十九歲自殺了。電影全篇伴著噪音的配樂也非常棒，後來我也經過介紹認識了製作這些音樂的中國樂團花倫，並持續交流。

在短短不過二星期的影展期間，我遇見各式各樣的電影、認識各式各樣的電影人、接觸到各個國家的事情。在彼此區隔化已深的音樂領域，作品實在不可能透過規模如此龐大的活動向全世界傳播，因此我對這種推展方式感到羨慕。從北歐到中東，之所以有如此多的人認識我，終究也不是靠我純粹的音樂活動，更深切的緣由是因為我在大島渚導演的《俘虜》（1983）演出、在貝托魯奇的作品擔任配樂的緣故。至今義大利人對於曾與貝托魯奇共事的我，還是稱為「坂本路易吉（Luigi）」[3]，把我當作自己人。

親近能樂

二〇一三年是各方各面惠我良多的山口媒體藝術中心ＹＣＡＭ開館十週年，我奉命擔任十週年慶祝活動的藝術總監，製作了《Forest Symphony》、《water state 1》等富紀念意義的聲音裝置藝術品。《Forest Symphony》嘗試將樹木發出的微弱生物電流轉換為音樂，企圖透過喇叭將磁崎新設計的YCAM空間化為森林。另一方面，《water state 1》這件作品則是以高谷與我長期關注的水作為主題。

接下來十月則與野村萬齋合作，上演了只限一天演出的能劇作品。能樂、歌舞伎、茶道、花道這些被視為日本古代的傳統藝能，長期以來都讓我聯想起國族主義與軍國主義，因此一直不願去碰。可是在五十歲時造訪非洲，被當地鳥類的美麗所吸引，心裡不禁苦笑：「這正是花鳥風月的世界呀。」自此開始對日本傳統藝能慢慢有了興趣。其實我從年輕時候就有關注能樂，只是沒什麼機會欣賞。第一次將能樂加入自己的音樂當中，是在三一一地震當時錄製的《一命》（2011）電影配樂，請到大鼓樂師龜井廣忠參加。

YCAM的演出活動由兩個部分構成，第一部分的演出是將古典狂言劇目《田植》、舞囃子《賀茂素働》、素囃子《猩猩亂》重新詮釋，我在《猩猩亂》當中亦擔任鋼琴演奏。這幾齣劇目都有描述到水或大氣變化為稻田、雲朵與海洋，是根據我所關注的主題而挑選。

接著第二部分則是以《LIFE-WELL》為名的新作品，由我與萬齋、高谷史郎共同籌劃。我喜愛的愛爾蘭詩人威廉．巴特勒．葉慈（William Butler Yeats）生在十九世紀至二十世紀前半，雖然他一次都沒有來過日本，卻留下幾齣能劇的劇作。是先由他同時代的、曾作為御雇外國人住

3 義大利名字，與「龍一 Ryuichi」諧音。

過東京的美術史學者歐內斯特・費諾羅薩（Ernest Fenollosa）將能樂知識教給詩人朋友艾茲拉・龐德（Ezra Pound），這位龐德再將知識傳給好友葉慈。然後葉慈就透過自己的想像力，創造出原創的能劇世界。

其中最有名的一部作品就是《鷹之井畔》，講述凱爾特神話裡的阿爾斯特傳說英雄庫胡林，為了喝下永生之水而來到山中井旁，遇見一位老者，對他說井水已經枯乾。這時似乎在看守水井的女子突然發出老鷹般的叫聲而開始跳舞，庫胡林受到她的舞姿所吸引。可是當舞蹈結束之後，一切都變為原狀，而庫胡林也忘記自己來此的目的。這齣劇的故事十分離奇，或許可以解釋成一切都是沉睡老者的夢吧。

後來《鷹之井畔》反向傳回日本，在戰後還被能樂研究者橫道萬里雄翻案成為《鷹姫》這齣能劇，至今仍持續上演。《LIFE-WELL》是刻意將原來的《鷹之井畔》與《鷹姫》混合在一起、將二齣作品無縫融合的實驗性特別版。舞台設置在我與高谷過去為YCAM製作的《LIFE-fluid, invisible, inaudible...》水槽下方，在影像投影之下，萬齋親自演出主角空賦麟。囃子樂師都是由萬齋邀集的一流能樂師，這場能劇舞台陣容豪華，甚至讓我覺得座位只能容納二百觀眾欣賞是十分可惜的事。

能樂的太鼓、笛子都能發出宛如割裂空間一般強烈的聲響對吧？相較起來，鋼琴聲再怎麼彈都感覺比較孱弱。因為鋼琴這種樂器是用來演奏由連續音符組成的樂曲，因此怎麼樣也打不過日本樂器如此用一個音就能表現音樂的存在感。於是我故意拿水管、石頭排在鋼琴弦上，讓鋼琴成為只能彈出噪聲的預置鋼琴，以此來演奏。

以前我在紐約受朋友音樂家約翰・佐恩（John Zorn）委託，於他經營的小型表演空間「The Stone」連續一星期表演即興演奏時，也為了讓每次表演都能發出新的聲音，在鋼琴弦上放著金屬線、火鉗與報紙。其實這種技巧並不新鮮，約翰・凱吉在幾十年前就已經用過了，但要讓原本作為樂器、為了演奏特定音樂形式而精密打造的鋼琴，變回發出「物體」聲響的器具，我想這還是一種有效的手段。那次連續演出活動的某一天，我提議邀請住在紐約的女性能樂師，搭配她表演能劇「道成寺」的亂拍子舞蹈即興彈奏。「道成寺」裡每分鐘內的一動一靜都需要表演者展現極高的集中力，是我最喜歡的能劇劇目之一。

像萬齋這樣衝在能樂最前鋒的人們，一直很有企圖心，還採用了西洋音樂的表現手法。比如說生於觀世流家族、在戰後沒多久就展開表演事業的觀世壽夫、榮夫兄弟，就嘗試了突破當時能劇常識的演出表現。尤其是有著「昭和世阿彌」之稱的哥哥壽夫，曾經做過搭配高橋晶（高橋アキ）的鋼琴伴奏的嶄新演出，而且他不單表演能劇而已，還組織「冥之會」演出希臘悲劇，更表演過貝克特的《等待果陀》。

繼承他這種跨界精神的是二〇二一年逝世的法國文學學者渡邊守章教授。渡邊教授在文學研究的同時也作為戲劇演出者活躍於最前線。他晚年還策劃了「馬拉美計畫」，在京都藝術劇

《LIFE-WELL》演出實況
攝影：ITO Yuya（YCAM）
照片提供：山口媒體藝術中心〔YCAM〕

場「春秋座」表演朗讀屬於他專業研究領域的馬拉美（Stéphane Mallarmé）作品。我也曾受教授親自邀請為《伊紀杜爾》（Igitur）等幾部作品配樂。我從高中時候就在NHK的「法語講座」看過渡邊教授，對他的印象就是十分瀟灑，身為日本人又說得一口動聽的法語。很久以後才知道原來他並非單純的學院學者，不但一直正式參與著劇場活動、也是最早將米歇爾·傅柯（Michel Foucault）的主要著作翻為日文的譯者。此外似乎也是渡邊教授最早開始關注才十幾歲、仍在就學中的萬齋。這樣想想，我與他其實有著不少關聯呢。

指揮的作風

剛剛進入二〇一四年，我與鈴木邦男合寫的書籍《愛國者的憂鬱》（愛国者の憂鬱）出版。鈴木邦男是右派團體一水會[4]的名譽顧問，因為他常出現在官邸前的反核電示威活動，我是在現場認識他的。雖然鈴木先生總給人一種可怕的印象，但我近身接觸後，發現他的目光非常沉穩。而且實際談過話，發現我們兩人的看法出乎意料地相符。我和鈴木邦男同樣對於地震災害之後這個國家的狀態抱有強烈的危機感。雖然在天皇制、自衛隊、領土問題等方面看法並不相同，但

4 反對傳統右翼團體親美的團體。主張日本應該完全獨立自主，而非美國的傀儡政權。

是透過與他的這些對話，我也獲得非常多看待事物的新觀點。鈴木邦男有一句話讓我印象特別深刻：「先有個人，才有國家。為國家赴死不是每一個人誕生的意義。」我覺得真正的愛國者當如是也。

接著從四月起，我舉辦了以「Playing the Orchestra 2014」為名、在日本國內七座會場的管弦音樂會巡迴，首場於石川縣立音樂堂舉行。雖然前一年也辦過率領管弦樂團演奏我自己樂曲的音樂會，但是當時還有些不滿意，這次我決定自己在彈鋼琴之外還負責指揮。也就是所謂「演奏兼指揮」。雖然我沒受過正式的指揮教育，但是從小看電視就很愛海伯特・馮・卡拉揚（Herbert von Karajan）流利的指揮，自己也會拿著鉛筆當指揮棒，閉上眼睛模仿著。卡拉揚有著不同於其他知名指揮者的獨特優雅。另一方面，福特萬格勒（Wilhelm Furtwängler）可稱得上木訥的指揮風格與卡拉揚截然相反，我也很喜歡。

我年輕時有過好幾次機會在管弦樂團前面指揮，但是也曾遭受過所謂「欺負指揮者」的經驗。專業的管弦樂團演奏者一看就知道我沒有受過指揮者訓練，所以故意不遵照指示或者演奏走音等等來整我。不過我脾氣也很硬，還曾傲慢地對比我年長的演奏者說過：「不好好演奏就給我離開。」

指揮實在很有趣。縱使相同的管弦樂成員拿到相同的樂譜，隨著指揮者不一樣，音樂演奏就會完全不同。你給出的信號是「嘿～」的感覺或是「碰！」的感覺，獲得的反應當然不會一樣。

指揮者就算動一根小指頭都會帶來某種意義，更進一步說，連你眼神無心地一撇都會關係到演奏。所以一流的指揮家絕對不會做出沒必要的動作。管弦樂成員都喜歡很實際的指示。他們希望你盡可能具體地講出：「這裡要更大聲」、「這裡力度要更強」等等。但是我有時會刻意用比較詩意的表達。比如說：「這裡是森林深處，一座沒有人跡的湖泊，水面彷彿鏡子一般，有微微的波浪晃動著」之類的。這種講法可能人類聽得懂，ＡＩ就沒辦法理解也說不定。

有一次黛敏郎稱讚我：「坂本的指揮不錯呀。」能夠被風流倜儻的黛敏郎這樣說，很讓人高興呀。我把尊敬三島由紀夫的黛敏郎與武滿徹並列，視為日本戰後最有才華的作曲家。因為他在各方面都太有能力了，反而給人一種樣樣通、樣樣鬆的感覺。黛敏郎在學生時代開始就從事樂團與配樂工作，很有聲望。不過某天他聽人說：「有位叫武滿徹的傢伙很有意思，雖然是了不起的作曲家，不過非常貧窮，連樂器都買不起。而且夫婦兩人都因為罹患肺炎而臥病在床呢。」聽到這些話，黛敏郎就在完全沒見過武滿的情況下，送了一台鋼琴到他家。這舉動實在是太瀟灑了，武滿自然是大受感動。

黛敏郎也常常關注我的創作，於一九八四年找我上他主持的電視節目《無題音樂會》（題名のない音楽会），我在節目上介紹了八年前為藝大碩士畢業製作所寫的管弦樂曲〈反覆與旋〉（Repetition and Chant，反復と旋），說：「這首的樂譜我當時一直隨身帶著」。後來他還請我上了好幾次《無題音樂會》。

在談山神社看到的《翁》

五月我受到因為能樂案子而熟識的小鼓樂師大倉源次郎邀請，到奈良縣的談山神社欣賞能劇《翁》的演出。談山神社要從明日香村攀登多武峰，走大約一小時三十分鐘才能到達，以「大化革新」的關鍵地點著稱。到了神社，可以看到附近有泉水洄洄流出。這道泉水經過奈良盆地，最後流向大阪灣。目前尚在活動的能樂師們的根源似乎就在這條河流的沿岸。所有人都是繼承渡來人「藝能之神」秦河勝血緣的後裔，聽說現在已經成為人間國寶的大倉本姓就是秦。

談山神社每年春天都會上演《翁》來祭神，這個習俗就是所有能劇的原點。但是《翁》的內容絕不易懂，甚至可說沒有任何能樂專家及能樂師本人能夠正確理解它。演出劈頭就是「Towotowotararitararira」（とうとうたらりたらりら）這樣不明所以的台詞，我在想說不定跟這塊土地的泉水以及農業有關。我認為「翁」指的可能是在天孫族降臨這片土地之前，山地人的神祇。想必也與「大化革新」會在這個地方密謀有關。中大兄皇子與藤原鎌足在執行重要的政治改革時，是否有到談山神社去獲取原住民之神的神力呢？於是《翁》這齣劇目就維持著奉獻神民的祭祀面向，又受到佛教、和歌等文化的大量影響，經過長時間演變，終於在室町時代成形而化為能樂——我一邊欣賞著《翁》的演出，一邊設想這樣的假說。

這些都只是我隨意講講，沒有任何根據。話說回來，應該也沒有辦法說它百分之百不正確才是。《翁》整齣劇分為三個部分，並沒有像世阿彌的能劇作品般擁有洗練而漂亮的故事發展，從頭到尾都讓人難以理解，但也因此趣味橫生。古早以前，日本列島上也有很多原住民族。因此我認為不光奈良的紀伊半島而已，靠近東京的房總半島、伊豆半島以至於諏訪等地的山中，可能都像談山神社這樣意外保留著大和朝廷統一之前的文化原石吧？

札幌國際藝術節

札幌國際藝術節是二〇一四年的重大活動。這年舉辦了紀念性的第一屆藝術節，因此我自二年前就任客座總監後，好幾次前往北海道一步步進行籌備。剛收到接洽時我很猶豫，但也跟影展評審一樣，再一想又覺得這同樣是自己求也求不到的工作，就決定接受挑戰。

自明治時代以降的日本政府以「開拓」為名不斷推動近代化，北海道這塊土地可說就是近代化的象徵。這塊原本是阿伊努民族居住的土地，遭受日本人（和人）暴力開墾，建設出像札幌這樣的大城市。因此我打算讓這個藝術節以「都市與自然」作為主題，透過藝術來回顧包含環境破壞內在的近代化腳步，奠基在過去失敗的反省之上，看能否藉機讓生活在這個二十一世紀後近代的我們重新審視當下的生活方式。藝術產業的趨勢是一件藝術品就要價好幾億日元，既然由我來策劃，就希望辦出與這種趨勢背道而馳的、無與倫比的藝術節。

當然，因為我是第一次擔任這種大型藝術節的總監，說實話也不清楚應該管到什麼程度才好。最終我似乎連本來不需要自己作的工作都做完了。我親自邀請了認識的島袋道浩、毛利悠子提供新作、策劃了模仿北海道的雪而成功創造人工雪的物理學家中谷宇吉郎的展覽、發掘對近代化抱持批判精神的雕刻家砂澤Bikky以及藝術家工藤哲巳的雕刻作品，然後又為了展出安塞爾姆·基弗的裝置作品而將日本國內所有美術館所收藏的基弗作品全部清查一遍，挑選出搭配藝術節主題的作品等等，連非常繁細的部分我也毫不妥協訂定下來。當然我沒有辦法全部獨力完成，還有獲得聯合策展人、策展專家飯田志保子的大力協助。

我自己也擔任參展藝術家，提供「歡迎聲響」給北海道天空的大門口「新千歲機場」在展期間播放。然後也不單負責挑選藝術家而已，我還堅持招聘以前欣賞過非常激賞的西迪·拉比·切克歐（Sidi Larbi Cherkaoui）與戴米恩·雅勒（Damien Jalet）合作的舞蹈作品《BABEL（words）》，因為藝術節本身預算不夠，我甚至去找贊助商談成了讓舞作在東京公演的企畫。他們的舞蹈表演可以說是在碧娜·鮑許（Pina Bausch）逝世之後的世界最高峰吧。

這段時期我同時進行YCAM開館十週年慶祝活動與札幌國際藝術節總監的工作，感覺整個腦袋都變成藝術腦了。我從國小五、六年級起，就很喜歡盯著家裡畫冊裡面那些馬奈、莫內、雷諾瓦、塞尚等印象派畫家的畫，甚至曾經拙劣地臨摹過馬奈的女子畫像。其實我之所以會開始接觸現代藝術，是在上高中之後從雜誌認識了博伊斯、沃荷這些藝術家。

我閱讀的書籍內容也在上高中之後有了變化。曾在高中的圖書室受到我所景仰的學長推薦，叫我看看埴谷雄高的《虛空》，才知道父親在家裡常常通電話的「ㄓˊ ㄍㄨˇ ㄒㄩˊ ㄍㄠ」原來就是這個人。我先前只透過聲音認識「ㄓˊ ㄍㄨˇ先生」，這是第一次知道漢字是這樣寫的[5]。

當時是六〇年代後半，上街還能看到藝術劇場。我會在電影院看過高達的作品之後，一個人泡在新宿的爵士咖啡館裡。現在想想，這真是有點早熟過火的典型年輕人舉動。我常泡的咖啡館名叫「維也納」，因為隔壁的「風月堂」有很多客人一副前衛詩人的調調，我還滿瞧不起那裡。但我自己則是又穿學生服又戴校帽、到高中二年級中期還穿起牛仔褲、擺出一副彎領子[6]的調調。不過後來我就讀的新宿高中就因為我們自己的抗議而廢除了制服和校帽[7]。

此外當時的東京都立高中還採用學校群制度，新宿高中與駒場高中屬於同一個學區，會根據合格考生的成績分配，將同樣程度的人安排在一起。有一位小我三歲、後來成為藝術家的岡崎乾二郎，好像就因為我的舉止而仰慕我，雖然並不認識我，卻希望同樣能到新宿高中就讀，不過他卻因為在學校群的分配之下被分去讀駒場高中了。新宿高中的男女比例是三比一，相對地駒場高

5 參見《音樂使人自由》頁七四。
6 刻意顯露粗野氣息的學生穿著風格。
7 參見《音樂使人自由》頁六八—七二。

中是三比五，所以其實我才希望去駒場就讀哩。

離題了。這次藝術節的籌備時期可說是我自高中時代對藝術開眼以來，第一次這麼認真面對藝術，為了更新我的藝術知識，也花了很多工夫在吸收上。二〇一三年秋天，我還為了安尼施・卡普爾（Anish Kapoor）的展覽特別跑了一趟柏林。因為毫無觀光的意圖，所以當海關問我：「你到德國的目的是？」我還傻傻地直接回答：「來看卡普爾的展覽。」害這位職員無言以對。卡普爾在三一一地震後與磯崎新共同為「琉森音樂節」設計了移動式音樂廳「Ark Nova」，因而在日本也為人所知。

此外在二〇一四年春季，我還到建築師菲利浦・強森（Philip Johnson）位於美國康乃狄克州的住宅玻璃屋（Glass House）欣賞中谷芙二子的霧的雕刻展覽。這棟以現代主義風格設計的住宅本身小而整潔，四面牆壁都以玻璃搭蓋，一點隱私也沒有。不過令人驚訝的是，眼前所見一直到地平線的所有土地全都是由強森家族所擁有。繼承父親資產的強森也同時是當代藝術收藏家，建地裡面還有座比這住宅大得多的、用後現代風格設計的藝廊。

原本想像的開幕典禮

要舉辦藝術節，也必須要跟當地的政治人物以及有力人士打好關係。我身為這個花費人民稅金計畫的代表人，也不免要出席各大商會的青年部、地方名流齊聚的會場向大家鞠躬懇求支持。原本我是最受不了這樣的交際場合，有一次因為精神壓力太大，在與會的第二天還發燒了。

雖然如此，在札幌我起碼獲得當時的市長、律師出身又屬於自由主義的上田文雄協助，由於在廢核等思想上面與我看法一致，因此讓很多事務得以順利進行。像我在安倍晉三首相的老家山口就各種吃癟。YCAM是隸屬於山口市的機構，因此保守派的市議員提出意見反對我擔任總監。而且不巧在這十週年慶祝活動的籌備期間又有山口縣知事的選舉，因為我跟革新派的候選人認識，他正在對抗現任知事支持的後繼候選人，因此現任知事這方就透過熟人施壓，要我不得發表演說支持他們的對手。

不過既然能參與到行政層面，我對札幌市也提出另一項計畫：在這塊北方大地上也規劃一座與YCAM並駕齊驅的日本媒體藝術據點。當時札幌市剛剛加盟「聯合國教科文組織創意城市網絡」，之所以指名不算是美術正規人員的我擔任總監，恐怕也是這個緣故吧。因此我想，如果在藝術節結束之後，還能再新設立一座媒體藝術中心作為文化發聲的基地，相信能夠對全世界展示札幌市的存在感。上田市長也支持這項計畫，贊成將已經有段歷史的札幌市資料館轉為藝術中心，也舉辦了建築改建的設計競賽。雖然有選出優勝者，可惜計畫就在此時受挫。後來市長換人、相關負責的公務人員也在三年後輪替而去，實在非常遺憾。結果YCAM雖然身處在自民黨的城邑當中，依然蓬勃營運至今，依舊是日本唯一備有實驗室的了不起的媒體中心呢。

札幌國際藝術節的開幕活動，本來預定在野口勇設計的莫埃來沼公園讓能劇與阿伊努古典傳統舞蹈的共同表演，取名為「祝賀北方大地」。我委託野村萬齋與觀世清和表演我在談山神社欣賞的《翁》、《高砂祝言之式》、《福神》，同時獲得帶廣市kamuy tou upopo保存會會長酒井奈奈子的協助，請阿伊努文化傳承者演出「sarorun rimse」（丹頂舞）、「emus rimuse」（劍舞）、「kamuy yukar」（神謠）等項目。

北海道在過去原本是來自本土的拓荒者與阿伊努民族的戰場，近代日本有歧視阿伊努的風氣，自從我決定在北海道開藝術節之始，就覺得一定不能規避這些事實，必須要舉辦首次讓二者和解的儀式才對。換句話說，讓「大和」神祇與阿伊努神祇聯合祝賀，就是這個企畫的目標。但是很不幸的，就在活動當天即將開始之前下起了傾盆大雨，只得被迫停辦。其實我那段時間就在自家後院用自己的方式向阿伊努神祇祈求活動順利，說不定正是這樣才招致災厄了吧？因為實在太過遺憾，萬齋他們在會場的休息室表演了《翁》的其中一段《三番叟》，把影片送給我。

這場開幕典禮的儀式進行還運用上了鴿子，這也是源自我的構想。我在八〇年代造訪當時還沒有那麼觀光化的峇里島，漫無目的走在當地的田地道路上，突然從上空傳來「咻──」的聲音把我嚇一跳，往天上一看，竟然有幾十隻鴿子身上綁著哨子繞著大圈圈。一大塊聲響反覆向遠處飛去又飛回我頭頂。

我被這偶然目擊的終極環境藝術嚇得魂飛魄散，從此這個光景一直停留在腦海某處，覺得一定要在藝術節的開幕典禮重現。每次我前往札幌，都會拜訪當地的業者訂製哨子、反覆調整哨子的形狀讓發出來的聲音好聽；同時也委託養鴿人士協助，持續籌備這場表演「Whirling noise——盤旋的噪音」。然後到了開幕典禮當天，就在市長宣布「札幌國際藝術節正式開幕」的瞬間，所有胸上綁著哨子的鴿子同時被釋放出去，結果竟然沒有任何一隻鴿子在上空盤旋，轉眼間通通飛到不知道哪裡去。那美麗的哨子聲也沒有在會場上空響起，真的瞬間都消失了。或許鴿子們只想趕快從陌生的莫埃來沼飛回家吧。或是察覺到四周有老鷹等猛禽類存在而感到害怕吧。總之，讓人哭笑不得。

可是這樣如今來看十分搞笑的開幕典禮，我也無法親臨現場，只能在紐約住家裡看著直播。花了長時間拚命籌劃的藝術節會場，在展期間我一次也無法到場。為什麼呢？因為就在開幕前我接受檢查，第一次發現罹癌，不得不專心治療。

真是晴天霹靂。

5

初次受挫

為療養而暫住夏威夷，吹著當地的風

野口整體與長壽飲食

我第一次感覺自己老了是在四十二歲的時候。某天我一如往常地進入錄音室錄音，坐上椅子拿起樂譜，發現眼前的五線譜霧濛濛地，看不清楚音符的位置。心想是不是燈光太暗的緣故，請助理再打開另一盞燈，但樂譜看來還是模糊。接著只好試試調整桌子的高度，情況還是沒變。這樣我實在沒法工作，在椅子上呆坐了好一段時間。

之後再把樂譜拿起來看，發現剛剛看不清楚的五線譜與音符都清晰可辨。我保持姿勢移動左手將樂譜位置前後移動，發覺眼睛能夠聚焦的位置確實比昨天還遠，在這瞬間我才意識到自己得了老花眼。對於從小視力一直保持一點五的我來說，眼前物體變得朦朧的經驗很是震撼，但卻也無能為力。雖然很抗拒「老」這個字，還是只能去配老花眼鏡。透過老花眼鏡所看到的世界簡直是另一個世界，察覺到原來有這麼多我過去未曾察覺的細節，這也讓我十分震驚。

幾年後我久違地參加了大貫妙子的專輯製作，在紐約錄音的最後一天，我找了樂手朋友與鄰居友人到工作室開慶功宴。工作告一段落之後的酒格外美味，當我酒酣耳熱之際，慶功宴的主角大貫來到身旁說：「讓我看看你的手相。」，那時大貫看起來也醉得厲害，我瞧她表情笑瞇瞇的，也沒多想就放心地伸出手。她看了之後臉色卻漸漸僵在那邊，我就感覺情況不對，然後大貫彷彿很難以啟齒般小聲這樣說：「你再這樣下去活不久唷。」她的口吻絕非在開玩笑，是完全認真的。

大貫說，只有一個辦法可以救你。她告訴我的方法就是野口整體。這是野口晴哉在二戰結束後沒過多久所建立的治療法，與一般會把骨頭整得喀喀作響推拿整骨不同，背後所依據的理論甚至與人的精神性質有關。雖然大貫還說：「開始整體之後生活會不太好受」，那時我最小的孩子才五歲，實在不能就這麼死掉，起碼要再活十五年到他成人為止。在此之前別說整骨了，連按摩都不曾做過，因此抱著很大的好奇心接受了野口整體這個所謂的「最後手段」。

野口整體可說是東洋醫學的完成型態之一吧。大貫介紹她的國中同學三枝誠醫師給我，他也是在少年時代靠著野口整體克服了體弱多病的問題。請他看診後，醫師說先從力道輕微的背脊觸壓開始吧。說真的，我那時完全感受不到醫師手上有送出什麼「氣」，也不知道到底有沒有效。不過醫師的話聽起來很有說服力，自己也有一種窺探祕密組織的興奮感，還想多認識一點。我這人本來就很容易一頭熱，這時馬上買了所有能買到的野口晴哉相關書籍，通通看過一遍。每次回日本時都會接受三枝醫師的整體治療、回紐約時就模仿著自己來做，就這樣不斷反覆。每當身邊的人身體出什麼問題，我查看的不是家庭醫學書籍，而是翻閱野口整體的書來找出病因。

那陣子隨著理解愈來愈深，也確實感受到身體有愈變愈好。三枝醫師同時還精通合氣道，我也請他教我。替代醫療的醫師們同樣都是在處理身體問題，所以滿多人也懂得武術。合氣道與其他格鬥技不同，並非肌肉力量強的一方就會獲勝。對手的力量愈強，反而愈能被我方的技巧所利用而取勝之，這實在很有趣。三枝醫師還介紹我認識鑽研古武術的甲野善紀，他曾經有一次帶著日本刀進入我的音樂會會場。表演結束後甲野先生來到休息室，跟著那天恰巧作為嘉賓、有在練空手道的時裝設計師山本耀司較量一場。

此外我也聽從三枝醫師的話，反省自己過去嗜吃垃圾食物搭配碳酸飲料的飲食生活，改採以糙米為主食、以蔬菜、漬物、乾貨為副食的長壽飲食法。我也把長壽飲食創始者櫻澤如一的著作全部讀過，有一陣子還挑戰採用比長壽飲食更進一步、連乳製品、魚類、蜂蜜等動物性食品都不碰的純素主義（**veganism**）。我接受純素飲食出乎意料地十分順利，但是依舊只堅持了半年。

「無論處於任何艱困的環境都要能夠存活下去」這是我一直以來的信條，事實上在充滿活力的年輕時代，我完全不怕連續三天不睡覺。即使工作整整十六小時，專注力也不會衰退，每天都是關在錄音室作曲到深夜一、二點，然後上街喝酒喝到早上，常常還會再回到工作室繼續工作。我這種習性讓工作人員相繼過勞倒下，他們彼此還會半認真地說：「為了讓我們能夠休息，是不是該給坂本吞點烏頭[1]。」

不過年紀上了四十之後就沒有以前那種無窮精力，和平常人一樣會感覺疲累。現在又加上不再攝取動物性蛋白質，性格自然而然變得更柔和。這時我才察覺自己那種求生鬥爭的欲望在不知

1 毒性極強的植物。

不覺間消失了，緊張地想說這可不妙，豈不是反過來更接近死亡的狀態嗎？於是我的純素生活就這樣結束了。在地球上有不少地區的自然環境無法栽種植物、食物只有動物的肉，像格陵蘭就是如此。說得極端點，在這些地區為了生存下去，不生吞老鼠恐怕都不行。如果要像修行僧那樣過著禁慾的飲食生活，甚至連生命力都犧牲掉，那真是本末倒置，於是我就回心轉意了。

其實這半年的純素實踐也並非白費，它讓我能學習到長壽飲食這些飲食療法的本質，後來我的穿著也盡可能挑選來自自然的素材。或許正如大貫所說，我的生活某方面來說或許是變得不好受了，但是我這人對於自己重視的、應該去做的東西總是貫徹到底，因此這段經歷的確讓我開始為了「活得更好」而努力。與疾病搏鬥的當下，我也是與醫院的癌症治療同時進行食療、針灸、中藥、整骨等等，維持、提升自己的全身狀態。

美國的醫療

以野口整體為中心調整生活之後的二十多年，雖然體力多少有些衰退，但還是過得很健康。得了感冒也不用看病吃藥，只要泡泡足湯就跟沒事一樣。接受過許多次全身健檢也沒有發現任何異狀。或許就因為如此，才讓我疏於防備。二〇一四年六月我覺得喉嚨怪怪地，久違地看了病，結果醫生說為了保險起見還是做精密檢查。於是採了喉嚨細胞檢查之後，告訴我說我得了口咽癌。我真是難以置信，自己竟然會得癌症。

當時馬上想到的是下個月由我籌劃開幕活動的札幌國際藝術節。我身為客座總監安排整個活動節目，臨開幕前突然丟下不管也太不負責任了。另一個可行的選項是我隱瞞癌症的事，一邊私下跑醫院一邊按照預定出席會場，但我再三思量，決定還是在此專心治療，於是我留在紐約，把包含藝術節相關活動在內的年度案子全部取消。

決定留在紐約治療後，又碰上別的抉擇，那就是要採用西方醫療呢？還是替代醫療？如前所述，我長期以來都熱衷於替代醫療，對身邊的人也強烈推薦自然派的療法。但是對於癌症，我愈研究就愈明白這是威力非常強大的疾病，如果只靠替代醫療不能根除，還會變得更加凶暴捲土重來。所以我決定先以西方醫療應對，在免疫力低落的時候再加上替代醫療作為後盾，光靠單一作法想來是不夠的。

查查網路，會跳出各式各樣號稱有抗癌功效的商品資訊。什麼蘿蔔汁啦、微生物酵素啦、香菇萃取物啦。我絕不是對這些東西都嗤之以鼻，有段時期還找得很投入。不過看到這些商品宣傳詞裡面標榜的「成功案例」，我覺得這些案例可能都是一萬人中的一人，它只是沒寫出後面有九千九百九十九人失敗而已。即便治癒的案例沒有造假，這也不是喝了就能乾淨清除癌症的夢幻商品。而西醫則是有大量的數據，例如做外科手術的話有多少機率可以改善、抗癌藥物治療有多少機率、放射治療有多少機率等等，扎扎實實累積了以此為基礎的證據。

身為西方醫療核心地的美國，其實也是替代醫療的核心地。因為國民健保制度至今未能實現，推動的政治家會被視為極端左派人士，所以在美國如果要接受像樣的癌症治療，醫療費用就會相當高昂。即使患者真的有必要住院治療，如果保險公司判斷這位患者沒有能力支付費用的話，甚至會請他回家。也因此，很多人對於相對便宜的替代醫療抱有很大的期待。此外，這可能會讓大家有點意外，就連我看診的紐約市癌症中心，都有提供患者西洋草藥與中藥的資訊，還設有瑜伽課，你要的話他們連針灸師都可以幫忙介紹。其實西方醫療與替代醫療在那邊的距離可能比在日本還接近也說不定，像我這樣合璧使用的人也並不稀奇。

這時候才是我第一次認真在美國醫院就醫，因此對許多事物都感到驚訝。首先，院內溫度真的非常低。以前我就知道美國人很愛開冷氣，但沒想到連醫院裡面都保持十六度，這可是跟葡萄酒窖一樣的溫度呀。但是我看身邊跟我一樣罹癌的患者們，卻都穿著短袖一臉輕鬆地猛灌可樂。會客室裡面的可樂與咖啡都是讓你喝到飽。人家都說可樂有致癌物質，即使並非如此，它也含有大量的砂糖，怎麼想都對身體無益。這間可是美國數一數二的癌症中心呀，我心想這是在亂開什麼玩笑。美國果然就是不簡單，要是住進來，一定還能吃到漢堡吧。

反過來讓人忍不住讚嘆美國的部分，是院內服務的數位化。每位患者都分配到一個個人帳號，只要在醫院看診，當天就能在你專用的入口網站上列出所有檢查結果讓你查詢數據。比方如果血液裡的一種蛋白質與上次檢查時數據不同，它也能用明確易懂的方式讓你看到。你也可以輕易透過這個網站與醫院主治醫師聯繫、預約或變更看診時間。此外醫院也做好了app，在上面不只可以查詢藥物種類，還可以輸入草藥、西洋草藥、中藥名稱，快速查詢這些藥材目前做過哪些研究、有哪些效能等等。無論是為患者圖方便、或者省卻紙張電話的成本，都絕對應該推進數位化的腳步才是。日本只要有意願去做，相信技術面可快就能達成，所以我很希望這能夠實現。

初次罹癌時，我接受主治醫師的建議，選擇進行放射治療，同時也施用少許抗癌藥物。療程一共七週，對癌細胞一點一點照射放射線。前半期還沒有想像中那麼疼痛，我還樂天地想：「如果只是這種程度那也沒啥了不起的嘛」。結果到了後半期口腔內的疼痛開始持續加劇，到了第五週我實在受不了了，哭著求醫師停止療程。但是主治醫師說，如果在這時停下來，癌症反而會威力加倍還擊，「如果這時候放棄的話你一定會死，所以再忍耐一下直到治療結束唷」。我被醫師說服，總算是熬過了七個星期。放射治療療程結束後，患部的疼痛還會持續大約一個月，但多虧這段治療，確實有了療效。

喉部癌症最讓人傷腦筋的就是吃飯了。我因為放射治療的關係，不單喉嚨而已，整個嘴巴都潰爛。連吞口水都很難受，尤其吃到有酸味的食品更是疼痛不已，連我最愛的香蕉吃了都會痛，我也因此才得知香蕉有酸味。但是好像還是必須要從嘴巴攝取營養才行，一時之間真是令我無所適從。像山芋泥、粥這類的泥狀食品還可以用喝的，我便吞了四種止痛藥，總算是吃了下去。做過各種嘗試，發現最容易下嚥的是西瓜。因為它接近蔬菜，在水果當中又少見地沒有酸味。自從我發現之後，就一直吃西瓜吃個沒完。川島直美曾說：「我的身體是用葡萄酒構成的」，我那時也可以說：「我的身體是用西瓜構成的」。

此外，我每天晚上縱情狂飲的喝酒習慣，也隨著第一次的癌症治療戛然而止。只在某些時候到了一間好餐廳，用餐時實在很想嚐嚐酒類，就跟一旁喝著紅酒的伴侶借杯子抿個一小口。現在光聞到味道就能辨別出苦味跟防腐劑的份量，或許是嗅覺比以前更敏感的關係吧。

生活在紐約

因為專注治療，所以二〇一四年是我自從移居紐約之後第一次整整一年都待在家裡。原本我之所以會搬到紐約，不是因為我對紐約有什麼強烈憧憬，完全是圖個方便。我這人熱愛工作，年輕時候就有很多機會到倫敦、洛杉磯與其他歐美大都市出差。但是每次出差都還要繞一大圈回到東京讓我覺得很麻煩，才想說搬到無論去哪都相對近的紐約。所以九〇年代初我在紐約買了房子之後，還是常常穿梭在世界各地，待在自己住家的時間也不長。我的觀念裡本來就沒有定居這回事。

話雖如此，經年累月住在紐約、體驗過那裡的四季變化與年末年初的節慶遊行之後，也慢慢愛上這座城市。常聽一些保守人士自傲說：「只有日本才能體驗到美麗的四季」，但那都是騙人的。我住宅小後院的樹木也會在深秋轉紅，冬季葉落、枝頭積著純白的雪，欣賞這些景色真是詩情畫意呀。

就在享受紐約生活的同時，我也在這充電期間迷上了以侯孝賢、楊德昌為代表的台灣新電影作品，郵購了一堆DVD在家看。楊德昌很多電影在當時還沒有出DVD，大概有人給我不知道翻拷幾次、畫質粗劣的錄影帶，我就直接看了吧？回想起來，這麼長時間的休息，應該是我從二十幾歲正式投入這份工作之後第一次吧。不對，我也只有唯一一次是自己主動要求休息，那是在我以《末代皇帝》（1987）獲得奧斯卡作曲獎之後硬逼經紀公司說：「我都獲得這麼大的獎項了，給我一個月休假！」於是把行程都排開[2]。但是年輕時候只要成天無所事事，又會感到厭煩，結果休假才休了三天，就又回去兇人家：「怎麼都沒事情讓我做啊！？快給我排工作！」我這人實在是很任性呢。

另外，畫家兼電影導演的朱利安・許納貝（Julian Schnabel）住在我紐約家附近，他常常邀我去玩，體力好的時候也會一同出遊。我剛透過《末代皇帝》製作人傑瑞米・湯瑪斯（Jeremy Thomas）認識他的時候，他住在四層樓高的房子，整棟建築都漆成粉紅色，中央設有一間天花板很高的畫室。以新表現主義畫家著稱的他，作品尺寸都非常龐大。畫室裡擺著好幾十張這種巨

2 參見《音樂使人自由》頁二〇二—二〇三。

大的畫作，每次拜訪都能聽他自誇：「這幅畫是我最近畫的。」

許納貝結婚、離婚好幾次。有趣的是，每次交往對象一變，他家就會繼續往上蓋。第一位伴侶分手之後他家從四層變七層，然後與另一位女性交往，後來又跟這位分手時，房子又變成十一層樓高。這話我是不敢跟他本人說，不過我會跟他往來不是因為他的畫作，而是受他電影導演的才華所吸引。那部描繪一位編輯因為中風全身癱瘓、只能靠眨眼撰寫回憶錄的電影《潛水鐘與蝴蝶》（*Le Scaphandre et le Papillon*）尤其精彩。胸膛寬厚的許納貝雖然是個非常有活力而且風趣的男人，但跟他講話也需要耗費很大的精力，所以最近他打電話來我都不敢接了。

夏威夷的歷史

二〇一四年幾乎一整年都待在紐約，等放射治療的後遺症終於康復、能夠吞食固態食物之後，十二月我就以復健的名義飛往倫敦享受「荒木」（THE ARAKI；あら輝）的壽司，歲末年關時分回到日本，在伊豆的老旅館住上幾天。

從某個時期開始，我就養成每年年底都回日本住溫泉旅館的習慣，尤其特別常住在熱海的「蓬萊」旅館。這裡可以從浴池看到朝日從相模灣升起的景象，庭院裡還有棵大松樹，漁船橫駛過去的景色也相當雅緻，彷彿在看一幅會動的浮世繪一般。母親在世時，我還有帶她去住過。不過後來蓬萊被大型渡假村公司給買走了。二〇一一年底，已經熟識的旅店女主人很抱歉地對我說：「之後就交由星野先生來經營了……」雖然為了旅館能生存下去，這或許也是出於無奈，但連重要的店名都給改掉了，真是讓人十分惋惜。

然後跨過年頭，到了二〇一五年二月，我又前往夏威夷。在紐約治療癌症時，朋友介紹一位替代醫療的醫師，透過電子郵件給了我許多詳盡的建議。雖然至此都尚未見過面，但是在幾次信件往來之後我對他有了高度的信任感，就想若有機會要到醫師所在的夏威夷診療所實際拜訪。

醫師是日裔美國人，基本上採用的是針灸治療，不過也會定期抽血、用顯微鏡觀察紅血球的形狀與流動狀況。或許可以說是加入科學知識的複合型針灸治療吧？除了針法之外，灸法、芳療與中藥也都會作為處方。

此外這位醫師治療的另一個特色是一種全身塗滿綠色膏藥的療法。必須全身赤裸、像木乃伊一般包滿繃帶，再敷上應該是由草藥製成的藥膏，然後靜躺三十分鐘。據說對於放射治療所累積的毒素具有排毒效果，但躺在那邊必須完全不動，十分難受。而且醫師還會在這三十分鐘內給你戴上耳機、強制聽他媽媽挑選的樂曲，裡面還有媽媽唱的歌。這個我是真的絕對無法接受，所以第一天就跟他說：「我不喜歡聽音樂，耳機就別戴了。」不過母子倆都是很熱心服務的好人。

十九世紀初建立夏威夷王國的那位鼎鼎大名的卡美哈梅哈大帝（Kamehameha I），其直系子孫也會來這間診療所。不過其實卡美哈梅哈大帝有超過二十位以上的妻子，又經過了好幾世代的歲月，現在光是直系子孫就不只兩千人了吧。醫師介紹我認識的這位男生也有遺傳到卡美哈梅哈大帝那種身形碩大的形象，似乎至今還被夏威夷原住民當作國王一般崇敬。

今日大家對夏威夷的印象都是風光明媚的觀光勝地，但其實它有著悲哀的歷史。夏威夷王國的榮華並沒有持續長久，在十九世紀末受到美國本土過來的海軍武力與商人經濟力影響而被兼併為美國領土。日本陸軍也在同時期攻入朝鮮王宮進而併吞韓國。世界各地都發生過相同的事。不過我在診療所遇見的那位繼承卡美哈梅哈大帝的體格壯碩男生，認為這是美國方面的非法軍事占領、斷然無法接受，因此他持續投身獨立運動，被逮捕過好幾次。這樣的控訴在一九九三年終於有了成果，美國國會決議，正式承認夏威夷王國被推翻是美國的違法行為，當時的柯林頓政權向夏威夷原住民致歉。伴隨著國家方面的道歉，也為夏威夷原住民設置了自治區，替代醫療的醫師就是在這個區域裡看診，我才可以隨之進入。那裡可以說是有著夏威夷風情，卻沒有任何觀光客的地方。前面我曾提過替代醫療與武術的緊密關聯，這位夏威夷醫師也同樣身兼武術師父。他還展露了這塊土地自古流傳的、因為過於危險所以長年來都不對外傳授的獨特武術。

被創造的傳統

我從以前就對於造訪夏威夷興趣缺缺，主要是因為討厭那種所謂夏威夷音樂的氣氛，從小我就受不了那種鋼棒吉他（Steel Guitar）「♪鏘～」的輕浮調調。但是研究過才知道，這種夏威夷音樂其實是近代以後才誕生的、應該加上引號的「傳統音樂」。在成為美國領地的二十世紀初期、夏威夷音樂家為了取悅從美洲大陸過來的白人觀光客，便將鄉村音樂做了變化、產生出這種有著異國情調的音樂。也就是說，這是一種為了在旅店晚餐秀或泳池池畔演奏、滿足統治者欲望而創造出來的文化。原本的夏威夷民族音樂是類似於聖歌（chant）的形式，很有味道。可是這些繼承真正傳統的音樂家，同時為了在資本主義社會生存下去，平常都是彈奏著渡假村用的虛假傳統音樂，我對這種現象有著複雜的體悟。而我從小對於夏威夷音樂近乎生理本能的抗拒也確實沒錯。

話雖如此，從近代後的歷史再回溯上去，總是讓人好奇，第一批抵達夏威夷的人究竟是怎麼知道那邊有島嶼的呢？據悉他們是來自四千公里外的玻里尼西亞，用的是樹幹砍出來的原始手划船，朝著夏威夷至少也要航行二到三個月。這期間他們究竟是吃什麼呢？雖然可以釣魚取食，但是離開陸地更遠的海洋上幾乎是沒有魚的，因為海面上沒有珊瑚也沒有能給魚吃的浮游生物。我覺得他們一定是帶著雞隻上路，因為雞可以每天產卵。此外，即使他們從玻里尼西亞出發時能夠掌握夏威夷島大概的位置，但是身處高流速的海潮時，他們究竟是怎麼知道自己前進的方位是否正確呢？應該除了等太陽西沉後根據星星、月亮來判斷位置之外沒有其他方法了吧。想想這些問題，就覺得夏威夷這塊土地真是充滿謎團、趣味無窮。

真正意義的「療癒」

我在夏威夷借住一個月的房子十分寬敞，有八個房間。每天在診療所的治療大概二小時就結束了，所以時間非常空閒。我也沒帶電影DVD，當時影視串流也還不普及。因此我想藉此機會把過去不想碰的作曲家音樂都好好聽過。現在想想，那時候我體力多少恢復了些，可能腦袋又開始想工作了也說不定。

有非常多有名無名的作曲家是我不曾認真面對過的。大家可能會驚訝，但其實我長期以來都很排斥布魯克納（Anton Bruckner）與馬勒（Gustav Mahler），從來就沒好好聽過。這次一開始我打算把這些作曲家全部都聽過，不過最後我的聆聽還是座落在以〈安魂曲〉著稱的加布里埃爾・佛瑞（Gabriel Fauré）作品上面。為什麼會排斥佛瑞呢？因為他的曲子實在太甜美了。畢竟原本就是屬於沙龍音樂吧。再加上佛瑞又是巴黎音樂學院院長，是學院派的化身。我從十幾歲知道佛瑞以來就一直討厭他，覺得人們竟然會推崇寫這種甜蜜旋律的老頭，真是讓人生氣，打死不聽。完全是血氣方剛的年輕人思維呢。弄到連其他人都躺著中槍，我聽說前衛音樂家一柳慧學生時代寫的樂曲很像佛瑞，就很瞧不起他。很莫名其妙吧。

不過很奇怪地，當我整整聽一個月、每天聽個幾小時後，慢慢就察覺它的美妙之處。或許是因為曲調很適合那種時間流動緩慢的夏威夷氣候，也讓人覺得莫名有普魯斯特的感覺。事實上，普魯斯特很喜歡佛瑞的作品，他們彼此也有私交，普魯斯特甚至還主辦過小型音樂會。佛瑞的作品中，或許就屬早期的〈第一號小提琴協奏曲〉，最為接近《追憶逝水年華》的世界。那陣子集中聆聽佛瑞克服了排斥他的心態，跟我上了年紀之後才聽得下日本音樂是同樣的體驗。這些變化一個是因為年紀大了的關係，此外也是我因病而身心虛弱，佛瑞這些某方面來說太過甜美的旋律很能打動我吧。但是這也讓我反省，過去不認真聆聽就做出價值判斷實在不好。讓人深切體會到，抱著堅持本身也代表著限制了自己的可能性。我有了充裕的時間後才第一次這麼察覺。

在夏威夷接受這些替代醫療究竟有多少療效，我還是不得而知。但是待在遠離夏威夷渡假村的區域裡所吹到的風，我覺得才是最大的特效藥。這才明白，許多人之所以來過一次就愛上夏威夷，就是因為這令人舒暢的風呀。我的樂曲〈energy flow〉（1999）被用作廣告配樂、無心插柳地受人稱讚是「療癒系音樂」時，我聽了真是火冒三丈深惡痛絕，竟然把我的音樂當作牙醫診所在播放的廉價音樂。對於讚揚我是「療癒系教祖」的話語，我也是避之唯恐不及。也因為這緣故，我一直抵制「療癒」這個詞彙，發誓自己絕對不要使用這個詞。但是經過十幾年，夏威夷的清風吹拂我的病軀，讓我重新思考：這也許能說是真正意義的「療癒」吧。

其實那陣子我實在太喜歡夏威夷美好的氣候，甚至還硬是買了棟別墅，夢想哪天就搬到這塊土地來住好了。結果這棟別墅只在翌年住過一次就賣掉了。買房的時候當地不動產商還跟我說：「您現在在夏威夷買房子，將來絕對是穩賺不賠的啦」。這句話也成了我決定買房的關鍵。結果後來認賠賣掉。這件事也看得出來我有多麼任性，想來實在有點尷尬。

回歸工作

所幸夏威夷一個月的療養結束時我恢復得不錯，覺得差不多可以開始工作。這時受大友良英的邀請，兩人在我曾經辦過連續一週活動的紐約表演空間「The Stone」合作演出。雖然場地是只容得下九十九人的小空間，但這場於二〇一五年四月十四日祕密舉行的表演，是我相隔約莫一年的第一場音樂活動。常有人誤會我跟大友認識很久，其實我們是在東日本大地震之前才認識的。他沒有受過音樂專業教育，創作音樂的方式與我完全不同。不帶有貶意，大友似乎沒有作曲方面的知識，但是他很聰明，知道很多很棒的音樂。所以合奏時總能帶給我很多刺激與學習。另外，大友也繼我之後擔任二〇一七年札幌國際藝術祭的客座總監。我作為一介觀眾前往欣賞，看到札幌街上四面八方自由傳來音樂，的確很像大友的行事作風，十分有趣。

我正想著這樣一步步慢慢恢復工作狀態，一通電話卻改變了我的命運。對方是墨西哥電影導演阿利安卓．崗札雷．伊納利圖（Alejandro González Iñárritu）的音樂監製，她打電話到經紀公司劈頭就問：「伊納利圖現在在拍片，您能否來擔任配樂呢？」這部作品正是後來得到奧斯卡獎十二項提名的《神鬼獵人》（2015）。可是我才大病初癒，狀態實在不能說已經完全恢復。所以我回說：「其實我現在還在癌症治療後的療養當中……」她隨即說出一長串話不讓我討價還價：「我也是呀，之前得了乳癌，但是我馬上就回來工作了，這樣子更能夠克服病魔唷。」我只得聽她的話，五月飛往洛杉磯觀看《神鬼獵人》的毛片（未剪輯完成的影像）。

《神鬼獵人》

我是從伊納利圖導演二〇〇〇年公開的長片出道作《愛是一條狗》（*Amores Perros*）開始注意到他，一看到影片就覺得他非常有才華。後來他拍攝的《火線交錯》（*Babel*）以東京作為故事舞台之一，在電影高潮場面採用了一大段我的樂曲〈美貌的青空〉（美貌の青空，1995）。那時他透過電話詢問我：「我們需要怎麼做才能使用這首樂曲呢？」這是與他的第一次接觸。《火線交錯》獲得當年度的奧斯卡最佳配樂獎，負責配樂的是阿根廷出身的古斯塔沃．桑塔歐拉拉（Gustavo Santaolalla），伊納利圖還曾開玩笑地對他說：「你這獎應該分一半給龍一啦。」

後來我在二〇一〇年北美巡迴演出時終於與伊納利圖直接見面，為了觀看《神鬼獵人》毛片而造訪洛杉磯則是第二次。因為在這階段電影還是粗剪，也還沒有加入CG特效，像襲擊主角演員李奧納多．狄卡皮歐的熊還是穿綠色頭套的人類。雖然不時有些像這樣讓人發噱的好笑畫面，但光是看毛片就可以完全感受到本作品的壓倒性強度。我做好必須打一場硬仗的心理準備，接下了《神鬼獵人》委託。再加上因為我伴侶也勸我：「你以為現在世界上有多少人能得到伊納利圖導演親自囑託配樂？癌症復發死了也沒關係，接吧。」唉呀，她可真殘酷。

伊納利圖不光是影像而已，對於聲響的堅持也非比尋常。《神鬼獵人》除了我擔任配樂之外還有負責音效的團隊，這個團隊替換過二次。第一組團隊才做一天就被開除了，第二組團隊也被趕出去，最後硬是請來盧卡斯影業的團隊負責。導演還要求所有電影院都要整備好相同的上映環境，對於每個細節都要徹底檢查。比方說戰鬥場面好了，印第安人射箭的飛行聲自不用說，連人們錢包金屬零件的碰撞聲都不放過。只要他覺得聲響有一丁點不對勁，最晚明天一定要重新作好。

伊納利圖年輕時曾做過電台DJ與音樂會製作人等工作，他的聽力非常好。此外擔任他所有作品聲響設計的馬汀．赫南德茲（Martin Hernández）也特別值得一提。他與伊納利圖從十幾歲就認識了，常常一起騎摩拖車出遊。這位馬汀是擁有幾萬張唱片的收藏家，擁有非常龐大的音樂知識。他似乎從小就在聽我的曲子，連我自己完全忘光的樂曲都記得。在墨西哥竟然有這樣比我還清楚我的音樂的傢伙，真是讓我十分驚訝。

而且他不僅僅擁有知識，還具備巧妙運用機材將腦中的想像化為實際聲響的長才。此外馬汀合作的不只伊納利圖而已，與伊納利圖既是盟友也是競爭者、一同引領現代好萊塢的「墨西哥電影三巨頭」另外二位電影導演：艾方索．柯朗（Alfonso Cuarón）與吉勒摩．戴托羅（Guillermo del Toro）也是他的合作對象。

與伊納利圖導演開會

在電影製作業當中，除了導演、製作人以外，攝影師也容易受到關注，但我常常覺得像馬汀這樣的聲響設計師也該受到更多的矚目才對。雖然同樣都是「聲音」，電影裡面就有演員口白、音效、配樂三種聲音在互相角力，聲響設計師就是要配合電影時間的行進去調配音量與空間中的聲音變化、思考在這個時候應該突出哪些聲響，用電腦進行細微的調整，工作量其實很可怕。

《我的長崎母親》

其實與此同時，我還在幫山田洋次導演的電影《我的長崎母親》（母と暮せば，2015）配樂，這部則是在首次罹癌之前就講好的。前一年我舉辦「Playing the Orchestra 2014」，山田導演與主演者吉永小百合來欣賞東京公演場，趁著到休息室與我打招呼時提出配樂的邀約。我真是誠惶誠恐，嚇得剛剛表演流的汗全都乾了。這兩人親自登門囑託，相信沒有任何日本人敢拒絕。所以我只好在進行《神鬼獵人》配樂的同時，還要幫另一部類型完全不一樣的電影做配樂。就算在我還健康的時候也從來沒有同時為二部作品配樂過，不光是腦子需要隨時切換，體力也耗費異常。

這部片是山田導演與我第一次合作。最初寫好主題曲的時候，我是飛到日本，前往成城的東寶攝影棚裡面的「山田房間」請導演聽。導演當場說：「非常棒」表示核可，我才能比較安心地繼續進行下去。有時會收到山田導演親筆撰寫寄來的配樂指示。此外，當時山田導演與住附近的的藝術家橫尾忠則交情很好，他們固定每週日都會一起吃蕎麥麵，然後再去吃善哉紅豆湯。山田房間的一隅設有「橫尾角落」，說是當橫尾自己一個人在自家畫室畫畫覺得太孤單時，就會跑來這邊畫。橫尾非常好客，我曾有一次到他的畫室與他談了兩個小時，之後準備告辭時他卻說：「啊？怎麼要走啦？」一直慰留我。

山田導演是碩果僅存體驗過一九五〇—六〇年代日本電影黃金時代攝影棚氛圍的人，所以我希望透過《我的長崎母親》的配樂，向以小津安二郎為代表的那個日本電影時代獻上致意。這樣講可能滿怪的，我因為實在太喜歡小津的作品，反而看不下去，因為我每次看沒多久就會哭。在那些故事都還沒開始進行之前、光是拍到場景那些日本房屋的土間與樓梯、拍到一台古早時候的轉盤電話擺在那兒，我就已經止不住淚。

一定是那種明瞭這些光景已經不再存在的「不存在」感，無可救藥地觸發了我的鄉愁吧。藍調是十九世紀後半被強制運到美國的黑奴所創建出來的音樂類型，但奇妙的是，他們原本所在的非洲各國都沒有像藍調這樣的音樂。是一種對於已然喪失的故鄉鄉愁所產生的嶄新文化吧。因此我認為，鄉愁感正是藝術最大的靈感來源之一。

不過我從以前就一直不明白小津這些偉大作品的配樂。以《東京物語》為首，這些作品多半是由作曲家齋藤高順負責配樂，採用的樂曲怎麼能夠如此平庸呢？明明影像具有足以匹敵莫侯利—納吉（László Moholy-Nagy）那種構成主義藝術的美感，音樂卻是完全不相稱地過度緩慢。我年輕時候對此義憤填膺，想說有機會一定要把小津作品全部重新配樂[3]。

但是年歲增長，我的想法又不同了。像小津安二郎這樣偉大的電影導演，不可能獨留配樂不去控制才是。我覺得他一定是指示作曲家：「你就刻意作得平庸吧。」小津對配樂的要求說不定並非將其視為一種作品，而是看作像他電影裡常常出現的雲、大樓、火車、燈籠一般的存在，根本不需要在觀眾心中留下記憶吧。我對於小津作品的配樂做出這樣的詮釋，因此雖然這樣說可能對山田導演有些不好意思，但我決定刻意讓《我的長崎母親》的配樂變得平庸些。以西洋作曲家比喻的話，可能比較接近舒伯特吧。我說我在夏威夷克服了佛瑞，本來我也因為覺得舒伯特平凡至極，十幾歲的時候對他雖然不到非常抗拒，但實在是個沒有興趣認真聆聽的作曲家。可是到了這個年紀強迫自己去聽，還是覺得有被其打動。

因為這些脈絡，為《我的長崎母親》囑託而製作的二十八首樂曲並沒有想像地耗費功夫，在二〇一五年夏天就得以完成。這部電影在十二月十二日公開，其配樂成為我癌症治療之後對外公開回歸的第一份工作。岔個題，在我與山田導演工作的期間，日本正好上映了伊納利圖導演的前一部電影《鳥人》（*Birdman*）。有一次山田導演突然問我：「你看過《鳥人》了嗎？」因為有保密條款，我不能說我正好就在參與伊納利圖導演的下一部片，只單純回答：「已經看了唷」。山田導演一副很懊惱地說：「這作品真是太厲害了，看人拍出這種片子我真是大受打擊呀，電影都快拍不下去了。」

雖然同樣是電影，山田導演與伊納利圖導演的作品性質真是天差地別。而且八十多歲的山田導演可是拍過《男人真命苦》系列等無數名作的大導演，《我的長崎母親》已經是他第八十三部電影了。他大可以大手一揮說：「什麼《鳥人》，跟我毫無瓜葛。」但是山田導演卻會認真地忌妒比他年輕三十歲以上的異國電影導演。我聽了他的話，心裡很是高興：如此的飢餓精神正是他身為一流導演的證明呀。結果，我同時就在與伊納利圖合作的事，至今都沒有跟導演說過。

Trust me!

話題又回到伊納利圖導演交給我的一大作業：《神鬼獵人》上面。前面我談到承接《神鬼獵人》配樂的經過時講得比較簡略，其實一開始那位女性工作人員來電邀約時跟我說的是：「We need layers of the sounds.」意思是，他們需要的不是簡單明瞭的帶旋律的音樂，明確的說是「層層疊疊的聲響」。

如果想要作的是尋常電影配樂的話都還容易談，音樂走向可以根據導演的指示安排：「這裡要現代樂一點」、「這裡要好聽的旋律」等等。但是他們只說要「layers of the sounds」，說得這

3 參見《音樂使人自由》頁九四。

麼抽象，真讓我摸不著頭緒。我一想，伊納利圖自己腦中應該也還沒有正確答案吧，那也只能先靠自己的判斷來準備好配合影像的「層疊聲響」吧。在洛杉磯看完毛片之後，我回到紐約錄音室就馬上開工。與導演討論過，我決定為這部作品寫的曲子不要使用所謂的普通鋼琴聲。

我製作幾種樣本音軌，完成到某個程度就寄給伊納利圖，再根據他的意見做出修正。他有時也會到紐約來一起調整。舉個例來說，槍戰場面常見的配法是搭配槍聲作「砰砰、砰砰」類型的音樂，但也可以刻意搭上優美的「呦~呦~、呦~呦~」種類的音樂，這全看導演怎麼判斷。無論面對任何導演，最初都是從這種相互試探開始，我這邊先丟出一顆球，那邊說不對，慢慢聚焦在一個還看不見的位置上。這樣的來回討論持續了一段時間。

電影的剪輯也在這期間持續進行，五月我看毛片還是「1.0版」，後來就「1.1版」、「1.2版」、「2.0版」……這樣不斷更新，每次也都會把影片資料寄給我。聽他們說因為受到全球暖化的影響，原本主要拍片場地的加拿大積雪量不足，最後場景沒法拍出預期的效果，後來在八月還特地到南半球的阿根廷補拍。

我也正好在夏天那段時期請冰島女大提琴手希樂德．格納多蒂爾（Hildur Guðnadóttir）來到紐約的錄音室錄製配樂。為了採用鋼琴與大提琴演奏的主題曲，我與她錄製了長段的即興演奏，再交由馬汀巧妙配合著影像安插上去。除了希樂德，在《鳥人》一片採用了劃時代的方式：幾乎獨自一人順著整部電影即時配樂上去，同時自己也在片中客串演出的鼓手安東尼奧．桑切斯（Antonio Sánchez）也來參加錄音。我也是請他在錄音室即興演奏，然後採用了一部分錄音成果。此外，我在網路上發現的一個不錯的德國樂團「Frantic Percussion Ensemble」也被找來參加。雖然他們是在柏林錄音、未能實際見面，但我請當地長期合作的錄音工程師給指示，經過他們辛苦地不斷反覆重錄，終於錄得充滿魄力的聲響成果。

為了讓《神鬼獵人》能夠參加翌年二月的奧斯卡獎，電影必須趕在二〇一五年內上映才行。美國國內的上映日期定在十二月十六日，日期定好，戲院檔期也定了，倒推算時間，最晚也必須在前一個月完成作品才行。影像剪輯也進展順利，進入十一月時已經變成「8.5版」了。整部片我前前後後應該看了有三百次。

《神鬼獵人》影片長達一百五十六分鐘，需要搭配的配樂曲子也很多。隨著交件日期一步步逼近，我的時間也愈來愈緊迫。以前我連續工作十六小時也不怕，過了六十歲也還可以集中工作十二小時，但大病過後體力頂多撐到六小時。但這樣還是做不完，只好拚了命硬撐到八小時、臉色發青地工作著。即使到這種程度，還是會有待在錄音室一整天，依然作不出一首曲子的情況。

我判斷自己一個人這樣下去一定來不及完工，就向老朋友卡斯頓・尼古拉（Alva Noto）求救。卡斯頓總是諸事繁忙，很幸運地這段時間恰巧有空檔，聽到我的不情之請，馬上帶著筆電就衝去洛杉磯。所幸他招牌的電子聲響加工處理也非常搭配伊納利圖的想像。雖然一開始只委託我一個人，但最終《神鬼獵人》的配樂者是冠上「坂本龍一／卡斯頓・尼古拉」，就是這個緣故。

不過雖然如此拚命地想趕上時程，其實伊納利圖的評判依舊十分嚴格，還是有不少曲子被刷掉。本來電影的暫定剪輯版裡面有加上與導演意象相近的既有樂曲作為一種指南，等於是給我範本、表示「照這種感覺做」。所以我本來希望配合影像創作出超越這些樂曲的新曲子，但有些部分導演最終還是回去採用了原來給我參考的範本。以前如果碰到導演做出這種判斷的話，我會感覺被看扁，即使時間不夠也要想盡辦法創作出更好的樂曲。但在這個時期我的體力與思考力都已經到了極限，不得不承認自己力有未逮。當然我還是很不甘心，至今都還很後悔自己當時沒有為了《神鬼獵人》使出百分之百的全部力量。

我常常對外說我很討厭努力，其實過去的成就也真的沒有花費多少辛勞，就連體力也是一直以來都很有自信。說我不因此驕傲的話就是騙人了，畢竟連《末代皇帝》的電影配樂也不過花了我兩星期就做出來了嘛。但是這次《神鬼獵人》的配樂工作，讓我嚐到有生以來第一次挫敗。現在想想，我在抗癌治療之後的確有著頭腦不清、難以集中的化療腦（chemo brain）症狀；為了因應伊納利圖的需求而引進的新機材把我搞得很混亂，這也是事實。但是，這些都不過是藉口而已。

打個比方，大概就像過去跑百米都能跑剛好十秒的運動員，經歷受傷低潮後，再怎麼認真跑也只能跑出十秒半的紀錄吧。他心中覺得照說我的跑法都跟過去一樣，當時的奔跑印象也都還在，身體跟腦袋卻怎麼樣也追不上。這種焦慮感可能只有當事人才能體會。我自己是不記得，但伴侶說我在為了這部電影拚命的那段期間，每天晚上都會做惡夢。《神鬼獵人》的配樂雖然不幸沒有獲得奧斯卡獎，但是有獲得金球獎提名，我在洛杉磯的頒獎典禮上又得以和卡斯頓再次見面，因為這樣才多少沖淡一些我的挫折情緒。

不過，這樣艱難的工作經歷，也確實為我自己開拓了一個新世界。後來我製作的《怒》（怒り，2016）、《南漢山城》（남한산성，2017）電影配樂，某方面來說算做《神鬼獵人》的延伸也不過分。然而，我也回想起面對如此嚴苛的伊納利圖導演，曾有這麼一次說服他聽從我的話。那是在配電影中段，瀕死的主角躲進治療避難所、在半夢半醒之間與當時理應已經過世的兒子重逢的場景。這段充滿幻想與感動的場面究竟該配上什麼樣的音樂呢？我與導演毫無保留地爭論不已，一直各持己見到非常鄰近截稿日期我才寫出樂曲，但是伊納利圖直到最後都還想要採用作為指南的參考音樂當配樂。

於是我竭盡心力對導演說：「Trust me!」力保這首樂曲完成錄音，最終獲得採用。我覺得這事還滿好玩，所以在電影完成後，我做了件胸口位置寫著「TRUST ME」、底下寫「THE REVENANT Music Team 2015」的T恤發給全體工作人員。T恤背後還寫上這首樂曲的編號「6M23」。這件T恤我至今還很珍惜的保存著。

6

邁向更高的山峰

《async》製作期間的筆記與參考資料

期間限定的一日「教授」

「教授」這個綽號是高橋幸宏取的。第一次與他碰面時，我還在唸東京藝術大學的碩士課程。我想當時光是研究所學生這個身分就很稀奇了吧。然後我們一起在錄音室工作時，我跟他解釋了一些和聲理論，他打趣地說了聲「教授」，從此就固定下來了。

等年紀大了，也有幾所大學前來洽詢，問我要不要實際擔任教授。不過我辦《schola 坂本龍一 音樂學校》就筋疲力盡，明白自己終究不適合教書，也很討厭時間被人限制，所以找了各式各樣的理由推掉。年輕時多摩美術大學的東野芳明曾經找我到他課堂上擔任客座講師，結果我一路喝酒喝到當天早上，嫌去八王子太麻煩就直接爽約，我就是這麼惹人厭。

不過在二〇一三年東京藝術大學前來洽詢邀任客座教授時，我卻答應了。當然也有猶豫過，可是畢竟是母校邀請，即使明白這就是個「門神角色」，還是無法不顧情面一口回絕。嗯，雖然我對當時的校長相當失望就是。向國家要了好幾億日圓，結果只會舉辦跟業餘歌唱大賽沒兩樣的事。後來還當上文化廳長官，看來比起藝術與學術，他更喜歡加了引號的「政治」吧。

客座教授這工作只需一年一次在學生面前講講話就好。不過那一年因為排不進行程、翌年又因為養病而無法成行。最後是在我終於從《神鬼獵人》這份大案子解放出來之後的二〇一五年底才得以實現。只要是藝大的學生，無論是大學部或研究所都可以來聽，結果報名人數遠遠超過名額，我出了題目舉行選拔，經過三次甄選，所有的回答我都親自確認過，最後選出比較有趣的二十八位學生。

講課當天，我久違來到上野的藝大教室，也是覺得這經驗滿新鮮，就請入選的學生們自我介紹。我想知道現在學生都在關注什麼，於是一開始先請他們回答各自的專業領域及喜歡的電影。對於專業領域他們都能明確解釋：「我是研究文藝復興時期的音樂」等等，也討論得很熱烈。不過講到電影時他們竟然能不以為意地說出：「最近我看了宮崎駿導演的《風起》（風立ちぬ），很感動。」當然我不是在說吉卜力壞話。可是我本來預期他們身為大學生、尤其是藝大的學生，應該會有更尖銳的回答才是，真讓我大失所望。我對參加的學生都問了同樣的問題，只有一個人舉出高達（**Jean-Luc Godard**）的名號。

或許他們有能力在自己的專業領域做出好東西，但怎麼都沒有關注其他藝術類別呢？連藝大學生的素養都貧乏到這種地步嗎？我真是目瞪口呆。結果光是聽大家自我介紹一輪、加上討論就超過三小時，真的很耗費精力。某方面來說或許是我對學生期望太高也說不定，可是要這樣每個星期開課我是絕對受不了，也會影響自己原本的工作。其實如果我是現在的藝大學生的話，聽到「坂本龍一來大學教課」也絕對不會去聽才是。不過就是這種傢伙才值得期待，不是嗎？

「物派」與塔可夫斯基

二〇一六年二月至三月，我為當年九月上映的電影《怒》做配樂。這與《我的長崎母親》一樣是養病之前就接下的案子。導演李相日說因為這部作品是由「信任」與「不信任」所構成，希望我創作一首能包含如此雙重意涵的樂曲。我也不確定能否做到，但還是順著要求想辦法完成了。

四月八日至十日，我在二〇〇六年於愛貝克思（AVEX）唱片設立的音樂廠牌commmons舉辦了十週年紀念活動「健康音樂」。我從年輕時候就聽著、創作著一堆不健康音樂，罹患重病之後才想到應該好好思考一下「健康」與「音樂」的關係，於是就辦了這場活動。除了隸屬commmons的音樂家現場演出之外，還策劃了落語表演、廣播體操、呼吸課程、瑜伽工作坊等等。現場的食物攤販也很講究。

然後我從四月底開始著手製作新專輯，沒有特別設定截止期限、希望暫且排除掉過去學習、累積關於音樂的一切，面對完全空白的畫布創作。不過這樣開始之後，有三個月我完全沒有浮現任何靈感。因為還是想動手做點什麼，就先試著改編我喜歡的巴哈樂曲。完成了五首霧氣朦朧灰色氛圍的改編版，我覺得還不錯，甚至覺得作一張改編巴哈樂曲的專輯應該還挺有趣。

可是另一方面我也很迷惘，睽違《out of noise》（2009）八年的原創專輯，內容卻全是向另一位作曲家的禮讚，這樣真的好嗎？在我茫然思考這件事的期間，李禹煥（Lee Ufan）老師的作品帶給我極大的啟發。我太尊敬他，將他視為我的心靈導師，即使從未受教於他，稱呼他時還是會加上敬稱「老師」。一九七〇年左右，李老師和菅木志雄在藝術界耀眼登場，被總稱為「物派」。李老師他們主張那些棄絕人類自以為是的想像力而渾然存在的「物」，才是我們應該去欣賞的。直接展示未經加工的石頭、木頭這些自然素材，這樣的作法才會夠強烈。

當時的我剛進大學，雖然覺得這種「物派」的哲學實在太帥氣而大受感動，但也沒想過要將這樣的概念立刻應用在自己的音樂。怎麼說呢，其實是我也不知道該怎麼活用在音樂上。不過大約半世紀之後，當我拋棄了那些為了新專輯而作到一半的巴哈改編曲，重新回到心無雜念的狀態時，腦海裡不意浮現了李老師的畫作——巨大的畫布上以粗筆拉了一條短短的線。

大概是人類大腦的習性使然吧。我們看到夜空的星星，就把那些明亮的星點連成線、描繪成星座。實際上那些星星彼此相距幾萬光年，我們卻把它們看成位於同一個平面上。同樣地，如果我們在白色的畫布上點了一個點，點第二個點時我們就會用直線把兩個點連在一起。接著如果再點上第三個點，我們就會把它們連成三角形。這種情形置換到音樂也會一樣，以《神鬼獵人》的主題曲為例，只要聽到頭兩個音，我們就會感受到其中存在著什麼意義。

我受到李老師的作品激發靈感，便決定新專輯應該去否定前述那些大腦想為所有事物找出意義的習性。此外，我還從生物學家福岡伸一那得到一些啟示。福岡擔任青山學院大學的教授，同時也是洛克斐勒大學的客座教授，他和我是朋友，到紐約來的時候我們常會一起用餐。按福岡的說法，人類大腦擅自把夜空的星星連在一起的這種特性，我們稱之為Logos，也就是理性；與之相對的、星星實際的本來樣態則稱為Physis。這個字是Physics（物理學）的語源，意思是「自然」。自從某段時間開始，只要我跟福岡在一起，兩人的話題就一定會變成：我們人類要如何才能超越Logos，進而接近Physis呢？簡直是打破沙鍋問到底。

一般的音樂在創作時，會縝密地構築音與音之間的關係，但是我打算在這張新專輯挑戰完全相反的方法論。於是在一切歸零重新開始製作的時候，我會在紐約街上撿拾石頭拿來敲一敲、相互磨擦，錄下發出的聲音，嘗試看看能否就這樣用音樂來體現「物派」。我還在仲夏之時去了京都，在滿是蟬鳴的山上進行田野錄音，其他還像是去錄下法國巴榭兄弟（Baschet Brothers）的「聲音雕塑」（sound sculpture），還為了錄下美國雕刻家哈利．貝托伊亞（Harry Bertoia）「聲音雕塑」的聲音特地造訪曼哈頓的美術館。

這樣不停反覆的摸索最後總共花了七個月左右，這段期間沒有其他大規模的作曲工作，因此專輯錄製進展順利。到了某個階段，我腦中突然閃現概括專輯整體概念的大方向，也成了我創作的助力。那概念就是「塔可夫斯基的虛構電影配樂」。一如塔可夫斯基在《雕刻時光》（*Sculpturing in Time*）書裡所說，他主張電影本來就不需要配樂，因為在拍攝影像的同時，聲音也被麥克風錄下來了，何必要大費周章事後再追加上去，這豈不是把電影搞得滿滿都是音樂。

以《犧牲》（*Offret*, 1986）這部片為例，塔可夫斯基用了對他意義很大的巴哈〈馬太受難曲〉，可是在其他部分播放的尺八樂曲，一開始聽起來只像是風聲。另外像是《鄉愁》（*Nostalghia*, 1983）裡，最大聲的音樂是水。非常細心設計過的水聲就是片裡的音樂。我回頭重新觀賞塔可夫斯基留下的七部長篇電影作品，逐漸出現很狂妄的想法：某方面來說他是否定電影配樂的人，要是我接到委託要為他的作品配樂，那該怎麼配呢？當然，電影配樂這個概念我覺得也有受到為伊納利圖電影做配樂的經驗影響，他要求配樂要像「層層疊疊的聲響」（layers of the sounds）。

專輯到了混音階段，我身兼製作人的伴侶說服我先在車上試聽看看。在美國邊開車邊聽音樂的人很多，車子本身會有引擎聲之類的噪音，外頭還會有環境音，要是專輯混音出來會被這些聲音蓋過去那可不行。她認為前一張《out of noise》的聲音有點太過於細緻，在車內會聽不清楚。所以這次專輯初混完我們就燒錄成CD，帶著混音工程人員一同開車到曼哈頓街上兜來兜去試聽效果。

結果，沒想到這張作品與外頭的聲音混合時變得更有意思。車子停等紅燈時，可以聽到一旁的巴士發出「噗嚕嚕嚕」引擎聲，反而融合得很不錯。哈德遜河畔有個直升機停機坪，直升機剛巧在絕佳的時間點降落，我心想：「這聲音一定會太過吵雜吧」一邊試著把車開過去，沒想到音樂在這麼大的轟隆聲之下都沒消失。大家都確認過專輯的混音方向沒有問題，這才吃了定心丸。

在紐約住家庭院裡田野錄音

《async》

《async》這個名字是在專輯製作末期想到的。雖然取名字這件事本身或許已陷入Logos的概念化，但不管是叫「無題」還是什麼的，作品總是需要有個名字才行。我二十幾還不到三十歲的時候，曾跟作曲家前輩諸井誠對談過，當時YMO也已經活動了一段時間，他對我說：「你已經開始作些相當服貼的音樂了呢，不過或許某一天你會想要把參差不齊當作目標吧。」年輕時我還不太明白他指出的點，但這段話一直存在我腦中某處，時不時會回想起來。看來朝著參差走去的時機點，總算在此刻來臨了。再加上我對於過去一度很熱衷的Twitter等社交軟體也開始有意識地保持距離，因此在專輯名稱裡注入我反抗這個一切都要同步的時代潮流、刻意追求「非同步」的情緒。實際上這張專輯裡也有好幾首樂曲體現了「非同步」的概念。

之前我每一張新專輯都是風格方向劇烈跳躍，但這張費了很大心力才完成的《async》，即使在專輯完成、二〇一七年三月二十九日發售之後，我還一直有很強烈的企圖，希望再進一步發展。此外我覺得，在近似自然聲響環境的三維空間聆聽，才是這張專輯該有的聆聽體驗，CD等媒介終究不過是將立體的音樂固定在二維平面而已。因此專輯發行沒多久，在和多利當代美術館（ワタリウム美術館）舉辦的「坂本龍一——設置音樂展」，便是我為了實現那理想的聆聽空間所做的努力。

「設置音樂展」的主展場使用我信任的音響公司「Musikelectronic Geithain」製作的喇叭，創造出能夠以5.1聲道聆聽《async》全部曲目的環境。原本真的要實行的話，或許應該讓每一道聲響都分別配置一只喇叭才對，雖然那樣實在太不切實際，不過我還是費了一番工夫讓聲音盡可能貼近現實世界的聲響樣態。畢竟像春天時鄉下的水田會有幾百隻青蛙一齊嘓嘓叫，其實每隻個別青蛙的叫聲，音程和節奏應該是彼此參差不齊的。又或者像雨聲，人類聽著聽著會在其中找到一定的規則性，但它本是在風吹及雨量等因素影響之下隨機掉落的雨滴，也絕對是一種「非同步」的東西。因為貫串整張專輯的目標就是呈現「事物本身的聲音」，所以我希望這個展覽盡可能重現我提到的自然界的聲響環境。高谷史郎在這之前與我合作了好幾次的裝置藝術，為了將這想像化為現實，我請他擔任影像配置與會場全體構成的顧問。同年十二月，我們更在初台的日本互動藝術中心（NTT InterCommunication Center）舉辦了這場展覽的延伸「設置音樂2」。

當時還未見過面的李老師蒞臨「設置音樂展」，在便籤上留下了感想，後來美術館的職員交給了我。此外，泰國的電影導演兼藝術家阿比查邦・韋拉斯塔古（Apichatpong Weerasethakul）特地為了這個展覽製作了影像作品。我與阿比查邦是在二〇一三年的沙迦雙年展才認識彼此，不過當時只是擦肩而過簡單寒暄的關係而已。在那之後很久沒見過，直到二〇一六年十二月他因為在東京都寫真美術館舉辦個展來日本，我們才得以再見。我在那裡遞給他還未公開的《async》初混版，厚著臉皮向他探詢：「如果有聽到吸引你的曲子，能不能為它製作影像？」。

對方可是坎城影展金棕櫚獎（最高榮譽獎）得主，我當然不覺得他會輕易答應。不過他隨即收下了專輯說他會聽聽看，沒多久就提議：「把這首跟這首合在一起讓樂曲長一點怎麼樣？」，於是我製作了特別版本給他，結果他搭配著樂曲作出影像裝置藝術《first light》，這件作品就是經過這順序創作出來的。他的影像彷彿讓夢境、神話和叢林融為一體，真是百看不厭。雖然有人說不但難懂而且「每看必睡」，但我總覺得觀眾的睡眠是與作品同在的。後來換我受他委託，為他首部VR作品《與太陽的對話》（*A Conversation with the Sun*, 2023）配樂，我們持續交流著。

在日本無法達成的表現形式

接著四月二十五、二十六日在紐約的「公園大道軍械庫」（Park Avenue Armory）舉行了公演，並以此為開端演出了幾場以《async》為基礎的表演。剛開始這演奏會只是要忠實重現專輯內容，但是因為我請高谷史郎也參與演出製作，於是表演藝術還有裝置藝術的元素隨著演出次數漸漸變多。雖然紐約公演的場地是只容納得了大約一百個人的小會館，觀眾群卻非常豪華。來觀賞的有碧玉、Oneohtrix Point Never（OPN）、約翰・約翰森（Jóhann Jóhannsson）等音樂人、行為藝術家瑪莉娜・阿布拉莫維奇（Marina Abramović）、以及與李老師同樣啟發我許多靈感的福岡伸一也來了。

順帶一提，瑪莉娜・阿布拉莫維奇在美術界是有著「行為藝術之祖母」稱號的傳奇人物，她激烈的行為藝術表現相當為人所知。她曾在舞台上拿刀快速地像玩「俄羅斯輪盤」般突刺自己的指間，直到自己真的被刺傷才停。另外還有個名為《Rhythm 0》的演出，她在拿坡里的Studio Morra像個人體模型一般站著不動，並且告知觀眾可以用旁邊桌上放著的七十二種物品做任何事。那些物品中竟然還放了手槍和子彈，雖然最後沒有人真的開槍，她還是有被具有攻擊傾向的觀眾用剪刀劃破衣服。因為知道這些軼事，我總以為她就是那種可怕的女性，害怕得要命，完全沒想到實際見了面才發現她是個非常溫柔的人，感覺是個善解人意又討人喜歡的大姐姐。

此外，約翰・約翰森在紐約公演隔天來了我家一趟，表示希望使用我為了演出而與高谷合力製作的玻璃樂器、或者應該說是聲音裝置一般的器械。他似乎非常中意那件樂器，一個人在那用了大半天還錄了音，說他想要用在當時正在著手製作的配樂當中。那時他看起來還很有精神，可是後來不到一年就過世了，很令人惋惜。

翌年一八年我在法國有六場演出，這次雖取名為《dis・play》，其實內容也是以《async》為基礎。剛巧當時Dumb Type也在法國舉辦展覽，展場也是坂茂先生設計的龐畢度中心梅斯分館（Centre Pompidou-Metz），而且為了製作事務在當地停留的李老師居然也前來欣賞我在巴黎日本文化會館的公演，於是終於得以與他初次見面。

接著隔年，一九年在新加坡舉辦的演出《Fragments》令我格外印象深刻。新加坡國際藝術節原本是招聘高谷演出舞台作品《ST/LL》，因為我負責其中一部分的音樂，就想說親自去當地看看演出。主辦單位一聽說我要去，便問我：「難得都來了，能不能也辦場演奏會？」。於是在《ST/LL》上演的幾天後，我就直接沿用那個舞台，演出以《async》為基礎的演奏會。

舞台上設計了一個池子，裡頭裝滿了水。水面上漂浮著鋼琴、吉他、玻璃裝置等等能發出聲響的幾座「島」，必要時我得嘩啦嘩啦地走在水裡，去拿取那些樂器或是「東西」來即興地發出聲響。水的波紋也以影像即時投影，成為一場將《async》的內容完全脫胎換骨、我自己也感到相當充實滿足的演出。果然唯有在這種一看就知道並非尋常形式的鋼琴演奏會，才不會感受到來自觀眾席那種「給我彈〈戰場上的聖誕節〉啊」的壓力。

仔細想想，音樂專輯這種格式是為了在音樂市場流通而訂立，包括像一張專輯收錄時長約六十分鐘等等，都不過是權宜之下的規則而已。新的音樂作好了，只消找幾個觀眾到特定場所，像是在茶室款待客人一般辦個發表會就好，反正現在這時代CD也賣不了多少，這樣做搞不好還更能賺到錢。

我曾經在朝日出版社以前出版的《週刊本》系列當中編過一期特集，叫做〈本本堂未發行圖書目錄〉（1984）。內容匯集了我主辦的出版社「本本堂」接下來想出版但八成實現不了的書籍。還請到高松次郎和井上嗣也等許多人一同參與，我們跳過書本的實際內容，先決定好全部五十本書的書名和裝幀。其中有一本的構想是書籍設計師菊地信義的點子，要作成資料夾的樣子，將中上健次的作品每天更新。雖然沒辦法實現，但是從還沒有網際網路的八〇年代以來，人們就一直有著把「一本書」、「一張專輯」這種集合形式破壞的想法呢。

這場以《async》為基礎的演出，連我自己都感覺達到新的表現層次，只是很可惜沒辦法在日本國內舉辦。法國公演時新加坡國際藝術節的相關人員前來，才因此促成了翌年的演出招聘；然後在新加坡公演時，又有香港的活動主辦人前來，邀請我「下次請務必來香港」，可是在日本就沒有任何一間公司或劇場會像他們一樣熱切地當面來找我。或者應該說，如今日本幾乎沒有人知道我有在進行這種類型的音樂活動吧，所以也不會特地前往海外觀賞我的演出。以前的日本在邀請海外藝術家這方面可是引領世界的，想不到如今卻好似進入了新的鎖國時代，真是令人感到淒涼。當然如果我的經紀公司跟熟識的活動主辦人講一下，還是會有人來洽詢。可是如果可以的話，還是希望他們能張開資訊的天線追蹤一下坂本現在有著什麼樣的表現方式，起碼能夠來離日本不遠的新加坡看看演出。不過這是我的一廂情願吧。

我一直以來都是以自己當下的心情在作專輯，換個方式說就是每部作品的旨趣都很分散，沒有藝術家的一致性，對此一直有點自卑。總歸來說，就是沒有招牌風格。比方說山下達郎或是布萊恩．伊諾（Brian Eno），不管聽他們哪一張專輯都扎扎實實可以感受到他們的招牌風格。哎，不過啊，我已經想通了，自己就是跟他們不一樣，老是愛做自己喜歡的事，所以也實在沒辦法。

儘管如此，我完成《async》時就產生強烈的念頭，這種念頭跟確立自己的招牌風格有些微妙的不同，但我不希望再失去在這張專輯獲得的東西，下次也要從這一回成就的延長線上，向前登上更高的山峰。我在專輯完成時曾說：「這張專輯我喜歡到不想給任何人聽」，說出這段話的背景也含有我個人的感慨於其中。因此之後我才會非常非常慎重地將我在《async》中掌握到的東西發展下去。

我十八歲時就邂逅了李老師的作品，搞不好從那時起就可以走上將音樂作為「物」的道路了，之所以沒有往那條路走，我想是因為年輕時被金錢和女性給沖昏頭了，具體內容就任憑各位自行想像，不過事到如今，我對自己的人生也不後悔。我都活超過六十歲，還經歷了大病，已經是不會受世俗的欲望所左右的清貧狀態，這時總算出現了一座自己必須攀登的山嶺。這就像是畫了一道很大的螺旋，最後回到了原點。

在亞洲的計畫

《async》發行後，我持續與韓國工作。其中一個是由繪本《我的朋友霸王龍》（*My Tyrano: Together, Forever*, 2018）改編的動畫電影，二〇一七年四月開了第一次的會。雖然導演是日本人，作畫的也是日本的手塚製作公司，但負責主要製作是韓國的公司，此外中國的電影公司也有出資。主導的年輕韓國製作人指名要我當音樂總監，如此日中韓共同製作的案子相當吸引我，便接下了委託。距離前一次為動畫作音樂已經相隔很久，而且還有個難題是必須作出能讓小朋友聽進去的音樂，不過我以好幾隻擔任主要角色的恐龍開始發想，作得還滿開心。

《我的朋友霸王龍》於一八年十月在釜山國際電影節首映，韓國則是在次年一九年公開上映，而日本上片卻剛好受到新冠疫情影響一直延後，直到二〇二一年底才正式上映。雖然這不是任何人的錯，但錯過了最好的時機，還是讓人感到可惜。真是不可思議，明明一部作品無論何時觀賞，對觀眾來說都是首次體驗，可是如果完成後沒有馬上公開，整個聲勢就會逐漸衰弱，終至萎縮，根本和茄子一樣，而非像紅酒或威士忌那樣愈陳愈香。

一七年六月我為李炳憲和金允錫擔任雙主角的韓國電影《南漢山城》（2017）製作配樂。對方沒有透過經紀人聯繫，而是直接從我官方網站的洽詢處提出委託，我被他們的勇氣給打動，立刻就給了正面回覆。《南漢山城》是部以一六三六年發生在朝鮮半島的「丙子胡亂」為題材的歷史劇，內容主要圍繞著拒絕向清軍降服的李氏朝鮮仁祖，經歷四十七天籠城戰[1]的故事，被清軍攻擊進逼的仁祖前往南漢山城避難，在議和與交戰之間掙扎。當時是冬季，飢寒交迫之下仍決定盡力抵抗。結局大家都知道了，最後朝鮮戰敗，身為君王的仁祖不得不向清帝九叩首謝罪。這段歷史剛好是清朝初期，可以說與描寫清朝最後一位皇帝的《末代皇帝》兩相對照的作品。

1 據守城池御敵的攻略方式。

這段史實我也是透過這部電影才初次得知，似乎在朝鮮半島的歷史裡差不多可以算是前十名的悲劇。「李」在現今的韓國仍是最大的姓氏，但聽說因為這起屈辱的事件，仍有一定人數不願承認自己是李氏朝鮮的後裔。製作群敢於描寫在國內如此被忌諱討厭的「丙子胡亂」一事，令我深受感動，而且我以前就希望能為韓國電影做一次配樂，因此很開心能接到這個委託。我也拜託之前曾提過的韓國友人金德洙幫忙，透過他介紹請到年輕的傳統樂器演奏家。順帶一提，擔任這部作品導演與劇本的黃東赫（Hwang Dong Hyeuk）後來負責的Netflix電視劇《魷魚遊戲》（Squid Game）在全世界造成轟動。

在《我的朋友霸王龍》和《南漢山城》這兩件工作之間，紐約曼哈頓的Quad戲院（Quad Cinema）為了配合裝修後重新開幕，舉辦了「坂本龍一 Retrospective」影展。從我過去擔任過配樂的電影中挑了八部特別播映，包括佩卓・阿莫多瓦（Pedro Almodovar）的《高跟鞋》（*High Heels*, 1991）和布萊恩・迪帕瑪（Brian De Palma）的《雙面驚悚》（*Femme Fatale*, 2002）等等。Quad戲院就像是日本的名畫座[2]，是間在鬧區的小電影院，由年輕的電影人經營。他們就跟著迷於黑膠唱片一樣，只要找得到就堅持要以膠卷放映電影，實際上氣氛還不錯。在大學專攻電影研究的兒子曾抱怨那邊「投影影像的銳利度不夠」、「投影機操作不夠俐落」，不過我因為接受治療的關係，二〇一四整年幾乎都待在紐約，身為當地的居民能有這樣的待遇，非常開心啊。

《坂本龍一：終章》

二〇一七年八月底，睽違四年我再次前往威尼斯影展，只不過這次不是當評審委員而是一介參展者。以我為主角的紀錄片《坂本龍一：終章》（*Ryuichi Sakamoto: CODA*）將在影展特別放映，所以我特地去參加。導演史蒂芬．野村．席博（Stephen Nomura Schible）是日美混血，我和他是在震災後相識。當時核子工程學者小出裕章在紐約舉辦與福島輻射線污染有關的演講，我坐在第一排聆聽。席博剛巧人也在會場瞧見了我，演講結束便問我能不能讓他拍部電影，並且給了我聯絡方式。當時本來是要以「NO NUKES 2012」的現場演出影片為中心，再將重點放在廢核運動的企畫。我當時心想，難得連日本都能有一股要改變社會的氛圍，若是透過我將這般動盪的氣氛記錄下來或許會很有意義，所以我沒有多想就同意了。

只不過隨著拍攝持續進行，這部片的概念也改變了，開始想要多花點時間記錄下身為藝術家的坂本龍一的全貌。我沒有任何想把自己英雄化或是曝露自己生活的欲望，只不過我逐漸受到導演的客氣態度所牽引，覺得就這樣交給這個人安排也不錯。但就在此時我罹患了癌症，席博有一陣子似乎非常苦惱，不知道該不該繼續拍攝。於是我就想，不如由我來推他一把，便開玩笑地

2 專門播映老電影或經典電影的戲院。

說：「太好啦，這麼一來電影要大賣了呢！」。

說是這麼說，我還是很抗拒讓攝影團隊在我與疾病對抗時進到家裡或是私人工作室。我的兒子大學畢業後開始擔任影像創作者，雖然不在當初的計畫裡，我還是跟他們提議也許他可以勝任相關的工作。兒子要不要接下這份工作、又或者他拍出來的影片導演覺得好不好，這些當然都是另一回事了。我交給他們兩位自行決定，他們直接討論後，兒子似乎決定接下工作，結果，一四年之後在紐約的影像幾乎都是由他拍攝。

有一次我正獨自在集中精神練鋼琴時，突然覺得好像有人在，回頭一看兒子正拿著攝影機拍攝。電影裡這段影片跟著我說的「哎呀，被拍了」一起收錄進去了，不過拍我這麼糟糕的彈奏，對方要不是家人的話我還真的無法允許啊。

此外，這部片中我最喜歡的是我為了田野錄音走進森林的段落。其中有一小段沒有拍我，而是拍一隻正在爬樹的尺蛾幼蟲，這短短的鏡頭真是太棒了。我甚至強迫要求席博：「要是把這裡剪了的話，電影也不要上了。」觀眾既然都知道這是部拍坂本龍一的電影，我也沒必要一直出現在鏡頭前。

這部紀錄片最後變成記錄《async》製作過程的影片，觀賞時也能把它當專輯的製作紀錄。名叫「CODA」，也就是「音樂尾聲」的意思，它跟我一九八三年的同名專輯沒有關聯，是席博在電影製作的最後階段才取的。當然因為沒有料想到會發生我罹癌這般的大事，他也很猶豫維持這個片名會不會太過沉重。我自己也有點排斥，覺得好像一副我的人生就到這了的意思。不過導演一開始就是想探討這個世界自核災發生之後是否已步向了「尾聲」，同時這部影片也完整記錄了我完成新的音樂作品的整個過程，因為有此雙重意義，最後還是決定維持原片名發表。我的想法是乾脆將計就計，藉這片名表示接下來又要開始新的章節。這部電影十一月開始也在日本公開放映，我也很難得地參加了首映日的見面會。

向顧爾德報恩

十二月時我擔任了顧爾德八十五週年冥誕紀念活動「Glenn Gould Gathering」的策劃人。我從小學開始就很迷戀顧爾德，還因為模仿他前傾的彈鋼琴姿勢太超過，養成了整個駝背彈鋼琴的習慣，而被老師警告過。我曾在各式各樣的場合公開表示過自己有多麼崇拜那樣的顧爾德，他祖國加拿大的顧爾德基金會聽到後，便來詢問我能否在加拿大建國一百五十週年時配合做點什麼。顧爾德於一九八二年就以五十歲英年早逝，我當然沒跟他見過面，但單方面受他影響很深，過去索尼唱片還曾發行過由我選曲的精選輯《GLENN GOULD: The Art of J.S.Bach坂本龍一SELECTIONS》（2008, 09）。這次我是抱著一定要向他報恩的心情接下了這份委託，會場選了東京距離加拿大大使館不遠的草月會館。

儘管顧爾德還有留下為數不多的作曲作品，但他基本上還是演奏家。他演奏的鋼琴作品裡，就屬巴哈的〈郭德堡變奏曲〉（*Goldberg Variations*）和貝多芬的《鋼琴協奏曲》（*Piano Concerto*）最有名，該怎麼向他演奏家的一面致敬，想想還真是困難。為此我找了藝術家好友卡斯頓・尼古拉和克里斯汀・凡尼希，還有盧森堡出身的新銳鋼琴家法蘭西斯柯・特里斯塔諾（Francesco Tristano）也一同參加。我與法蘭西斯柯這時候才第一次同台，不過他也跟顧爾德一樣發行過〈郭德堡變奏曲〉的專輯，而且還以巴哈為了見大前輩作曲家布克斯特胡德（Buxtehude）竟徒步旅行走了四百公里的軼事為發想，出了一張專輯《Long Walk》，他交織演奏兩個人的樂曲及自創曲，構想非常有趣，因此我以前就非常關注他。

在這場向顧爾德獻上禮讚的合作音樂會上，法蘭西斯柯演奏音色純正的鋼琴，我則與之相對演奏預置鋼琴（prepared piano）和合成器，再疊上卡斯頓的電子音和凡尼希的噪音，以這樣的形式進行。其中卡斯頓的點子尤讓人印象深刻：顧爾德的出名特色就是他演奏時會邊彈邊哼，卡斯頓便特別著眼在這一點。他在我演奏巴哈的曲子時試著加上他女友哼出的聲音，真不愧是現代藝術家啊。舞台後方的螢幕則是同步播放顧爾德的故居、附近的公園還有墳墓的影像。除了音樂會，這個活動還介紹了顧爾德喜愛的日本文化，像是播放安部公房原作、由勅使河原宏導演的改編電影《砂之女》（砂の女）；還擺放一個用了顧爾德本人談論夏目漱石《草枕》的講話錄音的裝置作品。草月會館的一樓有個由野口勇（イサム・ノグチ）設計花、石頭、水的庭園「草月

PLAZA」，我們在那裡擺了一台裝有自動播放裝置的鋼琴，琴鍵會像顧爾德生前在演奏一樣動作。

以我自己來說，直到活動結束我都還是很迷惘，懷疑這樣的舉辦形式到底好不好。好在顧爾德基金會的人都非常開心，甚至還問我能否將整組音樂會和裝置原封不動搬去以加拿大為首的世界各地展演。因為實在太費力，我還是婉拒了，不過音樂會在三天裡演出五次，每次的觀眾都只以五百人計算的話也只有兩千五百個人看得到，所以要說太可惜，其實還真的滿可惜的啦。

說個題外話，草月會館還是我邂逅前衛音樂的場所，我十歲時母親曾帶我去聽高橋悠治和一柳慧的音樂會[3]。我還記得當時悠治彈紅色的貝森朵夫（Bösendorfer）鋼琴，對那珍稀的顏色也很有印象，恰巧我為了顧爾德的活動去場戡，在後台發現紅色的鋼琴還擺放在那，令我非常感動。而且在看到紅色鋼琴的那瞬間，那場五十多年以前的音樂會記憶清楚地在我腦海浮現。我記得沒錯的話，悠治讓鬧鐘在鋼琴裡響，還把棒球丟向鋼琴琴弦。如此奔放的演奏震驚了我的幼小心靈，教導我音樂的自由。

3 參見《音樂使人自由》頁七七—七八。

與貝托魯奇告別

緊接著二〇一八年到來，這一年我與恩人貝托魯奇告別。年初的二月，我受邀為柏林影展擔任評審，因此人待在德國。評選之餘，由於柏林影展經典回顧單元播映了小津安二郎的作品《東京暮色》，我與同樣深受小津作品影響的文．溫德斯（Wim Wenders）導演一同舉辦了介紹活動。讓我明白電影節樂趣所在的貝托魯奇恰巧也在這陣子突然打電話來說：「喂，Ryuichi，我也跟你一樣得了喉癌啦」，他那絕對不是低落的語氣，還說什麼：「This is my love（這是我的愛）」之類的玩笑話。他那個人無論什麼時候都會把笑話掛在嘴邊。

他接著說：「你在德國，那豈不是離義大利很近，立刻來給我探病！」可是我在電影節後就緊接著要在法國的三個城市辦演奏會。他窮追不捨地說：「那種事取消了就行，過來羅馬，我就是想見你！」我煩惱了好一陣子，但變更行程似乎還是相當困難，終究還是沒成行。結果他在該年的十一月過世，這通電話也成了我與他最後的對話，令我到現在還是很後悔，當時還是應該不顧一切順道去一趟羅馬啊。

他停止維生治療後，生前最後一個月是在自家度過，似乎每天都大口大口地喝紅酒，醫療用大麻也是抽得很爽快，過得熱熱鬧鬧。一群朋友也是連著好幾天一直來，他的遺孀克萊兒跟我說：「他笑到好像這輩子沒這樣笑過，開開心心地過世了。」我想他臨終一定過得很幸福吧。

自己的根

三月時我在NHK錄製了《FAMILY HISTORY》，這個節目的宗旨是代替來賓本人探尋家族的歷史，要是我年輕時聽到這樣，搞不好就會辭退節目。但不可思議的是隨著自己邁入高齡，便萌生出「當時要是能多問問過世的雙親有關祖先的事就好了」的想法，因此我帶著想了解卻又忐忑不安的心情，鼓起勇氣去上了節目。

雙親的根基都是在九州。接下來的資訊基本上都是節目的工作人員調查到的，我父親那邊的曾祖父兼吉是侍奉福岡藩主──黑田家的足輕[4]。福岡藩與隔壁的久留米藩的國界上有個叫三奈木村的地方，他負責在那監視敵人是否有入侵。因為過去是住在英彥山下山道路的山腳下，於是殿下便將「坂のふもと」[5]轉換為「坂本」（Sakamoto），賦與了這個姓氏。我從以前就有預感祖先會不會是落武者[6]，某方面來說還真是猜對了呢。雖然無法取得資料佐證，節目裡就沒有介紹，但好像說從兼吉再追溯上去的祖先本來是隱匿基督徒，因為那時候黑田家對異教徒很寬容，所以就收下了他。

4　古代步兵的一種。
5　意為「山坡腳下」，發音為Saka no fumoto。
6　落難的武士。

後來兼吉遷居到現在的福岡縣朝倉市的甘木町，在那開了餐廳「料理坂本」。甘木是連接福岡和大分的交通樞紐，餐廳因此幸運地生意很好。接著兼吉當上了町內的有力人士，現在當地的神社鳥居仍將他的名字以捐贈者的名義刻在上面。神社境內的區域會舉辦業餘相撲或是找職業相撲選手來比賽，兼吉就是負責人。更驚人的是，節目工作人員甚至找到一捲卡帶，裡頭是一九七五年地方報社去訪問町內長老關於甘木歷史的錄音，關於兼吉，長老留下了這般證詞：「他就是老大，不過老大也分很多種。」節目裡是沒有明講，不過我猜想他應該是出名的流氓吧。

兼吉的長男是我的爺爺昇太郎，他年輕時就是個以熱愛歌舞技藝出名的少年，熱愛玩票演出歌舞伎，當時的地方報紙甚至還留下這樣的記述：「他是博得最多喝采、最優秀的甘木藝者」。而且還被稱為「福岡的團十郎」[7]，是個有著一張瓜子臉的美男子，票選最受歡迎的演員時得到壓倒性的冠軍。他後來結婚的對象是位名叫TAKA的女性，她在父親經營的「料理坂本」工作，生下長男也就是我的父親——一龜。昇太郎對他的興趣愈來愈投入，二十九歲時以老闆之姿成立了「甘木劇場」，但才開了兩年就發生意外。當時舞台正在上演喜劇，劇場裡有人吵架，結果牽連售票口的男性被捅死。昇太郎擔下這起殺人意外的責任，從此不再經營劇場。

後來昇太郎轉換跑道去福岡的生命保險公司工作，成為上班族，過起隻身長期外派的生活，聽說是外勤人員。但是才過了幾個月，他就在當地與另一個女性交往，並且很殘忍地告知他的妻子——也就是我的奶奶，於是她自己獨力養育六個小孩。看到昇太郎這麼糟糕的樣子，每個孩子都很懂事認真，尤其是我的父親身為長男更努力擔下責任。多年以後，父親得知我生活一直都過得很輕浮隨便時，整個人失落喪氣地說：「我們一路走來那麼兢兢業業，想不到你竟然變這個樣子……」哎呀，我隔代遺傳到祖父的愛玩本性，看來血統沒有錯。

如此正經的父親——一龜進入日本大學文學部，次年就爆發了太平洋戰爭，戰局持續惡化，因此命令學生出征。他進了佐賀的通信隊，聽說他當初還說：「為了整個家族，我會清白地死去」，充滿身為軍人的使命感。後來他被分配到舊滿洲的東安，在那一直發送摩斯密碼給同伴。節目裡也有介紹他當時寫的手記，記載著他因為那裡的極度寒冷而凍傷手指，為了治療還在沒有麻醉的情況下拔掉指甲的不堪經驗。

到了一九四五年，這次一龜收到命令回日本準備本土決戰，就這樣在福岡筑紫野的通信基地獲知終戰的消息。據他弟弟所說，一龜回到家後就足不出戶，一時之間什麼事都做不了。明明平安回來，可是在舊滿洲共事的夥伴卻在終戰後仍在西伯利亞強迫勞動，他似乎對此很有罪惡感。半年後他終於開始在家附近的鑄造廠工作，在得知同事們因為薪水太少感到很不滿後，他代表大家前往談判。想不到社長來到眼前時，其他工人全都沉默不語，他一氣之下立刻就遞了辭呈——聽說還有這麼一回事。

7 將其比喻為歌舞伎名家市川團十郎。

後來，一龜對本來就很喜歡的文學重燃興趣，與當地意氣相投的志願者共同編了《朝倉文學》同人誌，還寫起了小說。因為對於軍國主義的反省，這部小說似乎是在描述一位對於步向戰爭的社會抱持疑問的青年主角。那本同人誌剛巧被前來甘木療養的編輯看到，對方便問他：「要不要來東京的出版社當小說編輯啊？」那家出版社正是他後來一直工作到退休的河出書房。

另一方面，媽媽那邊的曾祖父——下村代助則是在現在的長崎縣諫早市務農。代助本來是個佃耕農，住在屋樑外露、像是鐵皮屋的房子，日俄戰爭時才移居至造船業興盛的佐世保，在那當市役所的「臨時雇員」，但其實是在腰間掛著鈴鐺走來走去讓人叫住他、要他幹些雜事的「打雜工人」。

代助的三兒子就是我的外公——彌一。彌一從小就很喜歡念書，非常尊敬他在小學課堂上認識到的林肯。他將出身寒門卻當上美國總統的林肯投射在自己身上，夢想能出人頭地。只是下村家的經濟狀況要讓他進舊制的中學還是很困難，因此小學一畢業就去海軍工廠暫時當實習工人，但他沒有放棄升學的夢想，直接自己去找當地佐世保中學的校長談判，請求讓他入學。那位校長也是個了不起的人，回他：「如果你考試通過的話，我就讓你入學」。於是他便努力用功，睏了就拿尖銳物刺自己的膝蓋，最後順利及格通過成為舊制中學的四年生。

然後，彌一拿到獎學金進入熊本縣的舊制第五高等學校就讀，在學校宿舍認識了一輩子的好友池田勇人。池田勇人後來成為日本首相，提出了「所得倍增計畫」，是個推動日本經濟高度成長的人物，彌一和他似乎從高中時期就會一同議論國家天下大事。彌一接著又和池田一起去就讀京都帝國大學法學部，多年後小學的恩師帶女兒去京都玩，以此為契機與恩師的女兒美代結了婚。

彌一大學畢業後進入共保生命保險工作，這間公司後來被合併吸收，先後改名為野村生命保險、東京生命保險，他後來在裡頭一直當到董事。和美代之間則是以我母親敬子為首，總共生了一女三男。某個時期我的爺爺坂本昇太郎成為彌一的下屬，還聊到了彼此的小孩，昇太郎提到他的長男在東京的出版社工作，彌一回家一跟女兒提到這件事，愛讀書的敬子說一定要讀看看那個人編的書。結果（明明拋家棄子又自私的）昇太郎打電話給兒子問他能不能給上司一本書，一龜帶著自己編的椎名麟三《永遠的序章》（永遠なる序章）親自去拜訪下村家。我的雙親就在那裡初次見了面，兩個人結為連理則是兩年後的事了。

《FAMILY HISTORY》的工作人員真的很厲害耶。節目就這樣利用各式各樣的資料詳細地介紹了坂本、下村兩家的歷史，最後還朗讀了父親一龜寫的日記其中一段。一如之前所說，父親在家裡時常都扳著一張臉，一開口就是罵人「混帳東西！」我很怕他，根本不敢直視他的雙眼，完全沒有好好跟他說過話的記憶。但是這樣的父親卻背著所有人將雜誌上刊登兒子的篇幅、還有電視的節目表剪貼下來保存。在我出生當天的日記寫著：「是男生！莫名地止不住微笑」。接著說：「看看護理長抱著的新生兒，又大又漂亮！」他生前從來沒有當面誇獎過我，原來在我剛出生時情感如此外放又開心呢。錄影時我本來沒有要哭的，但還是忍不住落淚了。

題外話，母親在生前時常跟我感嘆：「你怎麼老是在上綜藝節目，NHK沒有找過你嗎？」她可能誤會我在DOWNTOWN節目上扮演的角色「傻蛋超人」（アホアホマン）被人家討厭，自己在那邊生氣，但其實經紀公司本想要推掉，是我本人說想上節目的。雖然母親已經過世了，但是自己的家族能夠登上這麼好的節目，她應該很滿足吧？

舅舅在幼少期的玩樂

接下來二〇一八年三月底我造訪了以「樂燒」聞名的樂燒左衛門的窯。現在店主已經傳承到第十六代，不過當時接待我的還是第十五代的光博先生。我與樂家[8]傳人過去曾在講座對談過，當時詢問他：「成品中應該也有失敗的吧？」對方回：「當然，很多唷」。我這個人很沒分寸，聽他這麼回，心中想的卻是：「不知道他能不能將失敗的作品轉讓給我呢？」

其實這時我半好玩、半認真地想說《async》的下一張專輯就作陶器好了，意圖讓每個買了專輯的人把陶器打破，讓他們享受破掉瞬間僅此一次的聲音，是究極的觀念藝術（Conceptual Art）。我想說請樂家把失敗作轉讓給我，讓我當作研究聲音的參考，但詢問後果然還是不行。想想這也沒錯，失敗作萬一要是公諸於世也是會傷害到樂家的名聲嘛。聽樂家說那些沒做好的作品會全用紙箱包起來丟掉，然後讓它最後變回土再用在下一個作品。我想做的只是打破陶器聽聽它的聲音而已，也不需要把東西帶走。交涉的結果是只要我在樂家現場打破就沒關係，取得了他們的許可後一個接一個打破，把聲音錄了下來。其實就算那些都稱為「失敗作」，那也只是樂家的主觀判定，以一般人的眼光來看還是很有價值。打破到二十個左右時，我終於受到良心的苛責停了下來。

以陶器完成的專輯最後沒有發行，不過在二〇二一年三月發售的數量限定藝術盒《2020S》裡，在設計師緒方慎一郎的監製之下，我邀請唐津的陶藝家岡晉吾幫忙製作原創的陶瓷盤。我用打破那些陶瓷盤的聲音創作了樂曲〈fragments, time〉，連同陶器的碎片一起收錄在藝術盒中送到購買者的手上。每件都是獨一無二的作品呢。

我會想到這麼做，是因為聽到舅舅小時候的故事，印象很深。接下來也是一段《FAMILY HISTORY》的故事：母親有三個弟弟，以前每個週末我都會去位在白金的外公外婆家，舅舅們都會陪我玩。長男由一在東京大學念國際關係論，後來成為羅莎．盧森堡（Róża Luksemburg）的研究者。他在美蘇剛進入冷戰沒多久就投奔東德，政治思想很保守的父親彌一像喪子般地沮喪。不過過了一陣子，由一又帶著通曉日語的德國伴侶回來了，如今他已經九十幾歲，還很健康地活著。

排行中間的舅舅了二在二〇一八年一月過世。他很喜歡香頌等等法國音樂，我小時候會任意

8 窯人世家尊稱。

從他蒐集的唱片抽幾張出來聽，就是這樣發現了德布西。當時了二在慶應義塾大學的橄欖球社，每個週末都會滿身泥濘地回到家。在他底下則是後來當上高中數學老師的三郎，因為他讀的是早稻田大學，時常跟了二喊著「早慶戰了啦！」嗆聲。介紹德國音樂給我的三郎也在二〇一六年十一月過世了[9]。

聽說三郎剛滿一歲時會拿茶碗或盤子丟在走廊的鋪路石上面玩。他會去廚房偷拿裝食物的容器來敲破，開心地聽那破掉的聲音。比起「啪鈴」這種厚厚的聲音，他更喜歡「恰鈴」這種清澈的聲音，要敲出這種聲音，似乎一定要是有田燒等等比較薄的高價器皿。三郎的母親（也就是我的外婆）十分了不起，一般小孩子這樣玩馬上就會被罵，她卻只是默默地看著他玩，低聲說：「啊，原來這孩子對聲音很敏感呀」。外婆自己也是學過小提琴的愛樂人。下村家人流傳的這些往事一直在我腦中的某處留著，讓我想出用陶器來發生聲響這樣的點子。這也是以「物」做出來的音樂呢。

父親過去以編輯的立場支持著作家，我現在還是會後悔沒有在他生前請他從前輩創作者的身分對我多說些話。不過我不單從我的雙親那裡、還從以我舅舅為首的親戚那邊繼承了許多東西。這樣看來，這個名為「我」的人類，確確實實是在周圍的大人們影響之下成型的。

9 參見《音樂使人自由》頁十六。

7

遇見新世代人才

Thundercat（左）、Flying Lotus（右），於紐約布魯克林的演出會場

早餐俱樂部

二〇一七年一月唐納・川普就任美國總統，對我來說是非常震撼的事件。雖然我並非美國公民、沒有投票權，卻也從未想過川普會當選。簡直是如同希特勒變成美國總統一般的嚴重事態。我身邊有很多人因為去年底選舉結果而慟哭崩潰，也有些人因此移居海外。

但是我也強烈感受到，正因為時代如此，我們比過去更需要音樂與藝術。並非將政治訊息放進作品這樣直觀的意義，而是該從政治當中自立出來、展現我們有一個雖不能說四海皆同，卻是永續悠長的世界。後來在疫情蔓延的情況下我們也同樣可以看到，當世界遭逢困難時，音樂與藝術的存在為人們帶來多大的救贖——政治人物們恐怕是不會理解的。

部分因為前述的緣故，到了一八年我開始養成習慣，與同樣住紐約的朋友每個月舉辦一次名為「早餐俱樂部」的早餐會。每次都參加的有勞麗・安德森以及曾在蘋果公司工作的葉恩・紐頓（Iain Newton），亞特・林賽（Arto Lindsay）如果人在紐約的話也會露面。參加者不是音樂家就是愛樂者，卻很奇妙地沒什麼人愛談音樂話題，談的都是「最近讀了什麼書？」之類的閱讀話題、或者政治社會方面的議題。每回大概會有四個人聚在曼哈頓市中心的某間咖啡廳彼此分享近況，是個滿鬆散的聚會。後來我為了治療長時間待在日本，也透過Zoom舉辦了好幾次。因為線上跟咖啡廳不同，沒有人數限制，所以每當企劃什麼社會運動時，我還會邀請各處認識的運動人士，有時一個螢幕畫面上擠滿了四、五十張人臉。這時的集結，是準備二〇二〇年總統大選的時候，以藝術家的身分發聲。

在玻璃屋的經驗

二〇一八年五月，韓國首爾市中心的私人藝文空間「piknic」舉辦了開幕企畫展「Ryuichi Sakamoto Exhibition: LIFE, LIFE」。前一年十二月我待在東京時，有從事藝術領域工作的一對年輕韓國夫婦以及女性策展人來訪，他們說有個新的藝文空間正在籌備中，希望能舉辦我的展覽。他們是看過我的裝置音樂展才來洽詢的。我問他們：「那你們打算何時開展呢？」他們說：「明年春季」。這時已經距離預定開幕日不到半年，於是我就回絕：「不可能吧，準備展覽最低限度也需要一整年呀」。但還是被他們的熱情給打動，因此表示舉辦展覽本身沒問題，結果他們還真的在短期間內準備好、趕上了展期。

負責的策展人非常優秀，如果沒有她的話這個展是斷然辦不起來的。因為piknic空間不算大，所以有些作品必須縮小尺寸才行。這個展覽可以看作是從《LIFE–fluid, invisible, inaudible...》（2007）到《async》（2015）5.1聲道播放空間、過去十幾年間我和高谷史郎合作的主要聲音裝置藝術的一次集大成。此外《water state 1》（2013）這個作品原本在ＹＣＡＭ發表時設置有模仿桂離宮的內部空間所安置的石頭，在這次展覽則以山水畫為靈感稍微改變了安放位置。年輕時我覺得像《銀翼殺手》（*Blade Runner*）那樣充滿高科技的世界觀才帥氣，上了年紀卻不知不覺愛上山水畫，變得如此老氣橫秋就連我自己都很驚訝。順帶一提，日本畫家裡面我特別喜愛長谷川等伯。

韓國人也常會在建築與庭院裡面安置石頭，首爾的市中心就有間巨大的石材店。我跟高谷去逛的時候，一開始覺得選擇實在太多、不知如何下手，最後挑了十顆中意的石頭請人運到piknic的展示會場。利用石頭就不免會模仿到李禹煥老師的作品，我找了適當的位置擺設那些石頭，彷彿《water state 1》作品核心的水面外圍有一個以看不見的線連成巨大三角形。這種運用空間的手法，也為我的音樂創作帶來靈感。擅用石頭的李老師也有來看這個展覽，據聞五個月的展覽共有六萬二千人來看展。

接下來我又飛到澳洲，與卡斯頓·尼古拉一起在墨爾本及雪梨演出。我跟卡斯頓從二〇〇二年起持續合作，到了推出第五張合作專輯《Summvs》（2011）時，說實話已經覺得有點江郎才盡了。我負責鋼琴、卡斯頓負責電子聲響，這樣的職務分擔都已經固定下來，再繼續合作下去大概也產生不出什麼新的表現了。雖然我們兩個沒有把這說出口，但彼此都有同樣的感受。不過在我養病之後，又經過《神鬼獵人》（2015）的協力工作，一六年九月一場在玻璃屋的久違演出，我們又擦出了不一樣的火花。

玻璃屋這場演出是作為草間彌生展覽的開展活動，受到會場限制，沒辦法把鋼琴擺進來。所以我只好帶著久久沒用的電子合成器與頌缽（singing bowl，以棒子敲擦發聲的玻璃樂器）等聲響道具上台，兩個人即興演奏。結果效果非常好，不再採用長年以來二人的鋼琴與電子聲響分工，讓我們都能創造出十分有新鮮感的聲響。我的構想是把這棟由菲利浦．強森設計的建築物本身當作一尊樂器。以橡皮包裹的琴鎚摩擦、敲打玻璃牆壁，將這些聲響透過喇叭擴散出去。正好就在演出即將開始時，外頭下起豪雨，激烈的雨滴打在建築玻璃牆壁上，這些聲音我也用麥克風收錄進來。雨勢剛好就在演出進入後半段時停止，向著一路延伸到地平線的樹林看去，可以望見夕陽。我感覺到連天候都戲劇性地支持著我們的演出，在結束後緊緊擁抱了卡斯頓。這四十分鐘左右的演出錄音後來以《GLASS》（2018）為名，由卡斯頓的音樂廠牌NOTON發行。

這場玻璃屋的體驗實在太有突破性而且強烈，因此我們在澳洲公演時的安排也變成一半時間是比照過去使用鋼琴的曲目，另一半則採用別的樂器來即興演出。我們還協調好，既有曲目與即興段落之間有所連貫、不要明顯區分，演出成果讓我非常滿意。我們在知名的雪梨歌劇院那場演出結束之後，每次慶功宴都會喝很多酒的卡斯頓這時喝得更多心情大好，我的內心也充滿著深深的感動，這次兩人也緊緊擁抱了好一段時間。自《神鬼獵人》以降，他對音樂的想法可能也同樣出現了變化吧。

在玻璃屋的演出
照片授權：Glass House

為「嘉日」選曲

二〇一八年有件事是我為紐約的日本餐館「嘉日」（Kajitsu）挑選樂曲，沒想到會變成大新聞。當時「嘉日」有兩個樓層，二樓是主要的精進料理餐廳，一樓是名叫「Kokage」的家常料理餐廳。我跟伴侶常常都會來這二間餐廳光顧，有一部分原因是在美國還能在這裡吃到好吃的手打蕎麥麵。我跟當時的主廚大堂浩樹（現在已經獨立出去，自己開了間名叫「odo」的店）也很熟，他曾在京都的「和久傳」、東京的「八雲茶寮」磨練過，廚藝一流。我也常常帶客人來吃，是我特別中意的餐館。

不過某次我在「Kokage」吃飯時，不由得注意到他們的背景音樂。曲單裡面參雜著巴西的流行樂、類似邁爾士．戴維斯（Miles Davis）的爵士樂，非常平庸而且惱人。我開始注意到這點之後，愈聽愈讓我食不知味、難以忍受。回家以後我明知這樣很失禮，仍舊堅決寄了封電子郵件給主廚大堂：「你作的菜彷彿桂離宮一般優美，店裡放的音樂卻像是川普大廈」，然後擅自表示說我來幫你選樂曲。稍早之前我跟中谷芙二子、田中泯還有高谷等人為了表演「a．form」到了挪威奧斯陸，於孟克美術館竟然聽到在放節奏藍調（R&B），實在是太過不協調，讓我氣憤不已。那邊我是不敢去客訴啦，但如果是平日有在捧場的餐館，我也是私心覺得他們可以接受我的任性。

曲單長近三小時，我刻意不選自己的樂曲，而以Goldmund的〈Threnody〉、艾費克斯雙胞胎（Aphex Twin）的〈Avril 14th〉等環境音樂（ambient music）為主，比較特別的是還加上高橋晶彈奏約翰．凱吉的〈Four Walls〉第一幕第一場。其實第一版的曲單被我伴侶嫌說會害店裡的氣氛太沉重，所以廢除重選。此外我還獲得音樂策展人朋友高橋龍的協助，最終選出適合搭配店裡牆壁與家具色調、具有適當明亮感的曲單。這原本是為一樓「Kokage」選的曲，二樓原本是沒有播放音樂的，但是因為反應相當好，也放起了這份曲單。

我完全不是藉此在謀什麼工作，純粹是多管閒事，結果有位紐約時報記者碰巧得知這事，跑來訪問店家與我，寫了大篇幅的報導，連帶彩色照片登在紙版報紙上，網路版還被各國新聞網站轉載，造成全球熱烈迴響，還有不少客人就是看了報導就真的跑去「嘉日」用餐。紐約時報用自己的帳號將這份曲單建在音樂串流服務Spotify裡面，有興趣的人可以找來聽聽。

與年輕樂手的緣分

二〇一九剛過年，Flying Lotus（簡稱FlyLo）就來拜訪我。之前他就有聯繫說：「我會去一趟紐約，可以去找你嗎？」我們先在我家前面的咖啡廳碰面，他劈頭就用日文稱呼我：「Sensei」[1]。

---

1 日語「師父」之意。

美國有部講述日裔少年學習空手道的電影《小子難纏》（*The Karate Kid*）非常賣座，所以很多人對於尊稱長輩為「Sensei」都不陌生。FlyLo對於日本次文化異常熟識，特別偏愛楳圖一雄以及在漫畫雜誌《GARO》畫漫畫的佐伯俊男的色情獵奇類漫畫。

這是我第一次與FlyLo見面，不過在這之前有跟他的朋友Thundercat交流過。Thundercat在他二〇一三年發行的專輯《Apocalypse》裡的最後一曲採樣了我為巴塞隆納奧運開幕儀式寫的〈El Mar Mediterrani〉（1992）。當時他為了取得樂曲的使用權，很慎重地透過經紀人聯繫我。我想說這曲子原本是寫給管弦樂團演奏的，他的構想也真奇怪，結果聽了之後，很驚訝他成功地將其昇華成一首流行樂。

Thundercat是位技巧卓絕的天才貝斯手，歌聲也很有韻律感。他們兩個的關係有點算是FlyLo當大哥，會為小弟Thundercat擔任製作人，不過二人交情真的很好，而且兩位都是徹頭徹尾的御宅族。Thundercat是《七龍珠》與《北斗神拳》的鐵粉，每到日本必定會順便去中野百老匯商店街買一堆週邊商品。他梳著雷鬼頭、全身穿著大黃色衣服、腳上還穿著腿套，扮相簡直誇張地像個辣妹。此外Thundercat還在瞞著我祕密企劃的七十歲紀念專輯《A Tribute to Ryuichi Sakamoto–To the Moon and Back》（2022）當中翻奏了〈Thousand Knives〉（千のナイフ，1978）這首樂曲。

一月在紐約與FlyLo初次見面之後受到他百般熱情的邀約，換我六月時去洛杉磯的他家錄音。FlyLo的姨婆正是爵士音樂界無人不知無人不曉的愛麗絲・柯川（Alice Coltrane），自己做的音樂卻是以嘻哈和電音為基礎。跟這FlyLo在一起的兩天，我是一個勁兒地彈奏電子琴。那時錄製的素材我是跟他說：「就讓你自由決定發揮吧。」不過至今還沒公開發行。是說他好像很擔心我的想法，沒事會聯絡我問說：「這該怎麼處理好？」我是覺得隨他高興就好，但他好像很怕擅自改動會出問題呀。

FlyLo這傢伙對音樂真的非常投入，整天窩在自家錄音室裡面作曲。至少就我所見，這家裡沒有其他人在居住的樣子。不過他在工作時會有樂手朋友跑來玩，他也會隨興邀請人家：「你就吹一下薩克斯風吧。」家裡每個角落都擺著各式各樣的樂器，那陣子FlyLo一直講說很希望能學會彈鋼琴，用他剛買不久的史坦威鋼琴努力練習中。因為他第一次見面時就有拜託，我於是帶了自己樂曲的樂譜給他。他對鋼琴還是初學者，但很努力地想把姨公約翰．柯川（John Coltrane）的高難度樂曲彈出來。

雖然對音樂是十分認真，但FlyLo簡直像是把大麻當作能源原料一般，從早上起床到晚上睡覺、無時無刻不在哈草。我看他時不時就在吞雲吐霧，看來消費量應該非常大。——另外澄清一下，在加州吸大麻是合法的，沒有問題。他也有幾次勸我抽捲菸（用紙將大麻捲起來），我一直推辭：「不行，我抽了就什麼事都做不了。」住他家時，第一天晚上FlyLo帶我去一間他常去的洛杉磯壽司店，第二天晚上本來是換我招待他去我和伴侶認識的人所開的日本料理店。不過他那天吸太多大麻，整個人癱軟無力，像是用盡最後一絲力氣地說道：「我真的不行了，你們二位去吧……」在快要出門前才通知缺席。

過去我也透過他人引介認識很多對我表示尊敬的海外藝術家，但我萬萬沒想到竟然會影響到引領二十一世紀黑人音樂領域的FlyLo與Thundercat。與他們這些新世代人才見面，也為我帶來很大的刺激。除此之外，我近年也有和OPN交流過。他特地來看我和卡斯頓在玻璃屋的表演，那時候我們只有打個招呼而已，後來碧玉在自己家裡辦了私人集會，我和他都有受邀，我們在那邊才第一次好好聊過。其實我在這之前幾年第一次聽到OPN樂曲時就覺得「出了這麼個調性出眾的人呀」，身為一介聽眾確實感到震撼。尤其我覺得他類比合成器用得很好。所以一搭上話，馬上就聊起專業話題、交換倆人各自用什麼電子琴與軟體插件。此外我才知道原來他相當喜歡塔可夫斯基，非常有趣。

碧玉擁有發掘年輕人才的敏銳嗅覺與人脈網絡，我覺得不錯的藝術家，有很高的機率已經被她先接觸過了。她彷彿業界掮客一般，我背地裡都悄悄稱她：「碧玉姐」，雖然她當然是比我年輕得多。碧玉姐偶爾會傳訊息給我，前陣子就問我：「我這次要去東京，你知道哪裡可以買到和太鼓嗎？」我就介紹她淺草的「宮本卯之助商店」。我也曾為了大姐頭安排預約我推薦的餐廳。

講到年輕人才還不只這些，今年八月我才和韓國樂團「SE SO NEON」吃午餐。是由女性吉他手兼主唱、男性貝斯手、男性鼓手組成的三重奏，樂團名稱是韓文「新少年」之意。我是在春季偶然從紐約的韓國電視頻道認識她們。團長黃昭允（Hwang So-yoon）的吉他演奏非常帥氣，一下子就被圈粉了。我試著在網上搜尋她們，但她們還是獨立樂團，訊息不多。之前我去她們有演出的紐約某音樂節，透過共通認識的人牽線，增進彼此的情誼。昭允一九九七年才出生，年齡足以當我孫女都不意外。但我們都是音樂家，所以彼此平等溝通、互相稱呼也不加尊稱。我跟她們也有聊到，希望哪天可以一起做張專輯。

李老師的委託

話題順序跳一下，二〇一九年出頭我受到李老師委託，為他在法國的大規模回顧展做音樂。上一章我介紹過他就是為《async》帶來重大靈感的老師，真沒想到過沒幾年會被他親自委託工作。我懷著萬分惶恐回想李老師的作品，試圖用自己的方式體現「物派」、作了約莫一小時長的樂曲。這首可說是將「物」的聲音一直延續下去的作品，也不知道該不該稱為音樂。能夠與自己敬愛的藝術家共事、為其完成這樣的工作，真的讓我感到無上光榮、十分幸福。

為了幫會場聲響做最終檢查並參加招待會，我二月底在當地短暫停留了三天。由坂茂設計的龐畢度中心梅斯市分館雖然展示室的聲響效果不錯，但說真的，動線不太好。要從休息室前往二樓餐廳吃飯，非得先繞出館才行。此外屋梁彎曲成一道大大的曲線，設計上來看是很漂亮，但是我聽美術館人員說凹下去的部分會積水，造成很大的麻煩。

實際造訪某建築物的時候，有時會忍不住好奇，建築師究竟有沒有站在使用者的角度想清楚呢？這樣的經驗其實還不少，像東京車站附近的東京國際論壇就是最糟糕的案例，建築入口都能停靠十噸的貨櫃車了，卻必須先當場把載運的大型機材改搬到四噸大的貨櫃車，才能把那堆東西搬進分成八間的表演廳，從開館當初就一直能聽到音樂會工作人員哀嘆這點。此外，大阪某座表演廳的載貨電梯尺寸非常奇怪，高度非常高、長寬卻非常窄，可以運長頸鹿，卻沒法運鋼琴。到底是怎麼想的會設計成這樣子呢？

相反地，像我之前曾提過的希臘雅典圓形劇場，已經是距今快要二千年前蓋的建築物，音響效果卻非常的棒。說到底，我覺得一件東西好不好用，最重要的不是技術，而是設計者能夠從使用者的立場設想到什麼程度。雖然我還沒拜訪過，不過像山口縣秋吉台國際藝術村的表演廳，是磯崎新為特別為了上演路易吉．諾諾（Luigi Nono）的歌劇《Prometeo》所設計，這樣僅僅為了一部作品所建設出的空間，場地跟概念都讓我很感興趣。

京都會議

一九年五月我為了某項計畫，以京都的Dumb Type Office為據點舉辦了為期二週的集訓。主要成員有高谷史郎夫婦、淺田彰和我。這是我們模仿小津安二郎導演與劇本家野田高梧一同關在溫泉旅店推敲《晚春》、《東京物語》等代表作品構想的作法，時機成熟就來辦集訓。我滿久沒有這樣長時間住在京都了，有到京都御所散散步、到大仙院及龍安寺看枯山水庭院、大家也一同到熟識老闆娘開的「閒居吉田屋」吃飯。

回想起來，《LIFE》（1999）那時候我們這群人也是在上演一年前的正月集合起來為這部作品搭建骨架。大家順著淺田那資訊密度高得嚇人的快嘴、一下子就定好這二小時戲劇演出的大致劇本，由高谷構思搭配什麼影像、我來思考搭配什麼音樂。這部歌劇有著非常大量的引用來源，為此我伴侶獲得專攻版權授權的美國律師協助，必須負責處理幾百件的授權申請，讓她直抱怨真是水深火熱的一整年。前英國首相溫斯頓・邱吉爾的說話錄音使用權與人格權申請最為麻煩，是在我們大阪城展演廳首日演出、開演前三十分鐘才終於透過律師取得遺族核可。原本我們都已經準備好替換的素材，但就這麼驚險地趕上了。

我們共享著這樣辛苦的回憶，彼此把同樣一批人參與的集訓稱為「京都會議」。與高谷同樣深度參與Dumb Type、現在主要在巴黎活動的池田亮司，只要他人在京都時也會參加。亮司跟我都是音樂家，所以又把我們兩個稱為「京都會議」的分支派別「新京都樂派」。這名字是借用戰前提倡「近代的超克」、由西田幾多郎、田邊元等學者組成的團體「京都學派」，把「學」字改成音樂的「樂」字。這同時也是模仿「新維也納樂派」：對比以十八世紀後期至十九世紀初期海頓、莫札特、貝多芬為代表的「維也納樂派」，以後發世代的荀白克、魏本、貝爾格為代表的樂派。

其實我們取這些團體名字只是取好玩的，「新京都樂派」根本就還沒有什麼作品。最近負責NODA・MAP的配樂、同樣是Dumb Type成員的原摩利彥也常來參加，他應該也算是我們的年輕成員吧。他和研究能劇、日本庭園的弟弟原瑠璃彥是一對京都長大的有趣兄弟。京都就像這樣，住著許多創作夥伴，尤其像淺田還會邀我：「很推薦你搬來這養老唷。」也因為如此，我有一陣子還考慮過，在大衛・鮑伊每次來日本一定會去爬的九條山買塊土地蓋棟「臨終住處」……

台灣的少數民族

一九年五月底到六月初，我在前一章提及的、與高谷在新加坡國際藝術節完成《Fragments》表演之後，順勢前往台灣。有兩部我提供配樂的電影：半野喜弘導演的《亡命之途》（*Paradise Next*, 2019）以及蔡明亮導演的電影《你的臉》（2018），剛好都在那段時間於台北首映，我也都列席參加。透過稍早以前在東京結識的音樂家兼演員林強的引介，我終於如願以償與崇敬的侯孝賢導演（常與林強共事）見到面，一起吃飯會談幾小時。

台灣也是我非常喜歡的地方。侯導演、楊導演的作品常常描述日本統治後的軍事政權時代，總讓我納悶電影裡怎麼會頻頻出現日本時代蓋的和式建築物。查了查，現實中這些建築物多半是為蔣介石以及一同從大陸逃過來的精英階級眷屬居住耶。打了多年抗日戰爭的他們，在台灣住進日本建築不知是作何感想。

現在台灣依然隨處存在著「昭和街道」，都是一般人居住在裡面。嗯，我想這大概不是有意保存，只是我們日本人看了會聯想起昭和時代吧。另一方面，日本這裡殘留下來的「昭和街道」總是像主題樂園一般過度呈現鄉愁感，我很不喜歡。原本作為殖民地的台灣反而保留了過去日本的景觀，想想其實很諷刺。

在台灣這段時間，我盡量排出僅有一天的空檔去拜訪原住民的居住區。日本統治時代將原住民統稱為帶有歧視意義的「高砂族」，實際上並沒有「高砂族」這種民族存在。現在台灣政府正式承認的少數民族有十六種，他們以前都會彼此相爭互鬥。接受我探訪的是居住在台灣東部花蓮縣山裡的「布農族」。我從十幾歲就很喜歡文化人類學與考古學，就如先前到格陵蘭、夏威夷一樣，會想直接接觸最早居住在這塊土地的人們、接觸他們的生活與文化——縱使地球上已經沒有純粹的原始生活文化了。

布農族人唱歌跳舞歡迎我們一行人。他們的音樂不用樂器、只用手打拍子，歌唱曲子種類繁多，有些有歌詞、有些沒有。其中我從以前就一直希望有機會拜聽的「八部和音唱法」，沒有具體歌詞，只唱著母音，然後音程逐漸分岔變化開來。這種唱法非常獨特，具備和路易吉・諾諾、喬治・李蓋悌（György Ligeti）等現代音樂作品互通的複雜感與豐富感。據他們說，這種歌唱方式是模仿了蜜蜂飛行的嗡嗡聲以及瀑布瀉地的水聲。

此外他們演唱的其他歌曲，有些一聽就讓人覺得是教會詩歌。這與格陵蘭的因努伊特人一樣，他們把基督教傳來的音樂當成自己的音樂在唱。雖然日本的某新興宗教團體廣受爭議，但相比起十五世紀以來派遣傳教士到各地，從亞馬遜流域深處到遠東島國「洗腦」世界的大頭頭：梵蒂岡天主教會，這些團體無論權力或財力都小巫見大巫了。

我在那邊受到他們的親切款待，不過他們原本是以「擅長獵頭」而讓人害怕的好戰民族，對我也半開玩笑地說：「我們在南洋要殺美軍很簡單，他們人高，躲在草叢裡也看得見頭。」這是在講他們祖父、父執輩在二戰期間被徵召當日本兵或雜用人員，到南洋群島打仗。反過來再更早以前，台灣受到日本侵略之際，過去原本互相敵對的原住民都齊心合作抵抗，布農族以其擅長的弓術，肩負起重要角色。

創設「大島渚獎」

二〇一四年發現的口咽癌確定緩解、也就是五年後的這個時期，現在回想，當時我甚至不覺得自己是病友，才得以再次自由地遍遊世界。在各趟旅途之外，我也完成了以女性太空人為主角的電影《星星知我心》（*Proxima*, 2019）配樂、報導水俁病真相的新聞攝影記者尤金・史密斯（Eugene Smith）生平的電影《惡水真相》（*MINAMATA*—ミナマタ—，2020）配樂、再加上接受曾在電影《以你的名字呼喚我》（*Call Me by Your Name*）使用我的樂曲的盧卡・格達戈尼諾（Luca Guadagnino）導演請託，為他的朋友斐迪南多・西托・費羅瑪利諾（Ferdinando Cito Filomarino）的電影《厄運假期》（*Beckett*, 2021）配樂。

接下來十一月底我又為了與卡斯頓合奏演出前往義大利，比預定時間提早一天到達羅馬，去前一年離世的貝托魯奇住處拜訪。一八年十一月二十六日早上我被告知貝托魯奇逝世，隨即為他寫了一首短短的樂曲，我也沒有理由不為他寫。我因為自己行程無法前往出席在羅馬劇場舉辦的追思會，但我演奏這首追悼曲〈BB〉的影片有在會場播放。貝托魯奇住處擺放著非常多的純白玫瑰，一年後我終於得以前往弔唁時，現場就裝飾著以這堆白玫瑰製成的乾燥花。

《音樂使人自由》[2]也有寫到，如果要選出奠定我人生的二位恩人的話，我想就是大島渚與貝托魯奇了。面對大島先生在《俘虜》（1983）的演出邀約，年輕氣盛的我還大言不慚地說：「讓我做配樂的話我就演。」如今我之所以能收到這麼多電影配樂的委託，就是有《俘虜》讓我踏出第一步。再加上這部作品有在坎城上映，大島先生就在電影節會場將我介紹給貝托魯奇。貝托魯奇大為讚賞我與大衛・鮑伊擁抱的場面，認為是世上最美的愛情場面之一。他也在那酒會會場熱烈講述著電影的構想，幾年以後這些構想就成為請我擔任配樂的《末代皇帝》（1987）。雖然是

2 參見《音樂使人自由》頁一五八—一六二。

要我在僅僅兩週內完成所有樂曲的過分要求，但真的可以說是因為想盡辦法達成了他的命令，才有如今的我。

也因為貝托魯奇的死，讓我又想起五年前於二〇一三年一月十五日去世的大島先生。所以當「Pia電影節」（PFF）想要創設以他為名的「大島渚獎」而來找我諮詢時，我感到應該以此報答年輕時的恩情，沒有藉口回絕。然後，儘管對我來說背負的責任實在太大，我還是受託接下了評審團主席的職務。大島渚獎是頒給拓展電影未來、向世界展翅高飛的新世代才華的獎項，因為大島先生常常支持年輕的創作者。評審請到黑澤清導演與PFF總監荒木啟子。

這個獎在每年三月公布得獎者，二〇二〇年的第一屆得主是從入圍名單之外，選擇了我推薦的紀錄片作家小田香。她師事貝拉・塔爾導演，其作品無論是拍波士尼亞與赫塞哥維納煤礦坑的長篇出道作《鑛》（鉱ARAGANE）、或是拍攝馬雅文明洞窟湖的《沉洞泉》（セノーテ）都非常精彩，聲響也很棒，同時能感受到她的態度與大島導演永遠與權力對抗的思想有著根本的共通性，因此我覺得一定要將值得紀念的第一屆大獎頒發給小田。可惜第二屆、第三屆都沒有看到我認為值得推薦的導演作品，但是也絕對不願妥協。也因為如此，我希望在可能的限度裡盡量協助這個獎。畢竟日本電影缺乏讓人覺得不負大島渚之名、必定要介紹給全世界的作品，這可是個大問題。我們三位評審委員也常常討論這點。

與山下洋輔嬉遊

二〇一九年十二月我以神祕嘉賓的身分參加了「山下洋輔三重奏成團五十週年紀念音樂會爆裂半世紀！」。山下三重奏的歷代成員齊聚這個活動，還又加上塔摩利、麿赤兒、三上寬客串演出，陣容非常豪華。我則是與洋輔先生即興演奏了〈HAIKU〉（1989）這首樂曲。一如其名稱「HAIKU」（俳句），演奏拍子是「5、7、5」，音符無論強弱、高低，怎麼彈都行。我們只規定即興途中只要某一方彈出「噹噹噹噹噹」，另一方必須彈奏呼應。如果你太專注在自己的彈奏上就會聽不見對方的彈奏、也無法對演奏速度做出反應，因此必須隨時留意對方才行。這點也是這首掌握爵士樂本質的樂曲的魅力所在吧。

我從十幾歲就在新宿 **Pit Inn** 等地看過洋輔先生的演奏，算單方面認識他。因為我自己的爵士樂記憶緊密連結著高中時代的新宿風景，所以這次活動辦在新宿文化中心也很合適，我過去來這邊聽現場演出好幾次。我的人際關係很奇妙地與洋輔先生有非常多的重疊，YMO的經紀人、在我獲得奧斯卡之後不幸在墨西哥意外身亡的生田朗，大學時就在他的經紀公司打工過，也是一段緣分[3]。

---

3 參見《音樂使人自由》頁五九—六〇。

我還記得這件事：八〇年代我在紐約參加由比爾・拉斯威爾（Bill Laswell）擔任製作人、性手槍（Sex Pistols）樂團前團員約翰・萊登（John Lydon）創作的唱片錄音。剛好同一時期洋輔先生也為了演出來到紐約，我們連續三天到了晚上就聚在一起，到比爾常去的和風居酒屋喝到早上。喝醉的洋輔先生與約翰・萊登吵起架來，我還充當和事佬。另外還聽說滾石樂團正好在錄音，我們就直衝他們的錄音室——結果到現場發現團員全都不在，只有一個錄音工程師在那默默工作。就這樣一路喝到我最後一天待在紐約，我說：「大夥兒一起去看看洋輔先生的房間吧。」就跑去旅館，看到床鋪上擺著口風琴跟塞隆尼斯・孟克（Thelonious Monk）的樂譜，喝得爛醉的我擅自拿起口風琴試著彈奏孟克的樂曲。看來這給洋輔先生留下強烈的印象，他後來還把這事寫在他的文章裡。

雖然洋輔先生如今是以自由爵士樂鋼琴家出名，但他在活動初期還是會演奏非常正統的爵士標準曲。他畢業於國立音樂大學，所以原本學的是古典樂的作曲理論，巴哈或蕭邦的樂曲他真要彈的話也是可以彈出來。雖然我們音樂類型不同，但是基礎部分彼此有所共通。也因為如此，對於整整大我十歲的洋輔先生，我由衷尊敬這位保持作風持續活動的前輩音樂家。

邊野古基地問題

一九年底我按每年慣例在伊豆的溫泉旅館度過，過了年的二〇年一月二日隨即從東京前往沖繩，要在三天後舉辦的、與吉永小百合女士合作的義演活動之前，先看看邊野古的狀況。邊野古要蓋新的美軍基地這事我從以前就覺得不可輕忽，持續發表言論。一五年我和如今已經認識很久的沖繩民謠歌手：古謝美佐子等人的樂團「うないぐみ」[4]合作單曲《彌勒世果報—undercooled》，這張唱片發行時就是將收益捐助給新基地建設的反對運動支援基金「邊野古基金」，但這次還是我第一次實際到現場查看。

搭著船底鋪著透明玻璃的船隻駛近建設預定區的海域，邊野古的藍色海洋與鮮艷的珊瑚礁真是美不勝收。要破壞如此美麗的自然風景去建造基地，怎麼想都覺得不應該。就像美國與日本是主僕關係一般，日本國內的本土與沖繩也是主僕關係，在海上看著寬廣的美軍基地建設預定地，真是讓人沉痛感受到這種充滿歧視的不對稱性。我看現在日本的中央政府都是把有需要的危險設施都推到偏遠地區去，福島核電廠就是這樣。民主主義完全沒有發揮它的功能。回到陸地上，我就對大過年仍在邊野古基地大門前靜坐的反對派居民鞠躬致意。

4 「うない」unai為沖繩方言「姊妹」之意；「ぐみ」gumi有「組合」以及「把心唱進歌裡」之意。

這是吉永女士第一次在沖繩舉辦詩歌朗讀會，依舊如往常般地神聖莊嚴。平常她唸的多半是核彈詩篇，但這次還唸了沖繩島戰役的詩、以及孩童為追悼戰死者儀式所寫的詩作，我就在一旁以鋼琴伴奏。吉永女士雖然總是渾身充滿氣場，可能會讓人覺得她高不可攀，但並非如此。她其實為人豪爽，甚至可以說到了豪放的程度，慶功宴上也是大口大口地喝酒吃飯。她還會體貼工作人員，率先喊大家一起來吃。

長年支援吉永女士的經紀人「小敬」總是待在她身邊。她是福島縣出身，對核電廠事故也十分憤慨，為人十分熱血。不過奇怪的是，這位小敬完全不用電子郵件，總是靠傳真與功能型手機處理事情，有時還要由吉永女士本人代替經紀人，直接傳電子郵件跟我聯繫業務。吉永女士與小敬的關係在旁人看來實在很奇特，我覺得真是無可取代的工作夥伴呀。

說到這個，我只有見過一次吉永女士的丈夫。吉永女士在人氣最高峰的二十八歲與電視製作人岡田太郎結婚，而他是堅決不在公眾露面的人，從來不會跟著吉永女士在各種活動現身。但有一次我在巴黎的餐廳吃飯時，看來是他先發現了我，主動上前表明：「我是吉永的丈夫。」岡田先生的嗜好是遍遊世界遺產，常常一個人前往海外旅行。他說他平常從來不與太太的工作夥伴打招呼，但是很感謝我協助吉永女士的朗讀會，特意過來致意。岡田先生是位文質彬彬的紳士，著實與吉永女士很登對。

新冠疫情爆發

之後我又回到紐約，為名田高梧（Kogonada）導演的電影《人造眷戀》（*After Yang*, 2021）作主題曲。名田高梧是韓裔美國人，因為非常信奉小津安二郎，就把小津創作夥伴、劇本家野田高梧的名字改一下當作自己的導演化名。我以前看過他引用小津電影片段製作的vlog（影片部落格），就被其出眾的品味所吸引。他以現代主義建築街道為故事背景的第一部長篇電影《構築心方向》（*Columbus*）也是寧靜而充滿強烈風格的作品。所以我很樂意接下他的邀約。

但世界突然就在這段期間風雲變色。新型冠狀病毒開始傳染擴散，這種在中國武漢出現的病毒以極快速度波及全球。日本也在抵達橫濱港的鑽石公主號乘客當中發現感染者，這時我收到位於北京的當代藝術研究機構UCCA（Ullens Center for Contemporary Art）策劃線上音樂會的緊急聯繫。這場音樂會以「Sonic Cure」（良樂）為名，是為了激勵因新冠疫情而感到孤單的人們所策劃的活動。

我二話不說答應出演，錄製了約三十分鐘的即興表演影片送去。武漢這座工業都市其實在音樂領域是以盛產銅鈸聞名，我自己錄音室裡擺放的銅鈸就刻有「中國武漢製造　MADE IN WUHAN CHINA」，在我的表演影片裡也拍攝了這段字樣，影片底下收到許許多多中國居民的留言：「我們受到鼓舞了，謝謝你！」中國畢竟人口眾多，二月二十九日進行的直播連帶存檔回播在內，締造了高達三百萬次觀看的紀錄。表演最後，我以中文說出：「大家、加油！」做結。這場音樂會除了我之外，還有其他八位音樂家遠距出演。

雖然移動逐步受到限制，但我從三月上旬開始大概在日本待了一個月。主要目的是與高谷他們為期一週的「京都會議」。過去我們腦力激盪的零散點子都已經備齊，現在要做的工作是像拼拼圖般將它們組裝起來、建構起作品的整體樣貌。此外也因為我那陣子在了解古代日本的出雲國與大和國的關聯性，就在企畫案之外與高谷一同花了一整天到奈良旅遊。

奈良位於大和國的中心地帶，裡面的遺址卻以出雲系統的較多，還有像石上神宮這樣祭祀出雲神靈的神社。除此之外，還保留著一座統治近畿的神祇邇藝速日命的墳墓。我認為在大和之前，統治日本的原本是出雲王朝，但是後來戰勝而統一日本的卻是後起的大和國這方。因為這個大和朝廷與現在日本有所連結，對於經常對這個國家的根源抱持懷疑的我來說，消失的出雲國就成了非常好奇的題目。

新冠疫情的影響持續擴大，三月我預計出演的東北青年管弦樂團定期演奏會也被迫暫停。我希望在呼籲減少外出的緊張氣氛下能讓大家聽聽音樂稍微喘一口氣，因此四月二日獲得三味線演奏者本條秀慈郎的協助，舉辦了免費收看的線上演奏會。由本條的獨奏、二人即興合奏、我的獨奏等三部分所構成，同時演奏之間也安排「換氣休息」、利用這個時段訪問了醫療相關人員。在新冠疫情初期，日本還沒有什麼人舉辦這樣的線上現場表演，我或許可算是先驅吧。

本條也是位如同 Thundercat 一般擁有高超技術的演奏者，是恰巧有認識的人找我去看他在紐約的音樂會，我才得知有這號人物。看他能從傳統音樂到現代音樂無所不彈，相當讓我著迷。所以在演出結束後我就去邀他：「明天要不要來我們家玩？」結果他願意馬上就來訪。於是我在當天就寫了一首以他的技術可能算殺雞用牛刀的簡單三味線樂曲，請他彈彈看。這首曲子就成為收錄在《async》裡的〈honj〉。沒錯，曲名就是來自他的姓「本條」（Honjou）。

奇妙的時間感

就在這當下，日本也宣布了緊急事態宣言，我飛回紐約的機票從四月五日延期三天到八日。在這個時間點，紐約受感染的人數遠比東京多得多，我身邊的人都很驚訝：「咦？你要在這種時候回去嗎？」不過我覺得日本比其他先進國家的檢查數量整整少一位數、政府的應對能力又難以讓人期待，美國應該還是比較可靠。同時也是因為我自二〇一四年之後開始愛上自己住家，希望能在家裡慢慢度過。

為搭飛機前往成田機場，現場空蕩蕩地，機艙裡的乘客也只有十五位。到目的地的甘迺迪機場也是一樣，原本總是擁擠混亂的海關如今變成我一人全包。從機場所在地的皇后區搭車前往曼哈頓，平常大白天滿是觀光客、計程車的第五大道，人車全都消失無蹤，真正如字面般地「空無一人」。這比喻很爛，但我覺得簡直像是被中子彈炸過一般，那光景非常不現實。街道景觀如此丕變，帶給我的震撼可能是自九一一事件以來第一次、甚至超越九一一事件的程度。

我家隔壁就有急診醫院，旁邊停著冷凍貨櫃車，應該就是用來暫時安置因為新冠肺炎過世的患者吧。而且那段時間人們對於新冠病毒還非常不了解，考慮到有經由遺體傳染的可能性，也不能把它們一直放在醫院裡。所以一旦確定死亡，在公家機關訂定後續處置方式之前先移到其他地方，最終被送到火葬場吧。

回美國之後的二週隔離期以及疫情下的在家生活，對我來說不算很難受。早上起床、檢查郵件、下午做音樂、晚上睡覺——只要沒有要事就不會外出太久的生活，除了沒有外食的樂趣以外，跟我過去比起來好像也沒改變多少。我從開始使用Skype時就覺得討論事情或訪問只要靠線上聯繫就很夠了。當一個企畫牽涉好幾個國家的參加者時，要所有人面對面開會本來就很麻煩。很多日本的工作夥伴會說：「直接碰面談比較好」，但我人就住在紐約，實體見面就是不容易。所以出於必要，Zoom的普及讓遠端會議變成常態，就這方面來說，這次疫情也推動了工作效率的提升。

生活還是要繼續，也因此養成了某些習慣。紐約市內醫院的醫療人員會在晚上七點交替輪班，這個時候街頭巷尾都可以聽到鼓掌聲與鐘聲。這是各處居民們為了感謝冒著自身染疫風險而工作的醫療人員、替他們加油，大家一同發聲表達「辛苦你們了」的訊息。我也會在每天晚上七點走到庭院，用石笛「嗶——」地吹出聲響。這個應該是自然產生而扎根的文化從四月開始出現，好像維持了好幾個月吧。如果你把它視為一種音樂表演的話，可是饒富趣味的。這也算是約瑟夫．博伊斯所說的「社會雕刻」吧。

進入五月，我開始著手「incomplete」這個計畫，找來包括「早餐俱樂部」成員勞麗．安德森、亞特．林賽在內共十一組音樂家，分別與我一同創作音樂。這些樂曲成果製作成影片在YouTube上依序公開。在疫情之初我就覺得，我們體驗到迄今沒有任何人經歷過的奇妙時間感，因為過去不斷運行的社會突然就停止下來。但是每個人一定對這樣的感覺都有些許不同。我就想凝聚這些具有微妙差異的個別感受，以音樂記錄下來。這樣的生活終點不知在哪裡、不知會持續到何時，這個時間沒有complete（完成）。我順著這樣的思路，為這個計畫取了如此的名稱。因為新冠疫情是世界共通的現象，因此我希望盡可能請來更多地區的音樂家。包括中國古琴演奏者巫娜、演奏伊拉克烏德琴（在阿拉伯圈被廣泛使用的弦樂器）的哈雅姆．阿拉米（Khyam Allami）都受邀參加。

就像三一一大地震那時一樣，世界發生劇烈變化總是非常駭人。但另一方面我又強烈覺得我們不該輕易忘記這份震撼。如此百年一次的疫情對我們絕大多數人來說必定是此生最初也是最後的經驗吧。人們一直過度推進經濟活動、將整個地球都市化、甚至不惜破壞自然環境，這些被認為是疫情發生的遠因。為了讓這份反省能夠一直延續到未來，我們應該要好好記住這個大自然發出求救信號而使得經濟活動急踩煞車的光景。

癌症復發

然後我二〇二〇年六月接受檢查發現直腸癌、不得不再度開始對抗癌症的生活——這就接上我在本書一開始講述的經過了。其實我在公布癌症復發已經是翌年一月的事，在此之前我連親近的工作人員都沒讓他們知道病情，依舊淡然地進行手上的工作，同時每週五天、從週一到週五祕密到醫院治療。六年前口咽癌時還能請伴侶跟著去，這時則因為防疫政策，只能讓患者本人進入醫院，基本上我都是一個人到熟悉的癌症中心看診。每天回家時一定都會走過東河河畔道路，因為天天看河，我的熟悉程度已經到了可以觀察出河流的些微變化、從水流動向判斷是否正在漲潮。

在持續看診的這兩個月間有件令我開心的事，就是約瑟夫·博伊斯的版畫作品從日本寄來了。和多利當代美術館受疫情影響，訪客數量一落千丈、經營瀕臨危機，因此舉辦了籌募營運資金的群募活動。我因為自前任館長和多利志津子任內就多受照顧，捐贈了一筆不小的金額，因此能獲得這份珍貴的博伊斯作品作為回饋禮。雖然想到美術館不得不將部分重要館藏脫手，也很為他們惋惜。

九月底我為Netflix動畫《exception》（2022）的配樂進行弦樂錄音。因為疫情嚴重影響預定行程，這其實是我七個月以來第一次進錄音室錄音。當然全體樂手都是帶著口罩演奏。紐約從三月起就一直封城，他們在這段期間一直沒有工作。畢竟商店都是關閉狀態，就連去爵士樂俱樂部做場演奏都沒辦法。還好紐約的失業補助金額頗豐，而且都如實給付，其實當天聚集的幾十位管弦樂樂手裡面，有些人的收入甚至好像比過去還高。即使如此，他們都感嘆：「終於撐到能夠工作演奏的日子了，我好高興」，還有人眼眶泛淚。這也難怪，人類並非不工作、只拿錢就能完全滿足的動物。

十月我與淳君（つんく♂）一同創作了翌年發行的兒童癌症治療支援慈善歌曲〈My Hero～奇蹟之歌～〉（My Hero～奇跡の唄～）。淳君撰寫歌詞、我提供旋律。我與淳君雖然長年同樣待在音樂界，從來沒有見過面，卻因為兩人都在同一時期罹患喉嚨方面的癌症而有了交集。某天我突然收到他的電子郵件，開始彼此交換相關疾病的資訊。淳君一開始治療並不順利，不幸必須摘除聲帶，他根據自己的經驗告訴我一些比較可以嘗試的作法。他到紐約時，我們也直接見了面。

這首慈善歌曲原本是愛貝克思唱片找我製作，但因為前述緣故，我覺得務必要請淳君一起參與。很高興他很快就答應了，我們就透過電子郵件往來製作樂曲，我按照淳君撰寫的歌詞改動旋律、再由他依照旋律細修歌詞，如此反覆調整。我們是第一次共事，過程卻非常平順。兩位癌症羅患者都沒有把彼此看作外人，產生了不可思議的情誼。

會接下這份案子與淳君合作，一方面是為號召支援兒童癌症治療，此外也是因為我在當時還對自己的病情很樂觀，相信在直腸復發的癌症能夠順利治療。也因為第一次罹癌時負責治療的主治女醫師也是強烈斷言一定能治好，因此我很信任這間醫院。我甚至覺得，這次要是也能順利康復，好像沒有必要為了復發這回事驚擾大家呢。結果之後很快就在日本的醫院被診斷出癌症已經轉移到肝臟、甚至被宣告只剩半年壽命。

真是巧合，在二〇二〇年全世界遭受疫病惡整的同時，我也不得不回頭面對自己身上的疾病。

8

留給未來的

為《TIME》所寫的筆記及樂譜

MR計畫

在二〇二〇年《新潮》雜誌實施的日記接力計畫中，我寫了以下這些：

十二月三日（週四）@TYO

做了在埃及機場被擋下來、行李被打開、趕不上飛機、不知自己犯了什麼罪的卡夫卡狀況、無法回家的惡夢。

十二月四日（週五）@TYO

做全身健檢。渾身都是問題。明明我沒吃什麼壞東西，這六年也只喝過少量的酒。

當時我沒具體記載，但被宣告癌症已轉移至肝臟，就是在這次的全身健檢。雖然醫院對我說希望馬上做更詳細的檢查，但因為轉移實在太讓我震驚而難以接受，當天就先讓我回家。一星期後的十二月十一日再接受檢查，就被宣布：「什麼都不做的話壽命只剩半年。」

但是我隔天還有鋼琴獨奏會的直播。我就懷著過去從未體驗過的、如此接近自身死亡的感受，直接面對當天的演出。這場線上音樂會加入了真鍋大度領軍的Rhizomatiks的影像演出。

我跟真鍋二〇〇七年就認識了。當時我在山口媒體藝術中心駐館創作《LIFE–fluid, invisible, inaudible...》時，就是由他負責影像程式。在直播影像可看到，背景隨著我的鋼琴彈奏不斷變化，時而變成空無一人的大廳、時而變成寂寥的灰色房間、時而變成有著傾頹建築物的荒地，這些全都是Rhizomatiks即時合成出來的電腦圖像。

其實鋼琴是擺在一座有著三百六十度綠幕環繞的攝影棚裡面。為了不讓影子落在綠幕上，明亮的燈光從四面八方照射過來。加上因為攝影機等機材都需要冷卻，在這冬天時分不得不把冷氣全開。我又因為疾病的緣故，身心都冰冷無比，鋼琴獨奏又不容許有些許恍神，否則就失敗了。假如旁邊有樂團一起演奏、或者搭配播放背景音軌，多少還可以放鬆，但是獨奏並非如此。那天彈奏的曲單是安排為我音樂生涯的一次綜覽，包含了〈The Seed and the Sower〉（1983）、〈Before Long〉（1987）等久久沒彈的早期樂曲。因為情況實在糟到不能再糟，那天到底是怎麼彈完全部十五首樂曲的，我毫無記憶。在場知道我病情的只有以製作人身分守在攝影棚的伴侶，她已經做好了心理準備：這可能是坂本龍一最後一場演奏了。

不過，其實這場鋼琴獨奏直播可說是一場「前哨戰」，是為了接下來在十二月十四日至十六日拍攝「正式演奏」的混合實境（mixed reality, MR）作品所做的準備。討厭練習的我在決定要拍攝MR後沒多久，才照自己的「彈奏時沒觀眾看精細度就不會提升」論調，決定以鋼琴獨奏的形式進行。因為MR的演奏影像會永遠流傳下去，不容許半吊子的演奏品質。但是這次拍攝牽涉人數眾多，我在這時間點也還沒跟身邊人表明再度罹癌的事，因此實在趕不及更改行程。其實如果拖到手術之後的話，以體力衰弱的狀態是絕無可能演奏了，所以回頭想想，真的差點就無法完成。

我從以前就對MR很感興趣。現在媒體藝術領域是虛擬實境（virtual reality, VR）作品的全盛期，但MR是比VR更進一步的技術。它利用動態捕捉記錄演奏狀態，可以隨時透過裝置上的應用程式在現實世界中以類似全像投影的方式展現演奏景象。即使在我死後也可以搭配全自動演奏鋼琴來舉辦虛擬音樂會。如果這門技術再早半個世紀誕生的話，說不定我們還能用MR重現卡拉揚「演奏兼指揮」的音樂會也說不定。

提出這次計畫的是在美國經營影像製作公司、製作人兼任導演的托德．埃克特（Todd Eckert），他是瑪莉娜．阿布拉莫維奇現在的伴侶，而且兩人第一次約會的地點，正是我發行《async》（2017）之後在紐約舉辦的演出。也就是說，我在不知情的情況下為他們兩人締結了良緣呢。托德在影視、藝術業界小有名氣，過去也曾有某世界級的熱門樂團想找托德拍攝自己的MR作品，卻被他回絕了。托德滿懷熱情地表示：「我一直是坂本龍一的粉絲，一定要將您演奏的身影記錄下來。」原來他曾為了看《LIFE》（1999）的演出，特地飛來日本只住了一晚。

MR用的攝影與鋼琴獨奏會直播一樣，是在全部綠色的攝影棚進行。我的臉上與手指黏著許多動態捕捉用的標誌點，前後花三天逐次錄下〈戰場上的聖誕節〉、〈遮蔽的天空〉等代表曲，曲目基本上跟「前哨戰」的直播是一樣的。燈光非常亮，我必須在被照射得頭昏眼花的環境下彈奏，實在很不容易。此外要根據這些蒐集到的數據做成實際的MR影像，需要非常多手續。攝影時為了避免鏡片反射燈光，我沒有戴著平常戴的眼鏡，頭髮也為了避免干擾而梳攏起來。要將這些細節一步步還原成接近我現實的樣貌，讓影像盡可能看起來自然，事後還要進行CG處理才行。

因為製作3D影像十分耗工，行程比預期推遲，最後這部MR作品預定在二〇二三年六月於紐約新開幕的藝術中心「The Shed」公開。據悉之後也預定在曼徹斯特等世界各地公開。此外，這部作品名為《KAGAMI》，意思是這部作品是有如我身體的倒影、鏡子一般的存在，同時也是對塔可夫斯基的致敬。在接受壽命宣告之後馬上進行鋼琴獨奏會與MR拍攝，連我都覺得自己真是太棒了。然而，或許正因為有這些工作，才能讓我撐過那絕望的精神狀態而活到現在也說不定。

向孩子們坦白

我年末年初多半在日本度過，某段時期開始還會在這時把孩子們都找來一起吃頓飯。大家平常雖然都各過各的，一年有一次機會大家彼此見見面不也挺好的嗎？在這二〇二〇年的年關，我也和孩子們以及其家族共聚一堂──雖然有一位小孩人在美國無法參加。如今我還有二位孫子，真的是名副其實的老爺爺了。於是我覺得必須趁此機會坦白自己的狀況，就說：「我有事要向大家報告。」話一開始講，明顯感覺到原本輕鬆熱鬧的餐桌氣氛立刻就像被浸到冰水裡一般急凍。雖然我自己也十分難受，但畢竟不能一直這樣下去，不可能永遠都保持緘默。這個年底我就是帶著如此黯淡的心情，唯一的一點好消息，就是美國總統大選，喬・拜登擊敗了唐納・川普。

不過當我對孩子們坦白病情之後，也因此看開，可以比較冷靜地面對死亡、開始討論各種具體的事務。因為我要在日本進行治療，不能一直住在旅館，所以居住問題要解決。萬一死亡的話，該由誰來發布訃聞、葬禮該用什麼形式舉辦……如果不先把這些細節事項全都決定好的話，最後執行有可能會違背我的意願。得趁我還在世時回顧從《音樂使人自由》（2009）以後的個人活動、整理出寫這本書用的口述筆記，也是這些安排裡的其中一環。我的伴侶不慌不忙地把這些繁雜事項全都安排妥當。她個性就是如此剛毅。我在熱心投身反核電運動的時期曾問她：「我這樣會不會被日本政府盯上、派刺客上門呀？」我伴侶竟然說：「萬一你真被暗殺了，輿論一定完全倒向反核電這方，不是很好嗎？」

到了年初的二〇二一年一月十四日，我就動了本書最初說過的那場大型外科手術。其實在這個時間點，我都還沒有對外公開我的病情。不過正好在手術進行當中，某間八卦體育報不知從哪聽到消息，想要報導「坂本龍一罹患重病」的八卦消息，打了電話給我的相關人士查探。因為怕萬一有錯誤的消息傳播出去可就不好，我的經紀公司隨即決定發表我再度罹癌的聲明。不過我在此時正因全身麻醉沉睡著，根本不知道這回事。

中國的大規模展覽

在我住院期間，有些早已確定的案子還是在我不在場的情況下繼續進行。其中一件就是在中國北京的私人美術館「M WOODS」舉辦的展覽。一八年我在韓國首爾的「piknic」舉辦「LIFE, LIFE」展覽的開展活動，有一對來自中國北京的年輕夫婦表示他們是美術館的館主，詢問我：「是否願意在我們的藝文空間舉辦比這次規模更大的展覽呢？」老闆是連美國前總統喬治・布希都有交情的富家子弟，妻子是美如模特兒般的網紅，夫妻倆帶有早前中國無法想像的現代氣息。他們還對我說了件離奇到簡直像是玩笑話的軼事：是男生開著歐洲高級車向女生求婚說：「如果我們在一起的話，我就給妳買台紅色的法拉利。」女生回答：「我不要車，給我蓋間美術館吧。」於是這間美術館就真的蓋出來了。

我覺得這計畫滿有趣、躍躍欲試，但他們的活動看起來實在太像有錢人的揮霍趣味了。所以「M WOODS」在中國藝術界評價很差，連我熟識的人都給我忠告：「在那裡辦展會害你遭惡評唷。」我心想，那我親自去現場看看再做判斷好了。於是與他們結識之後盡快前往北京視察。雖然他們想要招待我，但我覺得這樣萬一狀況不對就不好回絕，所以旅費全由我自己負擔。這是我自九〇年代音樂會之後首次造訪北京，一切都已經徹底翻新，和當年的街道完全不同，光一座機場可能就有成田機場的十倍大。原來這裡在我不知道的時候有了如此巨大的發展，真讓人大吃一驚。

「M WOODS」位於「798藝術區」的一角，這裡是將一九五〇年代工廠遺跡轉用而成的中國最大規模的現代藝術區，占地非常廣大，集結了幾百間美術館、藝廊與餐飲店。「M WOODS」當時只有最早開的那間在使用中，位於北京中心地帶、預計希望舉辦我的展覽的新館還在蓋。他們向我說明，建築物外側已經幾近完成，但內部接下來才要處理，空間展示模式可以是白立方也可以是黑立方。

我與館主夫婦好好談過，隨即明白，這位手上戒指有著彷彿在博物館才會看到的巨大鑽石的太太「晚晚」是位非常優秀的人。她是從哥倫比亞大學畢業後，就在紐約知名藝廊實習的精英。我想，難怪會要求結婚對象蓋美術館呢。此外我也問他們說，我有些作品帶有政治性質，在中國是不是會無法展示呢？他們回答：「的確會如此。」不過也提出一個很巧妙的妥協點：「雖然不能公開提出政治訊息，但可以在作品裡面呈現出抱持自由精神的重要性呀。」我覺得可以信賴他們，就決定讓他們辦展了。

這場取名「坂本龍一：觀音聽時」（Ryuichi Sakamoto: seeing sound, hearing time）的展覽決定

於二〇二一年開展，但我不幸碰上新冠疫情與住院，沒有辦法到現場採訪，換成裝置藝術合作作者高谷史郎、策展人難波祐子等十二位成員的團隊從日本前往籌措設置。中國的防疫措施特別嚴格，走空路不能直接到北京，我聽聞高谷等人必須先在大連隔離，期間不能離開旅店房間一步、每天都要檢查，三週後確認陰性才能到北京。真的是辛苦他們了。

但所幸「M WOODS」的工作人員也非常優秀，經過如此奇蹟般的中日團隊合作，才能辦出這個網羅我所有主要裝置藝術作品、規模是歷來最大的一次精彩展覽。《LIFE–fluid, invisible, inaudible...》這件作品過去都是在天花板吊著九個水槽，這次特地配合寬廣的會場變成十二個水槽的版本。整體應該是可以讓觀眾體會聲音與噪音、以至聲音與寂靜之間疆界的展覽吧。可惜在這段時期，別說海外，中國國內也禁止跨地區移動，因此只有住在北京的人才能前往看展。即使如此，在約五個月的展覽期間，觀展人數也有近十萬人。二〇二三年夏天，將會有展覽「Ryuichi Sakamoto: SOUND AND TIME」於「M WOODS」的第三美術館舉辦。

《TIME》

二一年從六月十八日至二十日，我與高谷合作演出的劇場作品《TIME》在荷蘭的阿姆斯特丹進行了三場公演。一九年與二〇年的「京都會議」，就是為了製作這部作品。之前我曾說過，在完成《async》之後，我直覺認為在這已攀爬上的山峰那頭，還存在著更高的山嶺。當時在我腦中閃過的點子，就是讓表演藝術與裝置藝術的界線消失無礙的舞臺藝術。沒有事先決定好該在哪裡發表，我就先與高谷持續準備下去。之後是剛好「荷蘭藝術節」邀我作為二〇二一年合作藝術家之一，於是決定在那邊首演。

《TIME》可說是受到能劇影響的音樂劇，我們邀請舞蹈家田中泯、笙演奏者宮田麻由美演出。舞台上面鋪設著水，背後的螢幕則展現著高谷製作的「夢的世界」影像。田中泯一直挑戰著要走直線渡水而過，象徵著人類。相對地，宮田則手拿著笙輕鬆地渡水而過，象徵著自然。因為這作品不算是有故事敘述，所以我可以說結尾，就是田中泯演的人類拚命想要嘗試征服水、也就是自然，結果最後遭到大洪水吞噬而死。然後在他建造道路等場面中，我們也引用了夏目漱石《夢十夜》、能劇《邯鄲》、莊子《夢蝶》等文學作品的章節文字讓田中泯朗讀。

武滿徹在收錄於《遙遠呼喚的遠方》（遠き呼び声の彼方へ）的〈時間的園丁〉（時間の園丁）一文裡寫著：「我只想建造一座串連起無限時間的音樂庭園，蓋一座對自然表現充分敬意、並且充滿謎題與暗喻的，時間的庭園。」也就是說，他想要創作出彷彿無限時間一般的音樂，但我在《TIME》裡面呈現的訊息，是乍看與武滿徹類似、實際上根本不同的「時間是一種幻想」。我將標題取做《TIME》，刻意挑戰著否定時間。

那麼，為什麼會去呈現「夢的世界」呢？這是因為夢會破壞時間這種東西的特性。《邯鄲》就是描述求道的男子只是午睡了五分鐘，卻在夢中一晃眼經歷了五十年。《夢蝶》則是說思想家莊周打著瞌睡，卻逐漸分不清究竟是莊周夢到變成蝴蝶、還是蝴蝶夢到莊周。我們希望表現出這種夢與現實無法區分的世界。

雖然作品概念是在發現第二次罹癌之前就訂定的，但是在具體建立作品的過程，還是需要我在病房裡遠距參加。當然，我也沒法到荷蘭親臨演出，只能透過影音串流觀看狀況。不過即使只是看影像，也會感覺到理應是一小時前發生的事，卻像是一分鐘前才發生的，某個瞬間好像不斷在重複發生一般，十分有趣。至少對我來說，這舞台作品能夠讓我體驗到與現實世界不同種類的時間。

話雖如此，也不是都沒有地方需要檢討。劇本這種東西依舊是受到一直線的時間軸所限制，因此我其實有構思讓作品內容與長度能夠每天都即興變化的作法。所以接下來《TIME》在世界各地的演出，我在想可以嘗試模仿約翰．凱吉的「機遇操作」（chance operation），在紙張上寫下數字放進帽子裡，現場抽籤出來，然後演出數字對應的場面，這樣好像也不錯呀。嗯，但如果沒有非常充分準備的話演出就無法順利進行，對於演員及燈光都是很大的負擔就是了。

最強的支援陣容

二〇二一前半年我不斷反覆動手術、住院又出院，腦中一直想到前一年接下的題目：Netflix動畫《exception》（2022）的配樂工作，實在應該要有些辦法了。這部作品共有八集，以電影原聲帶來說相當於要配好幾集，需要大約三小時份量的配樂才行。雖然我在年初動手術之前完成了前半四集的配樂，但後半四集必須要在夏天交出去。我考慮以自己的體力可能無法一個人全部做完，也已經在挑選替代的人選了。雖然我連帶著空虛的表情勉強坐上病房沙發都嫌吃力，在創作音樂時卻會神奇地忘記疼痛與煩悶，就在一天只能集中精神幾小時的情況下，好不容易趕在九月交出最後一集的作曲。從這你就可以看出來，我的責任感有多強了。

接下來我接受「COMME des GARÇONS」副社長、同時也是時尚設計師的渡邊淳彌委託，為他的服裝品牌「Junya Watanabe」二〇二二年春夏女裝秀製作配樂。渡邊在這一季以「亞洲的鄉愁」為主題，發表了中國風的夾克等衣物，因此他們請我改編我在YMO時代的樂曲〈Tong Poo〉（1978）。依據服裝秀配樂這個條件，我一開始提出的是有加一點節奏敲擊的版本，自己覺得成果還不錯就交出去，沒想到竟然被退回。渡邊腦中想的是水波晃盪的大河流，這版本不符合他的想像。當然他並不知道我的病情有多嚴重，也不能怪他，不過這可是我拚上性命做出來的曲子，實在讓人心有不甘。雖然發發牢騷，但我還是依照渡邊的希望，重新編出更加輕緩的版本。

我雖然不想承認，客觀聆聽之後覺得後來製作而受採用的版本確實比較好。電影配樂也常會碰到這樣的案例。

經過多方諮詢，在日本，我決定在東京某間大醫院治療癌症。至今仍非常仰賴主治醫師與醫療團隊。在負責治療的醫師之外，我同時請了兩位專家就身體狀況進行個人諮詢。一位是透過甲野善紀介紹認識、在他那邊練武的若林理砂。她的職業是針灸師，武術造詣當然也很深，自我一四年發現口咽癌開始，她就會根據替代醫療的角度提出各種意見，對於食療與中藥方面也給出建議。

另一位我就以他名字的字首稱作「K醫師」，是移植外科的權威。雖然我會稱呼他為「現實裡的怪醫黑傑克」，但他當然跟漫畫不一樣，是有醫師執照的。每當我對於醫院的說明有不明白的地方時，他都可以根據資料及圖片詳細解釋給我聽。雖然正確來說他並非主治醫師，但經常提供給我第二意見，對我十分重要，如同「另一位主治醫師」一般。同時十分感謝若林與K醫師幾乎每天都會發訊息來關心我的身體狀況，根據我當天的體溫與症狀分別就各自的專業提出具體建議。再加上提出任何問題都會馬上以電子郵件回覆的醫院醫師們，共同建立了一個最強的支援陣容，延續了從我最初罹癌開始就採用西方醫療與替代醫療雙管齊下的方針。

烏克蘭的伊利亞

然後進入二〇二二年，在我多少比較習慣了漫長疫情下與疾病對抗的生活，又發生一件令人震驚的事件。二月二十四日，俄軍進攻烏克蘭。沒想到在我有生之年，又不得不目睹一場新的戰爭發生。據報導，這是二次大戰以來歐洲最大規模的軍事戰役。我並不會單純地以二分法看待、認為以美國為首的北約各國就是善、俄羅斯就是惡，但俄羅斯以壓倒性武力侵略烏克蘭這個主權國家的行為是決不可容許的。只是在此同時，一種反省也隨即在我心中徘徊：對於敘利亞、葉門、巴勒斯坦那些每天命在旦夕的人們，我們可曾有像現在對烏克蘭人一般去關心他們過嗎？

就在每天收看CNN等電視台追蹤烏克蘭情勢、期盼暴力早日終止的當中，我被一段影片給打動了。那是住在基輔的年輕小提琴家伊利亞．邦達連科（Illia Bondarenko）在防空洞裡面演奏烏克蘭傳統民謠的影片。後來也有來自全球二十九個國家、九十四位受到他感召的小提琴家，與他隔空合奏的影片被上傳YouTube。其音樂非常動人，聽了無不落淚。我因為這個緣故得知有這位年僅二十歲的伊利亞，剛好這時美國作曲家朋友凱思．肯尼夫（Keith Kenniff）[1]說有個支援烏克蘭的慈善音樂合輯的企畫想邀我參加，同時問我：「你要不要與伊利亞合作？」我跟凱思滿

1 也就是前一章提到「Goldmund」的本名。

久沒有聯絡了，很驚訝會有這個coincidence（巧合）。

我很高興地答應了，為他寫了給小提琴與鋼琴演奏的樂曲，將樂譜送過去。伊利亞一樣是在防空洞裡看著樂譜演奏，用iPhone錄音之後寄回來，我再為其搭上背景音軌，成了〈Piece for Illia〉這首樂曲。曲中引用了一小節烏克蘭的國歌，我自己也覺得這曲子滿不錯的，做得很愉快。收錄這首曲子的音樂合輯在四月底發行，我不知道實際上為支援烏克蘭做出了多少貢獻，看銷售金額所獲得的捐款可能只是九牛一毛。不過對我來說，能夠讓身處如此艱辛環境的伊利亞誠摯地為我的樂曲演奏出優美的音樂，就已經是非常有意義的一件事。

即使從未造訪過某個國度，只要在那邊有一位是我所認識的人，就不再只是單純的異國而已。對我來說，伊利亞就是建立起我與烏克蘭緣分的重要人物。雖然沒有直接見面，但可以說我們是朋友吧。當然啦，這也絕對不是說如果都沒有認識的人，就事不關己。無論是世界哪個角落，只要心裡會具體浮現居住在那裡的人們的面容，看新聞的感受會完全不一樣。我從來就不在意自己從某個時期之後開始投入社會活動時，被人揶揄「沽名釣譽」。當然內心還是會大罵：「真的想要沽名釣譽，才不會幹這些麻煩事！」不過始終沒有公開說出口。

我這些活動的起因是在二十世紀即將結束時，參加了以U2主唱波諾（Bono）為中心推動者、要求消除非洲最貧困國家對外債務的運動「Jubilee 2000」。當時是布萊恩．伊諾對我說：「你就當日本代表吧」，於是我一反之前不發表社會性言論的方針，參加了這場運動。至今在日本社會對於演藝人員發表政治性言論還是有所排斥，但我自那以後就態度不變：「假如自己有名氣的話，應該積極利用才好。」就算人家批評我這是偽善，只要因此能讓社會稍微變好一點，那不就是好事嗎？無論是投身環保或者大地震後的各種活動，都是這樣的信念支持我做下去。而且一旦建立了連結之後，是不能輕易退出的。

東北青年管弦樂團

我從事的社會活動，其中之一是由東日本大地震後設立的「孩童音樂重建基金」發展出來的「東北青年管弦樂團」。在基金三年來的活動結束後，大家都覺得難得因此相識，應該一起繼續做些什麼。抱著這樣的想法，我們就向受災地的孩童招募管弦樂團團員，結果令人驚訝，有許多小孩舉手參加。於是我們建立起管弦樂團制度，自「Lucerne Festival ARK NOVA松島2013」的音樂會開始，每年三月都在東京與東北各地舉辦定期演奏會。成員都是來自岩手、宮城、福島三個縣的學生，年齡從小學生到大學生都有，若是人員因為考試或升學而出現缺口，就會招募補充團員。目前已經成為約莫一百人的大家庭了。裡面有小孩經歷過自己的住家與樂器都被海嘯泥水沖走的慘痛經驗、也有新進小孩在地震後才誕生，對地震根本沒記憶。雖然大家同樣都是東北出身，但每個人的背景經歷都不一樣。

我一直以音樂監督的身分關照著他們的活動，有時請託作曲家藤倉大舉辦工作坊，也曾參加過孩子們的集訓。一般學校社團活動，得顧慮學長姐制度，但在這個管弦樂團裡，所有人都是平等的。有非常多孩童在管弦樂團之外還同時參加在地地區的樂團，他們都說：「這樣沒有上下關係的團體十分稀奇。」這不是誰定下的規矩，而是自然而然形成的。我看到小學生與大學生都不用加尊稱地彼此用相同的態度對話，真的非常欣慰。從東北青年管弦樂團建立之初，我就一直想要專門為他們寫一首新曲。

這想法就化為我在二〇二〇年初交出樂譜的〈現在時間傾斜〉。不過那一年與翌年的定期演奏會不幸受到疫情影響而暫停，沒法正式公開。如今樂團終於度過艱難的二年活動暫停期，得以在二〇二二年三月舉辦音樂會，確定演出〈現在時間傾斜〉的初演。這首樂曲的節拍採用了平常音樂很少被使用的十一拍。這個樂團是因「3．11」而誕生，同時我又希望加入追悼的意義，因此堅持要運用「十一」這個數字。

此外我也為了讓管弦樂團的每位成員都各自有成為焦點的時候，因此花心思安排樂曲發展讓各組樂器編制都有機會展現活躍。在寫曲子的時候，我心中浮現這些孩童們的臉，就覺得一定要這樣辦。其實本來就沒有人會經常聽到十一拍的樂曲，因此要掌握節奏並不容易。如果你只是單純機械化地數十一個拍子的話一定會掉拍，所以在樂曲構成上，我將弦樂器拍子切分為「4、4、3」，木管樂器切為「3、3、3、2」等等，各組樂器編制都分別安排成總計十一拍的拍子組合。結果使得這首變成對孩童演奏來說極為複雜的樂曲，我自己寫著寫著也覺得有點過意不去。

雖然如此，在他們彩排集訓時，我也透過Zoom遠端指導，三月二十二日在盛岡的公演順利地發表了〈現在時間傾斜〉。我透過直播看了音樂會，他們的演奏真的很棒。這要歸功於大家在未能集合練習的期間，也都各自努力練習吧。然後在盛岡公演四天後的三月二十六日，也預計在東京三得利音樂廳公演，我也希望情況允許的話能夠到場。但是因為身體狀況並不可控，沒法事先保證，所幸當天我身體還可以，因此得以參加。對我來說，這也是在疫情與癌症治療中間於沖繩演出音樂會之後，睽違二年有了在人們面前現身的機會。〈現在時間傾斜〉的尾聲，是以十一響鐘聲做結。我自己也在舞台側幕後面聽著，聽到這彷彿在安撫靈魂的鐘聲，心中湧現一股難以言喻的感動。雖然這首曲子的整體氛圍是晦暗的，有些部分也會讓人覺得難受，但最後還是敲響了這一絲幽光呀。

這場東京公演的上半場曲目包括延宕兩年終於實現的〈現在時間傾斜〉演奏會，以及獲得吉永小百合協助的詩作朗誦會。吉永與我都有在關注俄軍進攻烏克蘭，她朗讀出哀悼沖繩島戰役逝者的詩作、表達和平的願望。我則彈奏出受她囑託而寫的、以長崎為故事背景的《我的長崎母親》主題曲。

下半場則是東北青年管弦樂團加上由三一一之後各種自然災害受災者所組成的「維繫合唱

團」（つながる合唱団），演奏人們暱稱為「第九」的貝多芬第九號交響曲。「第九」就如岡田曉生在《音樂的危機：無法演唱「第九」的日子》（音楽の危機《第九》が歌えなくなった日）一書所寫，在這場疫情當中成為防疫方面最需要避免演奏的樂曲。因為演奏規模非常龐大，光是舞台上面的人數就有一百位管弦樂團團員、六十位合唱團團員。不過當然全體人員都經過PCR檢查、確認都是陰性。我覺得在這個時候特意以如此眾多的人數盛大演出全長超過七十分鐘的「第九」，應該會讓演出者與觀眾都能從中發掘出某些意義吧。因為無論在瘟疫狀況下或者任何時候，人們都需要感受演奏音樂的喜悅與興奮感嘛。

D2021

「D2021」是另一個從東日本大地震活動延伸出來的計畫。二〇一二年在我呼籲之下開辦的反核電主題音樂節「NO NUKES」，後來也幾乎每年都會舉辦。雖然持續舉辦有其意義，但演出者與表演內容都慢慢固定下來、讓人覺得有點千篇一律，這也是事實。而且不光是核電議題而已，安倍晉三政權所推進的安保相關法案、大量生產消費模型的極限、再加上歧視、貧困、社會分裂等必須深思的問題接連浮現。於是我在一九年之後停止「NO NUKES」音樂節，將活動經營交給ASIAN KUNG-FU GENERATION的後藤正文（Gotch）、前SEALDs的奧田愛基、哲學研究者永井玲衣等年輕世代。

當時我對於柄谷行人在《世界史的構造》（世界史の構造）提出的概念「交換樣式D」抱著很大的興趣。根據柄谷先生的論述，「交換樣式A」是贈與及回禮的互酬、「B」是基於支配與保護的掠奪與再分配、「C」是基於貨幣與商品的商品交換，「D」則是從高維度回歸到「A」的樣式。這個樣式一直神祕難解，在他的最新著作《力與交換樣式》（力と交換様式）當中，將「D」表現為自古以來具有靈性的「神的力量」。不過我跟年輕朋友們一起讀了柄谷先生的文章，覺得這個「D」的association（共同體），正是因為無法輕易被定義才有趣。

於是我借用柄谷先生的概念，再放進震災（Disaster）之後十年（Decade）的意義，把自「NO NUKES」刷新後的團體取名為「D2021」。取這名字也是希望大家一起來想想在危機（Crisis）與資本主義（Capitalism）的「C」之後，該是怎樣的世界。我們本來計畫在二〇二一年三月借下日比谷公園舉辦大型活動，籌備到連贊助企業都找好了，可惜因為新冠疫情擴大而取消。活動將以各式各樣的「D」為名：抗爭（Demonstration）、民主主義（Democracy）、舞蹈（Dance）、對話（Dialogue）、多樣性（Diversity）等等，除了一定要有的音樂表演外，還要邀請能源、性別、教育等各種領域的專家來舉辦工作坊，節目會非常充實。希望有一天能實現呀。

我近年結交的經濟思想家齋藤幸平也在「D2021」的直播對談活動登場好幾次。我認識齋藤的契機是他將自己用德文撰寫的博士論文用日語重新改寫而成的著作《大洪水之前：馬克思與行星的物質代謝》（大洪水の前に─マルクスと惑星の物質代謝）。我因為參加學運、後來又在柄谷先生著作的影響下讀過《資本論》，但在蘇聯解體之後，全世界都愈來愈不願面對過往的馬克思主義，如今竟然會有年輕人這樣認真研究馬克思，讓我很驚訝。而且他將對馬克思晚年草稿的研究連接上現代的環境理論，帶著非常實在的問題自覺。書名裡的「大洪水」是暗喻著因為地球暖化造成海平面上升的未來吧。這也符合我從九〇年代以來投身環保活動所關切的題目，因此覺得一定要與他談談。

我透過臉書找到齋藤的帳號，用我的個人帳號聯絡他。我的私訊大概是被他當成假冒坂本龍一的人了吧，好一陣子都沒有回音。後來是請Gotch向齋藤轉達說這是真帳號，才收到他的回信，對談了好幾次。在我因為治療疾病無法主持「RADIO SAKAMOTO」的期間，也曾請他擔任臨時主持人。齋藤在東京大學只讀了三個月就退學，拿到獎學金之後就到美國康乃狄克州的維思大學留學，剛好我小孩也在那邊唸大學。雖然就讀期間沒有重疊，但齋藤算是我兒子的直屬學長。這間大學以博雅教育著稱，實驗音樂權威阿爾文．路希爾（Alvin Lucier）直到最近都在那邊任教，學校非常有魅力。也因為這個緣分，我並不把齋藤當外人看待。

齋藤在我們相識時還是大阪市立大學的教員，二〇二二年春天變成東大教師，搬到東京了。他的伴侶是鋼琴師，為了在東京都內租一間足夠寬廣的住家擺進她過去使用的平臺鋼琴，房租就直接超過他國立大學的月薪。我聽到他這樣說，就幫忙問了些人找找房子，但還是沒找成。可能也有人會覺得：「去增長論者還在家裡擺鋼琴，太不像話」，但我覺得這種批判都很荒唐。人活著除了物質，也需要精神生活[2]。相對於柄谷先生以「交換樣式」解釋世界，齋藤堅持「生產樣式」的概念。我覺得這樣的對比很有意思，期待哪天這二位來場真槍實彈的討論呀。

Dumb Type新成員

柄谷行人曾經在看過Dumb Type的作品之後語帶雙關地說：「仔細想想，這也是交換樣式D呀。」「Dumb」是帶有「笨蛋」、「愚蠢」等負面意義的形容詞。這個藝術團體是由京都市立藝術大學的學生於一九八四年成立，活動核心人物是在九五年因ＨＩＶ引發敗血症英年早逝的古橋悌二，之後由高谷史郎負責整體統籌，但是他不算團長，因為Dumb Type不希望形成階級式的內部架構。他們還有另一個特色，就是每次開新計畫的時候成員就會有所更替。Dumb Type被選為二〇二二年威尼斯雙年展的日本館參展藝術家，同時要在慕尼黑的美術館「藝術之家」（Haus der Kunst）舉辦個展。我在京都會議時多次造訪他們的辦公室，於是也被邀請加入這兩件計畫，順理成章地變成了新成員。自ＹＭＯ之後，這是我第一次加入某個團體。雖說是入團，但他們

2 原文為「人はパンのみにて生きるのではありません」，即馬太福音4:4 "Man shall not live by bread alone"。

的組織本來就非常鬆散，出入很自由。

我想說既然都加入了，就積極提出許多點子。團體在威尼斯發表的是取名為《2022》的新裝置藝術作品，我從概念發想階段就開始參與。日本館的二樓展覽室在建築師吉阪隆正的設計下，地板有個正方形的大洞。高谷的構想是沿著洞口安置雷射光裝置，對環繞著房間中心設置的高速旋轉鏡子投影紅色的英文字，讓光線受到鏡子反射照在牆壁上，時而會交疊起來，讓人能在上面讀出文字。

文字內容引用了一段一八五〇年代美國小學使用的地理教科書，寫的都是「地球是什麼形狀？」「海的另一頭有什麼？」這些很簡單而具有普遍性的疑問。負責朗讀這些英文問句的有大衛・席維安、**Kahimi Karie**（カヒミ・カリィ）母女、再加上我紐約辦公室的工作人員。喇叭也會旋轉，播放著拼貼而成的各種聲音交疊，這作品整體來說給人的印象應該會比較像聲響藝術。

慕尼黑的展覽則是他們的回顧展，我提議來為自己過去身為一介粉絲關注過的**Dumb Type**作品做出升級。**Dumb Type**有個採用十六台唱盤的裝置藝術代表作《Playback》，這件作品將他們九〇年代在舞台表演使用的聲音，包括電子聲響以及世界各國語言的招呼聲，記錄為十六張唱片，透過電腦控制安排出各種不同的播放模式，觀眾觀賞時會覺得唱片平台好像在彼此溝通一般。我想說這次唱片內容變為地球上十六個都市的聲響錄音。

於是邀請住在巴西里約熱內盧的賈克・莫瑞蘭包姆、住冰島雷克雅維克的安德烈・馬納松、泰國清邁的阿比查邦・韋拉斯塔古……等前面各章介紹過的朋友，再加上透過熟人牽線找到南非開普敦、伊朗德黑蘭等地的人們協助。我請他們錄下當地從早到晚的街道聲響，接著製成唱片，再加上十六座都市之間的時差調整，依照順序開始播放。不過如果只是這樣播放的話，每次環繞地球一圈的時差間隔全都一樣，所以我再做些調整：比如說，假設把東京當作北極點，每環繞一次各都市間就產生不同的時差，接著再依序換到其他成為北極點的都市，嘗試讓它產生複雜的和聲。不管是威尼斯還是慕尼黑的作品，我都覺得到會場才能體會它的真正價值，可惜自己只能遠距做出指示、無法到現場指導完工。

附帶一提，慕尼黑的「藝術之家」恰巧在Dumb Type展覽之前有了中谷芙二子展、之後有卡斯頓・尼古拉展，相繼舉辦了與我熟識的藝術家個展。不過中谷女士滿擔心自己的「霧的雕刻」會讓人聯想起奧斯威辛的毒氣室，在當地有可能遭受批評，尤其這座美術館正是在納粹政權下因為希特勒的介入而修改過設計案的知名法西斯建築。但是當中谷女士提出這項擔心時，德國策展者反而不以為意，讓她大失所望。嗯，或許這顯示了德國的反納粹教育有多麼徹底吧。

久違回到自己住家

自從發現癌症轉移到肝臟與肺臟以來，我一直待在東京治療，但二二年六月中旬又回到紐約住宅一趟。我還在美國大使館面試以獲得「回美證」，這是睽違一年七個月回到我家。我這樣說可能滿怪的，但一進到懷念的家裡，感覺整個家都開心了起來。雖然我與伴侶不在時有請人每週五天打掃家裡、照顧花草，但還是要有人住在裡面，建築物才會開始呼吸吧。我們久違地打開客廳大門，感覺房間好像在歡迎我們回家一般，突然間溫暖了起來。

庭院裡有棵高大的四照花樹，每年到四月底，就會開出大大的粉紅色花朵。這棵樹對我們家來說就有如天頂一般，當我下午進到半地下的錄音室工作，就能享受到陽光剛好穿過枝葉灑進窗內、化為一方搖曳的波光。常有松鼠來到庭院裡撿拾掉落的果實來吃，或者在花盆裡埋下種子。有一次我聽見窗外有個陌生的「啪哩啪哩」聲，偷偷看去，是老鷹停在枝頭上吃著抓到的小鳥，拔開羽毛咬著肉。雖然有點嚇人，但仔細深思，這也是大自然的法則。散落在地上的小鳥骨頭，第二天已經完全消失無蹤，大概是被附近的貓咪給叼走了吧。我造訪非洲時也有這種強烈的感覺：自然界本來的主角是動物、昆蟲與植物，我們人類只不過是站在角落偷偷妨礙而已。常見到那種「猿猴出現在住宅區」之類的新聞，但我覺得其實應該反過來看，是我們住進猿猴本來的棲息地才對。

在這座不算大的庭院裡，孤零零擺著一台鋼琴。二〇一五年我為了養病前往夏威夷，因為很喜歡那邊的風情，一時衝動買了棟中古屋，那房子裡有台近百年前製作的鋼琴。雖然房子很快就被我拋售，只有這台散發古風的鋼琴被帶回紐約的住家，並且嘗試著我所謂「回歸自然的實驗」，

與放置在紐約住家庭院、回歸自然的鋼琴合照

將它放在庭院裡任憑風吹雨打。幾年後，鋼琴經過幾場風雨，外漆都已全部剝落，現在已經恢復到原本木頭的狀態了。這樣下去，鋼琴會怎樣腐朽殆盡呢？——感覺這也呼應著我們人類該有的衰老方式。

坂本圖書

雖說久違回到紐約，但我也沒有特別做什麼事，只是像隻停在棲木上的鳥兒一般，埋在自家沙發裡悠閒地度過。一定要說做了什麼事，那就是整理藏書吧。原本我每次回日本都只是待一陣子，帶的行李幾乎都那個樣。但現在為了治療，在東京也找好了臨時居住地、裡面也有書架，所以就想到藉這機會選一些想要重新閱讀、或者之後準備閱讀的書籍搬過去。雖然都是挑過的書籍，但也裝了八箱紙箱。

藏書裡面有些是身為編輯的父親的遺物。父親因為工作關係擁有相當大量的書籍，因為家裡沒法保管，大部分都在他過世時處理掉了。但是父親書架上有一排是特別標了膠帶、上面親手寫著「要永久保存」。只有這堆書我是不敢輕忽、慎重承接下來，帶到紐約。這塊「永久保存」的欄位沒有他自己作為編輯製作的文學作品，而是與他嗜好有關的鄉土玩具、佛像等相關書籍，還有電影相關書籍、保田與重郎著作等等。幾乎都是二戰前的出版品，父親在生前相當寶貝、反覆研讀。

或許受到父親影響，我從以前就很喜歡看書。最近我前往位於谷中的藝廊「SCAI THE BATHHOUSE」，也是順道去了斜對面的古書店「木菟」，翻找到詩人吉田一穗的隨筆集《桃花村》買回家。我記得田中泯熱愛閱讀這本書，過去他在山梨山村與農業夥伴創立的團體，就是借用了這本書名取名為「桃花村舞蹈團」。原本「桃花村」這個地名並不存在，是田中泯自己用這個名字稱呼所居住的村落。

近年我還有份與書本有關的重要工作，就是在編輯伊藤總研的協力下，於《婦人畫報》雜誌連載的「坂本圖書」。這個計畫是從我的藏書當中挑選書籍，從古典到新書，伴隨著作者介紹談論我當時關心的話題。第一回選了羅伯特・布列松（Robert Bresson）的《電影書寫札記》（*Notes sur le cinématographe*）。連載期間也曾按照我的願望請到漫畫家安彥良和對談。安彥比我大五歲，與我同樣屬於學運世代，現在從古代史與近現代史兩方面創作著以日本與東亞的關係為題目的漫畫作品，非常有趣。透過對談也讓我確認，我們雙方都共同懷有「這個國家到底在哪裡做錯了？」這樣的問題意識。

連載當中印象特別深刻的是第十三回談的尼古拉・聶甫斯基（Nikolai Nevsky）著作《月亮與永生》（月と不死）。聶甫斯基十九世紀末生於俄羅斯，年輕時留學日本，與柳田國男、折口信夫成為莫逆之交，之後他拜師柳田，自己也成為民俗學者、語言學者，投身研究阿伊努語及宮古島方言。這本書是由他對日本各地信仰、神話、習俗的調查成果整理而成。聶甫斯基的聽覺比平常人更加敏銳，有許多與方言相關的論文著作。

那麼，為什麼月亮會與永生有關呢？一般人們是把太陽當作生命的象徵、月亮反而會被連結到死亡上面。可是聶甫斯基根據宮古群島以月亮比喻女性、太陽比喻男性的傳說，將月亮那種晦暗而有點冰冷的印象翻轉過來，賦與它生命創生地的正面定義。額外再多說一點，聶甫斯基在日本住了約十四年以後回到經歷社會主義革命變成蘇聯的母國，在教日語維生的同時也著手研究十六世紀消失的西藏圈語言「西夏語」。但是幾年以後，他留學時於北海道結識而成為妻子的磯子帶著女兒來蘇聯找他時，當時的政權懷疑她是日本間諜，夫妻兩人都被處死，二十年後隨著史達林遭到批判，聶甫斯基夫婦才獲得平反。真是一件悲劇。

在不久的將來，我決定把這些珍視閱讀過的一部分藏書在東京都內某處設一個小空間做展示，名字就跟連載一樣取做「坂本圖書」。雖然不求像我爸那樣「永久保存」，但如果能像街坊的二手書店那樣成為書與人往來的場所就好了。附帶一提，當我又為了治療從成天與書為伍的紐約回到東京時，看病的醫院久違地幫我做了腫瘤標記檢查，驚訝地發現指數降低了。負責的醫師歪著頭疑惑說：「這想必是待在紐約的效應吧。會不會我們都別做什麼反而比較好呢？」我在想，會不會是我住家帶有什麼類似酵母菌的東西，對身體有什麼益處呢？真是不可思議。

最後的鋼琴獨奏

回到日本以後，MR計畫的製作人托德囑託：「為了明年的上映，希望能創造你專屬的香品。」於是我透過緒方慎一郎的指引來到京都的香品老店「松榮堂」，按照自己的想像調製香品。我從二十多種素材當中，純粹靠著嗅覺選出喜歡的八種，再詳細調整各素材的比例。因為這是要成為代表自己被人所記得的香氣，我花了好幾個小時非常認真地挑選。

九月底我與訪日的BTS防彈少年團成員SUGA見面。他已經是不用再多做介紹的世界頂級偶像了，但談起話來就發現是位不帶一絲驕傲的有為青年，非常誠摯地投身音樂活動。SUGA隨時都思考著音樂的事情，讓人好奇他是不是都沒有其他嗜好呢？聽SUGA說，他就是在十二歲時被爸媽帶去劇院看了重新上映的《末代皇帝》，才開始關注音樂的。也因為如此，才很希望能夠和我見面。雖然我們基本上只是非正式見面閒聊而已，但因為有拍攝SUGA紀錄片的攝影團隊在現場拍，以後可能會有收錄對談片段的影片作品吧。後來我接受SUGA的請託，為他的個人單曲〈Snooze〉演奏鋼琴，錄製了音軌給他。

接著在這之前的九月上旬到中旬，有件非常重要的大工作：拍攝「Playing the Piano 2022」。雖然二〇年底直播的鋼琴獨奏受到一些人讚賞，但那是我在身心都最糟糕的狀況下進行，自己還是抱有不小的缺憾。此外視覺呈現方面也沒有達成滿意的結果，如果那場成為最後一場實在太不甘心了。所以這場獨奏計畫是希望在我還能竭力彈出水準足夠滿意的鋼琴時，留下值得遺留給未來的演奏身影。錄影場地借了我覺得是全日本聲響效果最好的ＮＨＫ廣播電視中心的５０９錄音室。導演為人還滿嚴謹，為了多花點時間準備拍攝作業，讓我在很前期的籌備階段就能擬定演奏曲單。演出整體的架構是根據iPhone錄製的臨時音檔，以一天從白天到晚上的時間流動為概念去排列曲順。連畫面分鏡都詳細準備好，每一首樂曲的燈光照明與攝影機位置都會有很大的變動。

光是參與的工作人員就高達三十位，使用三台４Ｋ解析度的攝影機攝影。我自己抱著這可能是最後一次用這種形式演奏給大家看的緊張心情，很慎重地一天只拍攝幾首。曲單也包含了如〈The Wuthering Heights〉（1992）、〈Ichimei–Small Happiness〉（2011）等首次以鋼琴獨奏形式彈奏的樂曲。〈Tong Poo〉則是首次以如此緩慢的速度彈奏。從這個意義來說，雖然號稱是最後一次，但或許也可以說來到了新的境界。

其實對於現在的我來說，一天光是認真彈奏幾首曲子就已經很吃力了，雖然對於長時間支持我的粉絲們感到很抱歉，但我確實已經沒有現場演出完整音樂會的體力了。這場鋼琴獨奏會先在十二月播出收錄十三首曲子的線上直播版，未來戲院也會上映ＮＨＫ節目中簡短播放過、收錄全部二十首樂曲的長篇剪輯音樂會電影《Ryuichi Sakamoto Opus》。因為這確實是相當耗費精力，在攝影結束之後我大概有一個月算是氣虛吧，身體狀況一直非常低落。不過在死前能夠留下自己可以接受的演奏紀錄，算是鬆了一口氣。

再來，我借用同樣位於澀谷的Bunkamura錄音室，錄製了〈Sonate pour Violon et Piano〉（1971）與〈Quatuor à Cordes〉（1972），這二首分別是我在東京藝術大學一年級與二年級學年結束時寫的作品。雖然是年輕時代的作品，但既然樂譜還留著，我就希望能在自己還活著時好好留下錄音紀錄。二首的難度都非常高，高到我都很好奇以前是怎麼彈出來的，然而我力有未逮，於是我委託熟識的中提琴演奏家安達真理，集結日本最頂尖的演奏家們，花了二天錄製好成品。

我先前對最近的藝術大學學生曾表達過不滿，不過優秀的人就是很優秀呀。以前大家都覺得日本的管弦樂團水準很低，但現在技術有長足的進步，達到在國外表演也不會丟臉的程度。現代樂也是。六〇年代辛那奇斯（Iannis Xenakis）為高橋悠治所寫的樂曲〈Herma〉，當時被認為是全世界只有悠治能夠彈出來的高難度樂曲，但現在我想已經有幾十位鋼琴家演奏過了。〈Sonate pour Violon et Piano〉是小提琴奏鳴曲、〈Quatuor à Cordes〉是弦樂四重奏樂曲，五十年前寫的樂曲，能夠請到世界級的年輕演奏家彈奏，我感到非常高興。

《12》

花了那麼長的時間回顧我在《音樂使人自由》之後的活動，終於到達最後一個項目。二〇二三年一月十七日，我在七十一歲生日當天發行了新專輯。二一年初動了大手術、結束長期住院回到東京臨時住處的我，體力或多或少恢復了一些，於是開始試著去彈弄電子合成器。並沒有想要創作些什麼，只是希望沉浸在聲響裡面而已。那是三月十日的事情。之後我也三不五時摸摸合成器與鋼琴的鍵盤，像是記日記一般記錄下一些草稿（sketch）。

慢慢地，我覺得這些累積的錄音好像可以整理成一張專輯了。於是我挑選出自己中意的樂曲，一共十二首。曲名都簡單地標為錄音日期，從〈20210310〉到〈20220304〉，成為約莫一年的紀錄。到了要發行時必須想想封面設計，伴侶建議我鼓起勇氣向李禹煥老師提出請求，我一開始還婉拒了：「這還是太不好意思啦」，不過後來又覺得李老師自《async》以來就一直賦與我重要靈感，至少讓他聽聽作品也好。所以我寄了經過初步混音的音檔過去，說：「如果您聽了有任何感受的話，能否提供作品給我呢？即使是已經發表過的作品也可以。」沒想到他一口答應說：「我很樂意畫一幅新作唷。」

剛好我提出囑託的時候是二〇二二年秋天，在乃木坂的國立新美術館舉辦李老師的大規模個展作為開館十五週年紀念企畫。我榮獲在休館日特別入場的機會，由李老師本人親自導覽著走過整個展場，度過無比幸福的一段時光。李老師當場突然將一幅畫交給我說：「請你收下這張圖畫吧。」我想說這就是為我畫的專輯封面了吧，便萬分感謝地拜收下來，時不時就望著畫看。後來李老師與我聯絡才知道，原來這張畫不是專輯封面用的作品，「這幅畫是為了傳送能量給你的。」這也讓我大為感動。大約十天之後老師送來另一張圖畫，上頭用綠色與紅色的線條畫出有如河川一般的圖樣，非常棒的作品。

這張專輯一開始本來要叫做《12 sketches》，但伴侶建議把「sketches」去掉，變成《12》。樂曲總數十二首是純屬巧合，但這個數字可說象徵著我近年來持續探討的「時間」這個概念。一年有十二個月、時鐘的數字也是一到十二，東方的時間又有所謂的十二時辰。雖然我們平常生活都是用十進位，但好像只有在辨識時間時使用十二進位呢。原本古羅馬的「羅穆盧斯曆」是將一年分為十個月，但後來的「努瑪曆」又特別改為十二個月呢……雖然是可以像這樣事後諸葛地嘗試給出各種解釋，但這張專輯與我過去發表的原創專輯不同，基本上沒有根據任何明確固定的概念去製作。不過就是把閒來無事彈彈合成器與鋼琴錄下的音軌整理成一張專輯而已，再沒有其他的意涵了。但是，如今的我覺得這樣不經過任何處理，原汁原味的音樂很好。

那麼，我的故事就暫且在此結束。

Ars longa, vita brevis.（藝術千秋，人生朝露）

代後記

鈴木正文

1

我與坂本龍一最後一次見面，是在二〇二三年三月八日，當時我還不知道這會是最後一面。在這二十天之後的三月二十八日凌晨，坂本就過世了。

三月八日的前一晚正是滿月。

我想到明天就要與坂本見面，抬頭仰望市中心晴朗的夜空，看見一輪皎潔的滿月。這時我想起來，還沒買支能顯示月相的手錶呀。

構成本書主要內容的、在雜誌《新潮》上連載的「我還能再看到幾次滿月？」是從二〇二二年六月七日發售的二二年七月號開始，一直連載至翌年二三年一月七日發售的同年二月號，共分為八回刊載完結。為最後一回內容所做的訪談是二二年十月十二日，開始進行訪談取材的日期，則是同年的二月二日。

前一年、也就是二〇二一年的十二月二十三日，就在拚命進行著簡直可稱得上暴力的程度、似乎連新冠疫情也不怕的「都市再開發」的澀谷車站附近、一棟剛建成不久的超高層建築物裡面，六位連載關聯人士為了初次會面討論而齊聚在某間飯店的酒廊包廂裡。這六人當中，有二位是坂本長年以來的經紀人，其他則有《新潮》主編矢野優與其編輯部的杉山達哉、透過雜誌《婦人畫報》等管道持續對外傳達坂本「近況」的編輯伊藤總研，還有為二〇〇九年打著「坂本龍一第一本正式自傳」刊行的《音樂使人自由》擔任基本內容採訪人的我。我們在現場決定了，將承接《音樂使人自由》的形式，由坂本龍一親自講述的話語整理成「接續的自傳」在《新潮》上面連載，由我擔任採訪人。

營運坂本為日本聽眾成立的音樂廠牌的唱片公司「愛貝克思」在二一年一月二十一日就宣布過坂

本已接受直腸癌手術、手術順利，今後將如坂本所言：「在治療的同時盡可能持續工作下去」。同時也傳達坂本本人的談話：「我希望能再多擁有一點時間作音樂，還請大家多多關照」。因此，在場的每一位編輯人員都算是已經得知他正在治療癌症當中。但是我們都不知道，用「再多擁有一點時間」這種措辭，背後的事態究竟有多嚴重、以及坂本在如此狀態下堅決的心境。

在討論會上，我們才從經紀人員口中得知，一月動的手術難度極高，時間長達二十個小時，而且坂本在此之後仍然持續著對抗癌症與手術。自最初章節開始，可以在本書當中隨處窺見坂本艱困的狀況。尤其在一月大手術之後，身心皆受重創的坂本在病房裡不意喃喃說出：「我還能再看到幾次滿月？」這句話出自坂本負責配樂的一九九〇年電影《遮蔽的天空》（柏納多・貝托魯奇導演），是在電影最後登場的原作者保羅・鮑爾斯，彷彿旁白般講述的話語當中的一句。

這句呢喃也成為連載的、以及本書的標題。就在它被轉述出來的那一刻，就深深抓住了我們的心。

電影裡，由黛博拉・溫姬（Debra Winger）飾演的主角凱特迷失在摩洛哥近郊，走入一間咖啡店，見到了鮑爾斯。鮑爾斯問她：「妳迷路了嗎？」女子回答：「是的。」鮑爾斯便不帶情緒起伏地唸出他在一九四九年電影同名小說的以下部分：

> 因為不知道自己何時會死，所以我們會將生命想成是取之不盡的泉水。然而，每件事不會發生無限次，實際上發生的次數非常少。你還會再憶起多少次你童年的某個午後？某個占據你生命最深刻的關鍵之處、化為你如今一部分自我的午後，甚至無法想像如果沒有那個午後，你的人生會變什麼樣？也許四到五次吧。不，可能還會更少。你還會看到多少次滿月升起

呢？也許二十次。然而我們卻以為這一切彷彿會發生無限次。[1]

（"Because we don't know when we will die, we get to think of life as an inexhaustible well. Yet everything happens only a certain number of times, and a very small number really. How many more times will you remember a certain afternoon of your childhood, some afternoon that's so deeply a part of your being that you can't even conceive of your life without it? Perhaps four or five times more. Perhaps not even that. How many more times will you watch the full moon rise? Perhaps twenty. And yet it all seems limitless."）

迷失在東京病房裡的坂本，反覆咀嚼著鮑爾斯的這段話。

夜晚讓照亮天空的滿月升起、白天讓彰顯刺眼藍天的太陽升起，彷彿一張薄膜般保護著我們的遮蔽的天空，坂本凝視著在那背後蔓延的黑暗——。

二〇二一年一月的滿月是發生在二十九日，正是手術後的時期。根據氣象紀錄，當天天氣晴朗。從這天算起、一直到二〇二三年三月七日的每一次滿月夜晚，如果東京都是晴天無雲的話，理論上坂本有機會看到二十七次滿月。實際上，他究竟看了幾次呢——？

無論如何，就在坂本能夠見到的最後一次滿月之夜的隔天，我就在東京市中心的飯店見了他。時間約在午後二點半。

1 此處依據鈴木正文譯文翻譯。

2

坂本寫了大量仿若筆記一般的日記，有時是手寫、有時是用電腦或iPhone打字。在坂本逝世快一個月的時候，我從家屬那收到了這些日記的列印文件。

文件裡摘選了從「20210131」（二〇二一年一月三十一日）到「20220923」（二〇二二年九月二十三日）期間，大約十七天份量的日記。

最早的一天是「20210131」（二〇二一年一月三十一日），是坂本在大手術之後頻繁遭受譫妄襲擾的時期。這天他在病房裡打字留下這二句話。一句是自問：「在這種狀態時，我的感覺如何？我的思想如何？我的音樂如何？」另一句則是虛無的獨白：「什麼都沒有，什麼都聽不見。什麼話都不想說。」

即使意識在混濁與清明之間浮游往返，坂本依舊質疑著（用康德式的說法就是）「意識著我自身的我」，透過文句將其化為客體。坂本明晰的精神在如此殘酷的疾病當中，更是豐沛地運作著。實在讓人感動不已。

在五天後的二月五日（20210205），則有二句手書的、彷佛音樂般的話語。一句是：「影子與光的細微動態」，第二句是：「無論在任何醜陋的都會裡、抑或在自然當中，世界最美麗的時刻，黎明。」

身處市中心的醫院、而且應該是在高樓層的病房裡，坂本的心靈被「影子與光的細微動態」所打動，從化為「醜陋都會」的東京市病房窗戶望出去，坂本的心靈被冬天美麗清晨的「黎明」所感動。「影子與光的細微動態」與「美麗的黎明」都是在空間中發生的現象。但是從另一方面來看，這是將流動於空間當中的時間化為意識，也就是一種時間意識。如果說音樂是時間的藝術，那麼在此當中就存在著音樂性質的意識碎片。

然後，在二天後的二月七日（20210207）日記裡，出現了具體的音樂曲名。

第一首是「Roy Clark “Yesterday When I Was Young”」，接下來是「“La Strada”」、再來是「“My Mister” Sondia」，再過來是「“Verdi è morto”」共四首，後面加上一句話：「ＢＢ在最後時光縈繞心中的音樂是什麼？」

坂本無意間聽見美國鄉村西部歌手羅伊·克拉克演唱〈Yesterday, When I Was Young〉時的感受正如本書二十三頁所述，在此不再贅述。其他三首或可加上若干註釋，它們都與電影（或連續劇）相關。〈La Strada〉是費德里柯·費里尼執導的一九五四年電影（中文片名為《大路》），由尼諾·羅塔（Nino Rota）撰寫的電影同名主題曲。《My Mister》是二〇一八年韓劇（中文片名《我的大叔》）原聲帶當中由「Sondia」演唱的〈大人〉（어른；Grown Ups）。〈Verdi è morto〉是一九七六年公開、柏納多·貝托魯奇導演的電影大作《一九〇〇》電影原聲帶當中，由顏尼歐·莫利克奈（Ennio Morricone）創作的作品。而以「ＢＢ……」開頭的句子裡的「ＢＢ」就是柏納多·貝托魯奇。

一九八七年《末代皇帝》、一九九〇年《遮蔽的天空》，以及一九九三年的《小活佛》，坂本透過參與這一系列作品而建立起深厚友誼的貝托魯奇，於二〇一八年因為癌症於羅馬住家逝世，享壽七十七歲。坂本想著ＢＢ在最後時光縈繞心中的音樂，是否也投射著對自己音樂的意念呢——？

在坂本最後的生日、二〇二三年一月十七日發售的《12》，是他最後一張原創專輯。裡面所收錄的樂曲當中日期最早的一曲是「20210310」，這個作為曲名的數字（日期），表示這首是在二〇二一年三月十日所創作。在二月七日的近一個月之後，這首充斥宇宙一般音景的樂曲，就從坂本演奏的電子合成器當中流瀉出來。自重大手術生還之後還不到兩個月，坂本已經奪回音樂了，這非常寶貴。

以下按照日記的日期順序，不帶評論照實列出十七則撰文剩下的十四則，相信可以窺見坂本最後日子裡心境的變化吧——。

＊＊＊

（20210512）以前的人出生時，周遭的人們都會歡笑；當人死掉時，周遭的人們都會哭泣。在未來，生命與存在會愈來愈不重要吧。生命會愈來愈淪為被操縱的對象吧。很幸運不用看到這樣的世界就死去。

（20210731）執迷於追求更高、更快而彼此競爭，這已經非常近似優生思想了。希望社會不要以此為目標。

（20211028）（手寫筆記）撰寫凝視人類滅亡與自身死亡的樂曲／想要觀賞、閱讀一些強烈的東西，一些彷彿會用力刺入心中的東西。試著讀讀安吾。雖然有些部分的確有力，但還不夠／想看看米開朗基羅的西斯汀小堂。

（20211121）推倒牆壁！

（20211221）聽莫札特，音樂的平衡感回來了。同時也感覺怪怪的，像是非常遙遠的音樂。好像非～常遠的感覺。但也覺得這就是音樂的基本呀。

（20211224）現在想聽些什麼？

（20211227）當大家的自我都消失時，就能有好的演奏。

（20220129）看著夕陽，發現雲朵在緩慢移動。東京有多少人正看著這景象呢？／雲的移動有如沒有聲音的音樂一般。

（20220320）音樂對我來說就是山頂的茶亭／再怎麼疲累，只要看到它就會加快腳步，吃過飯糰，登山後半段也有體力。

（20220321）第九既野蠻也高貴。

（20220418）事已至此，我已經做好接受任何命運的準備了。

（20220616）到紐約／失眠夜／美麗的早晨

（20220807）《夏日之戀》（*Jules et Jim*）很棒。想讀讀阿波里奈爾的小說。同時也想讀《徒然草》。

（20220923）沒有舊書我會活不下去／我也喜歡交通護欄。

＊　＊　＊

這樣謄寫著，我心中湧現一股莫名的感情……

然後，在撰寫這篇原稿期間，我也收到家屬的訊息，指示坂本「日記」從二二年十月起，一直到最後的最後二三年三月二十六日，有哪些記述可以對讀者公開。以下就從其中挑選數則附記於此。

＊　＊　＊

（20221001）活著好麻煩。

（20221115）夜、喪失、興奮、混淆。

（20221224）SUGA piece done. ／看Jarmusch的《Paterson》／對Frank O'Hara、William Carlos Williams有興趣。

（20230101）馬雅可夫斯基的想像力非比尋常。

（20230101）七十一歲　又多活了一年啊……／讀井筒俊彥。

（20230218）看ＮＨＫ幸宏的節目錄影／唷！Rydeen怎麼聽起來變這麼悲傷的樂曲啦！

（20230221）與李（禹煥）老師通電話，要我調適呼吸。

（20230306）vote了奧斯卡獎的票。

（20230311）三一一大災害之後十二年／有這麼多

發電方式／卻選擇其中最危險又未完成的核能發電技術，真是愚蠢。

（20230316）音樂　滿月

（20230324）沒精神

（20230326）0545 36.7／BP 115-80／SPO 97

3

回到二〇二三年三月八日午後二點半。

自前一年十月十二日做完為《新潮》連載最後一回內容的訪談之後，我又在市中心某飯店的房間裡再次見到坂本。

這次會面的開端，是二月中收到伊藤總研的電子郵件，寫說希望能請我與坂本對談，由他做紀錄。

自二〇一八年至二二年的四年間於雜誌《婦人畫報》刊載三十六回的連載「坂本圖書」，就是由伊藤擔任編輯，這陣子他正與坂本討論集結連載出版單行本的計畫。但光是連載的原稿，份量要成書有點不夠，因此希望安排坂本與我對談，主題是坂本自連載結束後到這時的讀書生活，將對談內容作為《坂本圖書》的追加企畫。

另一方面，我也在二月八日收到坂本的一封電子郵件。

信件以「最近好嗎？」的問候開場，接著寫到：「你讀過永井荷風的《荷風の東京散策記》（日和下駄）嗎？這本書是荷風在大正三年至四年寫的東京市內散步筆記，對已經毀去或正在毀壞的東京市景發出感慨。讓人追思起我們不曾見過的舊時東京。」

我沒讀過《荷風の東京散策記》，連忙上亞馬遜網站買來，馬上丟下一切事務閱讀。我將感想寫成電子郵件發給坂本，後來兩人又談了算是荷風師父的森鷗外、從鷗外居住的千駄木町「觀潮樓」看出去應該能看到古早以前的東京灣等等話題，郵件往來持續了好一陣子。這件事或許成為此次「對談」企畫的靈感吧。

先不管這次會面算不算「對談」，能夠獲知坂本最新的讀書經驗，對讀者來說就是大大有益了吧。我抱著不是擔任對談者而是採訪者的態度接受了這場邀約。與坂本再次相會交談的機會，就這樣幸運而意外地到來了。

睽違五個月再次見到的坂本，鼻孔上插著透明的導管，靜靜坐在飯店房間的沙發上。這個景象已經表明了坂本處於缺氧的狀態。我與伊藤進到房間，不去提及導管的事，各自對坂本「若無其事地」打招呼。坂本比之前又多少瘦了些，露出柔和的笑容回應我們，請我們盡快就坐。

坂本的口齒只有在最初幾分鐘稍微有點不清，但語調則從一開始就十分穩定，捲舌也很清晰，講話音量逐漸放大。然後一如過往，他在尋找詞彙表現時的眼神蘊藏著毋庸置疑的理智之光，其銳氣足以使人畏懼。我們在房間裡待了超過整整二小時，坂本不單談了最近閱讀的書籍、感興趣的內容，也很愉快地講述與舊書共度時光有多麼地幸福，可以從話語中聽出深深的滿足感。

我們在場談了些什麼呢？這只能請大家看未來會整理成書的《坂本圖書》了。不過我想起碼可以在此介紹一下，對談前先請坂本列舉的十本「這幾年教授珍重閱讀的書籍」清單的書名與作者名。雖然當天談話沒有談到所有書籍，但我想或許可以藉此讓大家想像坂本最後的日子裡的讀書生活以及一部分精神狀況。所以——

《意識與本質》（意識と本質，井筒俊彥）、《老子道德經》（井筒俊彥）、《莊子》（「中國的思想XII」 松枝茂夫＋竹內好監修　岸陽子翻譯）、《行人》（夏目漱石）、《夷齋風雅》（石川淳）、《荷風の東京散策記》（永井荷風）、《無門關》（西村惠信譯註）、《暗示》（黙示，富澤赤黃男）、《鷗外近代小說集第二

卷》（森鷗外）、《因為荒謬，所以信仰》（不合理ゆえに吾信ず，埴谷雄高）

何等旺盛的精神活動啊！

我們道別離去時，已經超過下午五點好一段時間了。坂本坐在我們到場時看到的同一座沙發上的同樣位置，對著離開房間的我們露出天真無邪的笑容揮手送別。當我為帶上房門而回頭看時，坂本仍在揮著手。這就是我見到坂本的最後一面。

當天晚上，一封電子郵件進到我的「收件匣」：

阿鈴，

謝謝你今天來。

一如往常非常開心。

找機會務必再見。

坂本龍一

坂本習慣稱我為「阿鈴」。這封信的收信時間是晚上九點三十四分。約莫二小時後的晚上十一點四十六分，又有一封信件彷彿是補充一般寄達。內容是這樣：

阿鈴，

剛剛我忘了說，俳句作家富澤赤黃男的代表作是：

「蝴蝶墜，其聲轟隆，冰凍時。」（蝶墜ちて大音響の　結氷期）

我覺得非常棒。

太驚人了。

坂本龍一

這是我收到最後一封來自坂本的電子郵件。二十天後——，不是蝴蝶，而是坂本墜落了。

4

坂本為本書主要內容的《新潮》連載文稿校訂

完畢，是在二〇二二年十二月十三日。這天，坂本正因為非癌症的原因而住院中，住院日期是十二月二日。

那天早上，坂本的身體狀況不差。即將於二三年一月十七日、也是他七十一歲生日當天發行的第十七張原創專輯《12》，正在製作三百六十度環場的沉浸音響混音，那時他為了確認音響效果，久違地前往港區乃木坂的索尼錄音室。坂本在錄音室裡仔細確認過混音音響，吃過麻花與煎餅，精神奕奕地回到家。

但是，稍晚，坂本卻說他肚子疼痛異常，傍晚就送急診，發現是因為十二指腸潰瘍穿孔引發腹膜炎。這也表示，他的精神壓力已經大到足以讓十二指腸穿孔了。所幸動過手術之後奇蹟似地快速復原，十五日就出院了。但是即使出了院，仍需要持續追蹤病狀，也有工作要繼續進行，還有每年十二月家族的例行活動要幫忙，依舊諸事繁忙沒有休息。

年底按照每年慣例，整個家族前往伊豆溫泉旅行住了三晚。讓人忍不住想，他或許希望能好好度過最後一次跨年吧。

但是就在剛過年的一月二日，坂本就得了肺炎。而且年末才在除夕夜得知，從YMO時代起一直互為知己的朋友高橋幸宏罹患嚴重的肺炎。「不知誰會先走……」當時坂本呢喃著。

一月十一日，當坂本率先獲知幸宏逝世的消息時，據聞他說了：「幸宏，對不起，我還要再拚一下。」

自前一年以來，坂本好幾次想去見幸宏，但每次都剛好因為他們其中一位身體不適而未能得見，最終二人就在沒能見上一面的情況下永別了。在坂本那句「再拚一下」的背後，是對於當時熟人介紹的免疫治療法的期待。一月十三日進行第一次治療時，據悉坂本直直盯著醫生的臉說：「我感覺非常有希望。」坂本在翌日十四日的「日記」裡寫到：「想到自己活過來了，就興奮地整晚睡不著。」

雖然如此，坂本肺部狀態一直沒有改善，變得難以呼吸，開始採用氧療，在家時鼻子要一直插著導管。不過身體狀況據他說是比較穩定了。然後在一月三十日，坂本終於如願以償，吃到壽司店「荒木」的壽司。

「荒木」的店長荒木水都弘是位壽司名人，於二〇一〇年在銀座開業後，連續二年獲得米其林三星評等，後來一四年店舖搬到倫敦，同樣獲得三星評等，一九年將倫敦店舖交給徒弟經營，然後又在香港開店。坂本非常敬愛荒木，當荒木到倫敦開業時，坂本還特別致贈他一塊櫃台用的木板。坂本曾說過：「死前想再吃一次『荒木』的壽司。」這位荒木特地聯繫道：「如果坂本的狀態還能夠進食的話，我希望為他作壽司。」僅僅為了坂本一人，荒木臨時借用了店舖，於一月三十日特別為坂本準備了壽司。

坂本說：「份量做少一點」，把所有菜餚都吃了一遍。這是坂本最後一次吃外食。

5

到了二月，開始需要隨時配戴氧療導管，再加上轉移至肝臟的癌細胞被切除之後，也得插導管吸除傷口上的化膿，需要長時間插著好幾支導管躺著。即使如此，坂本仍積極地觀賞電影、看書、施行免疫治療。

接案的工作也持續進行中。坂本身為「109 CINEMAS PREMIUM 新宿」電影院的音響監修，為了前去檢查影院音響環境，請人理了頭髮、買輪椅來準備外出，一刻也沒閒著。在三月八日與我會面之前，坂本的免疫治療出現成效，腫瘤標記指數顯著降低，癌症的狀態已經可說持續獲得成功控制，讓人看到希望。但是即使如此，坂本的身體無疑地迅速衰弱，止不住日益消瘦的趨勢。

但是，就算在這種情況下，坂本還是持續進行該辦的事。

首先，坂本針對東京都在二月核可的明治神宮外苑地區再開發計畫，寫信給都知事小池百合子，當中寫到：「不該為了眼前的經濟利益，犧牲先人花費百年守護、養育起來，寶貴的神宮樹木」，請求東京都能重新審視再開發計畫。

部分的採伐許可是於二月二十八日核發，信件則於三月三日送達，在三月十七日的定期記者會當中，知事確定已經收到坂本的信，各報章雜誌也開始報導這項再開發計畫所蘊含的問題。依照東京都的計畫，將會有包含樹齡超過一百年的三千棵樹遭到砍伐。即使其中一部分會移植出去、同時也會種植新的樹木，但是整個地區不單會新建設高層／超高層商業大樓，那些挺過歷史風霜、保有令人懷念的舊日風情的神宮球場、秩父宮橄欖球場也都將拆除重建，甚至連開放給民眾的軟式棒球場、打擊練習場、高爾夫練習場等公共設施都會消失，改由具排他性的會員制網球俱樂部獨家擁有全部場地。對於這些抹煞歷史的舉動，熱愛閱讀《荷風の東京散策記》也是環保運動人士的坂本絶對不會坐視不管。

另一方面，坂本還為大友良英與小山田圭吾四月八日即將在東京御茶之水舉辦的即興演奏音樂會（已經表演完畢）提供樂曲錄音。這是坂本對二位音樂家的友情與敬意使然。

二〇二二年十一月，紀念坂本七十歲的專輯《A Tribute to Ryuichi Sakamoto: To the Moon and Back》發售，裡面蒐羅了世界各地敬愛坂本的藝術家，各自選了一首坂本的作品進行「再形塑」（remodel），小山田、大友、Alva Noto、大衛・席維安、克里斯汀・凡尼希等人均有參加。此外，坂本療養癌症期間，他在J-WAVE兩個月一次的廣播節目「RADIO SAKAMOTO」改由許多人士輪番代班主持，其中二三年一月一日午夜十二點的這一集，就是由小山田擔任主持人、大友擔任節目來賓。這些都是坂本如此舉動的原委。

此外還有件事必須一提。小山田因為小學時對智能障礙的轉學生犯下了「霸凌」的行為，連同錯誤的資訊被報導出來，因此辭去原本參與的東京奧運開幕典禮樂曲製作工作，後來也發表對於霸凌問題的致歉聲明。看到這一連串的紛紛擾擾，坂本提供樂曲錄音的舉動，也許可以視為這是坂本在具體表明對於他的未來仍抱有期待。或許正因為坂本已經強烈預感自己將不久於人世，才不能對小山田遭遇的困境棄之不顧吧。

無論如何，坂本於三月十四、十五、十六日錄製了約二十分鐘的樂曲音檔，於三月十六日交給二位，說：「你們要使用也好，不使用也罷。使用的話可以切成碎片，怎麼用都好，隨你們自由處理囉。」這是坂本最後的音樂錄音。

翌日三月十七日前往施行免疫治療，確認數值確實轉好。

三月十九日突然發生異狀，坂本在家中吃完晚飯、照常就寢，半夜卻表示呼吸困難，遵照醫師指示緊急送醫。

原來坂本發生氣胸。醫院隨即急救，治好了呼吸困難的症狀。這一連串從深夜的異狀、送醫，然後受處置而獲救的經過，坂本在三月二十日的「日記」裡略帶幽默地這樣寫著：

> 一點左右，我呼吸愈來愈困難、汗如雨下，渾身發熱。量測血氧濃度，只有六十到七十左右，開始變得無法呼吸。叫救護車。送急診。照X光、電腦斷層掃描。是氣胸，肺部開孔，空氣外洩。急救方式是在胸膛開洞，將空氣排出體外，然後做引流。開洞之後呼吸一下就變得比較順暢。得救了。我渾身都開了孔哩。

所幸後來身體在幾天內就這樣穩定下來。但是到了三月二十三日坂本對家人表示希望他們前來看護：「拜託你們一定要來」。醫師發現坂本肺部狀態不佳，允許家人陪伴看護。

另一方面，坂本自己身為代表兼音樂總監的「東北青年管弦樂團」於三月二十一日在岩手、二十三日在福島、二十四日在宮城、二十六日在東京連續演出，坂本在病房裡遠距觀看了每一場表演，還在樂團排練時給予必要的指導，打著點滴、透過訊息app發訊——。

二十六日東京公演的線上直播，坂本躺在病床上透過手機畫面即時收看，發生了這樣的事。

當吉永小百合伴隨著東北青年管弦樂團演奏的〈Kizuna World〉，開始朗讀起三一一地震時還是小學五年生的宮城縣男生菊田心撰寫的詩作《謝謝》，躺著的坂本像是揮舞著看不見的指揮棒一般，右手在空中揮舞著。詩句的開場是：「謝謝你們送的文具／鉛筆、量角器、圓規，我會好好珍惜。」少年對全國各地的捐助物品一一致謝：「花苗」、「竹輪」、「餅乾」、「參考書」、「圖書券」、「炒麵」、「教室的風扇」、「加油的話」等等。詩的結尾是這樣：「最後／謝謝你們找到爺爺／讓我能向他說再見。」在朗讀到「最後……」時，隨著樂曲揮舞的右手停了下來，當吉永唸出「讓我能向他說再見」時，坂本將這隻手貼住左胸說道：「太感人了……我忍不住了……」便嗚嗚咽咽地失聲慟哭。這，或許是坂本「指揮」的最後一首音樂——

三月二十五日與二十六日，坂本還有另一件「工作」。二〇二一年於中國北京的美術館「M WOODS」舉辦的、囊括坂本過去超過二十年的美術作品及聲音裝置藝術的大規模作品展，計畫將於二三年七月在中國成都再次舉辦，坂本就這個展覽與高谷史郎遠距討論。

坂本的生命就在三月二十八日的黎明走到終點。即使他不知道將會如此，也有著自己來日無多的自覺。或許正因如此，坂本沒有將最後的生命能量用來維持自己的生命，卻毫不吝惜地運用在其他的事物上面。

不，也許反而應該說，這正是他在維持著自己的生命。

6

所謂的安寧療護是從二十五日開始。當天上

午，坂本與他的主治醫師們一一握手道謝：「真的受到你們很多照顧，非常謝謝你們。」並以平穩的語氣說：「希望治療就到此為止，麻煩各位了。」

接著，坂本確認了曲目清單，也就是當那一刻來臨，舉行坂本的葬禮時現場要播放的曲目（Funeral Playlist）。他順著事前建好的清單一首一首聽下去，還是有些曲子被他判斷不合適而被刷掉。那毫不鬆懈的明確意志，依然健在。

此外，病房牆上面對病床掛著的畫，二十七日依照坂本本人的意願，換成李禹煥老師為了專輯《12》特別繪製的封面原畫。合適的物品被放在合適的地方了。

坂本自己要求步入安寧療護。令我想起了二則他感同身受而說過的故事——

一九九五年十一月，七十歲的吉爾．德勒茲長年受氣喘所苦，得靠氧氣機度日，因為自己的身體已經無法繼續工作，為了自己了結自己的生命，從巴黎的公寓住家窗子一躍而下；還有二〇二二年九月，九十一歲的高達接受瑞士的安樂死協助組織「EXIT」的援助，高達在身陷意識依然清晰、體內卻飽受疼痛、體力顯著喪失而且步行困難的情況下，自己吞下了致死藥物。身旁守護著的夫人、友人以及護理師對他說：「Bon voyage.」（一路順風），而他回應：「謝謝大家讓我實現了如此的人生終點」就斷氣了。就是這兩則故事——這兩個人結束生命的方式與坂本這一天的行動重疊在一起。

7

坂本於三月二十八日清晨四時三十二分嚥下最後一口氣，結束七十一年的生涯。據聞家族的其中一個人說：「不過，他活過的生命是常人的三倍呢。」經他這麼一說，家族的其他人也覺得或許的確如此。坂本活著的時間雖然僅僅七十一年，但以他的生命過得如此充實，要說他不是享壽七十一歲而是兩百一十歲，應該也不奇怪……。

話說回來，七十一年，說短也不算長。但是，這七十一年的時間並非只有一條線而已。它是化為好幾條線的時間，是以好幾條時間線同時奔走的七十一年。

最後來寫寫我自己的想法。

坂本龍一，是沒有語言的事物、無法擁有語言的事物的語言；是沒有聲音的事物、發不出聲音的事物的聲音；是不成音樂的事物的音樂。而且，是個會側耳傾聽不言之物，使言之而有物的人；是個會將自由的靈感帶給不知自由的事物、使之活得自由的人。而且，那樣的自由，想必使他成為了音樂家。為什麼呢？因為音樂使人自由——[2]。

那樣的坂本已經不存在了。

既然如此，就讓我們成為「坂本龍一」吧。

坂本龍一的心中住著巴哈、德布西、塔可夫斯基、武滿徹、貝托魯奇、德勒茲、高達，更住著遠古時代靜靜凝視清晨日出的原始人，那無法將心思化為語言、還不成人類的人類靈魂；同樣的，我們的心中也一定住著某個時間、某個空間下的「坂本龍一」。倘若如此，我們就有能力（以我們自己的方式）成為心中的「坂本龍一」——。這麼一來，「坂本龍一」就能繼續再活二百一十年吧。

（二〇二三年五月十五日）

---

2 「沒有聲音」在此原文注音「音（おと）を上げない」，如果是另一個發音「音（ね）を上げない」的話，則另有「不屈不撓」、「不怕挫折」的意思；「不言之物」原文為「モノいわぬモノ」，「物言わぬ」又有「沉默不語」之意；「使言之而有物」原文：「モノをいわせる」，「物を言わせる」又有讓事物發揮作用、發揮威力之意。

葬禮曲目（Funeral Playlist）

1. Alva Noto〈Haliod Xerrox Copy 3（Paris）〉
2. Georges Delerue〈Thème de Camille〉
3. Ennio Morricone〈Romanzo〉
4. Gabriel Fauré〈La Chanson d'Ève, Op. 95: No. 10, Ô mort, poussière d'étoiles〉（歌唱：Sarah Connolly、演奏：Malcolm Martineau）
5. Erik Satie〈Gymnopédie No. 1（Orch. Debussy）〉（指揮：Sir Neville Marriner、演奏：Academy of St. Martin in the Fields／聖馬丁室內樂團）
6. Erik Satie〈Le Fils des Étoiles: Prélude du premier acte〉（演奏：Alexei Lubimov）
7. Erik Satie〈Élégie〉（歌唱：Eva Lind、演奏：Jean Lemaire）
8. Claude Debussy〈Préludes/Book 1, L. 117: VI. Des pas sur la neige〉（演奏：Arturo Benedetti Michelangeli）
9. Claude Debussy〈Images-Book 2, L. 111: II. Et la lune descend sur le temple qui fut〉（演奏：Arturo Benedetti Michelangeli）
10. Claude Debussy〈Le Roi Lear, L. 107: II. Le sommeil de Lear〉（演奏：Alain Planès）
11. Claude Debussy〈String Quartet in G Minor, Op. 10, L. 85: III. Andantino, doucement expressif〉（演奏：Budapest String Quartet／布達佩斯弦樂四重奏）
12. Claude Debussy〈Nocturnes, L. 91: No. 1, Nuages〉（指揮：Leonard Bernstein、演奏：New York Philharmonic／紐約愛樂）
13. Claude Debussy〈La Mer, L. 109: II. Jeux de vagues〉（指揮：Pierre Boulez、演奏：Cleveland Orchestra／克里夫蘭管弦樂團）
14. Domenico Scarlatti〈Sonata in B Minor, K.87〉（演奏：Vladimir Horowitz）
15. J. S. Bach〈Matthäus-Passion, BWV 244, Pt. 2: No. 63, Choral. "O Haupt voll Blut und Wunden"〉（指揮：Wilhelm Furtwängler、歌唱：Wiener Singakademie／維也納歌唱學院合唱團、演奏：Wiener Philharmoniker／維也納愛樂管弦樂團）

16. George Frideric Handel〈Suite in D Minor, HWV 437: III. Saraband〉（指揮：Karol Teutsch、演奏：Orchestre Leopoldinum-Wroclaw／樂斯拉夫李奧波第那室內管弦樂團）
17. Lys Gauty〈A Paris dans Chaque Faubourg〉
18. Nino Rota〈La Strada〉
19. Nino Rota〈La Plage〉
20. Maurice Ravel〈Menuet sur le Nom d'Haydn, M. 58〉（演奏：Vlado Perlemuter）
21. Maurice Ravel〈Sonatine, M. 40: II. Mouvement de menuet〉（演奏：Anne Queffélec）
22. Bill Evans Trio〈Time Remembered - Live〉
23. 武滿徹〈地平線的多利亞〉（地平線のドーリア）（指揮：小澤征爾、演奏：Toronto Symphony Orchestra／多倫多交響樂團）
24. J. S. Bach〈Das alte Jahr vergangen ist, BWV 614〉（指揮：Zoltán Kocsis、演奏：György Kurtág、Márta Kurtág、Hungarian National Philharmonic Orchestra／匈牙利國家愛樂管弦樂團）
25. J. S. Bach〈Chorale Prelude BWV 639, "Ich ruf zu dir, Herr"〉（演奏：Tatiana Nikolayeva）
26. J. S. Bach〈Musical Offering, BWV 1079-Ed. Marriner: Canones diversi: Canon 5 a 2（per Tonos）〉（指揮：Sir Neville Marriner、演奏：Iona Brown、Stephen Shingles、Denis Vigay、Academy of St. Martin in the Fields／聖馬丁室內樂團）
27. J. S. Bach〈Sinfonia No. 9 in F Minor, BWV 795〉（演奏：Glenn Gould）
28. J. S. Bach〈The Art of the Fugue, BWV 1080: Contrapunctus XIV（Fuga a 3 soggetti）〉（演奏：Glenn Gould）
29. J. S. Bach〈Die Kunst der Fuge, BWV 1080: I. Contrapunctus 1〉（演奏：Sit Fast）
30. J. S. Bach〈Die Kunst der Fuge, BWV 1080: XI. Fuga a 3 sogetti〉（演奏：Sit Fast）
31. Nino Rota〈Mongibello〉
32. David Sylvian〈Orpheus〉
33. Laurel Halo〈Breath〉

（以上曲目皆於葬禮上播放）

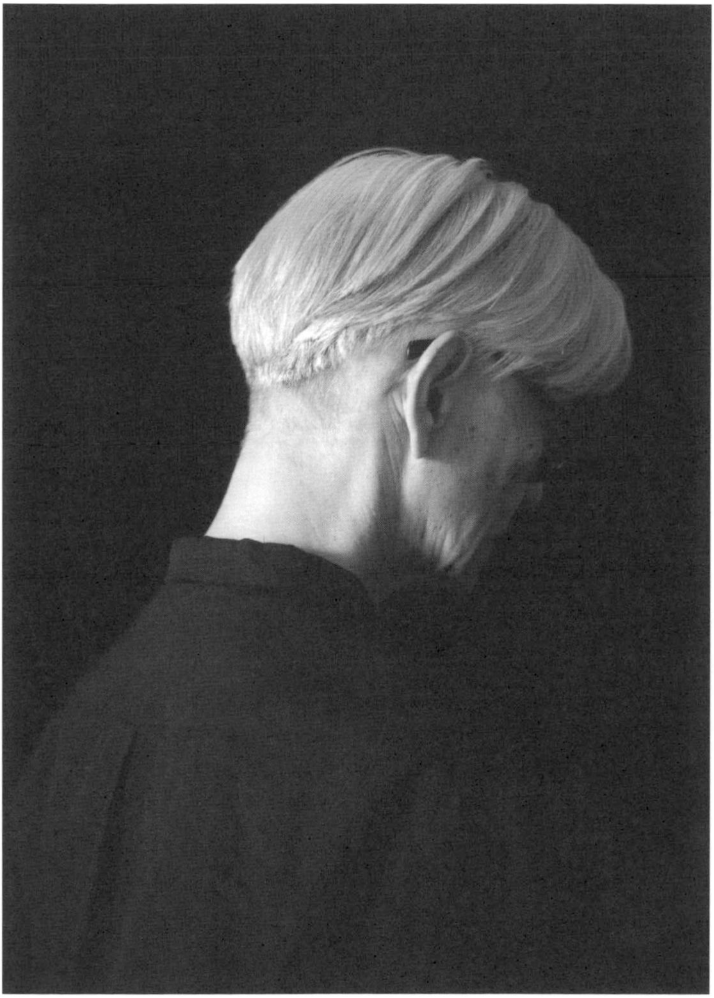

年表

二〇〇九年

二月，出版回顧五十七歲以前活動的自傳《音樂使人自由》。三月，發行睽違前作《CHASM》五年的原創專輯《out of noise》，於日本國內舉行鋼琴獨奏巡演「Ryuichi Sakamoto Playing the Piano 2009」。七月，法國政府授予藝術及文學勳章軍官勳位。九月，擔任配樂、由詩琳・娜夏特（Shirin Neshat）執導的電影《沒有男人，女人更美》（*Women Without Men*）於威尼斯國際影展上映。十月起展開歐洲巡演。十二月，發行《GLENN GOULD: The Art of J.S.Bach　坂本龍一 SELECTIONS》。

二〇一〇年

一月，母親坂本敬子逝世。三月，文化廳授予藝術選獎・文部科學大臣獎（大眾藝能部門）。四月起《schola　坂本龍一　音樂學校》第一季於ＮＨＫ教育台開始播出，持續製播到二〇一四年的第四季。世界初演〈為箏與交響樂團寫的協奏曲〉。五月，出版與中澤新一合著的《繩文聖地巡禮》。七月，與淺田彰、渡邊守章、高谷史郎共同製作的《Mallarmé Project—for a virtual theater in the 21st century》於京都藝術劇場春秋座上演。十月至十一月於北美舉行「Ryuichi Sakamoto: Playing the Piano North America Tour 2010」巡演。十一月，與大貫妙子合作的專輯《UTAU》發行。十一月至十二月舉行「A Project of Taeko Onuki & Ryuichi Sakamoto UTAU Tour 2010」巡演。十二月，出版與高谷史郎合著的《LIFE-TEXT》。

二〇一一年

一月，於韓國首爾舉辦「Ryuichi Sakamoto | Playing the Piano in Seoul / Korea 2011」。三月十一日，錄製《一命》電影配樂時，發生東日本大地震。四月，成立支援受災地的專案計畫「LIFE311」，之後也設立了支援受災地的參加型專案計畫「kizunaworld.org」、支援樂器相關重建的「孩童音樂重建基金」。五月至六月，與卡斯頓・尼古拉（Alva Noto）於歐洲舉行「Alva Noto+Ryuichi Sakamoto "S" Tour 2011」、發售合作專輯《Summvs》。六月，於洛杉磯及舊金山舉辦「Yellow Magic Orchestra Live」，ＹＭＯ睽違三十一年於北美演出。八月，以坂本龍一＋編纂團隊的名義出版《現在我們想讀的書——三一一後的日本》，發行Fennesz + Sakamoto《Flumina》。十月，於英國牛津大學舉辦「'The Second Movement' in Oxford: A Message for World Peace」以鋼琴伴奏配合吉永小百合朗讀核彈詩。十月至十一月，舉行「Ryuichi Sakamoto Trio Tour 2011 in Europe」。十二月，於銀座的山葉演奏廳舉辦「Playing the Piano 2011～為孩童音樂重建基金舉辦～」。

二〇一二年

一月十七日，迎接還曆（六十歲）。七月，於代代木公園的「向核電道別十萬人集會」活動發表演說。於幕張展覽館舉辦「NO NUKES 2012」，電力站樂團與ＹＭＯ同台。以坂本龍一＋編纂團隊的名義出版《NO NUKES 2012我們的未來指南》。發行Willits + Sakamoto《Ancient Future》。九月至十月，於歐洲舉行「Alva Noto+Ryuichi Sakamoto "S" Tour 2012」。十月起，於東京都現代美術館舉辦的企畫展「藝術與音樂——找尋新的共感」發表與小野誠彥、高谷史郎合作的《silence spins》以及與高谷史郎合作的《collapsed》。發行以三重奏形式重新翻奏自己作品的《THREE》。十一月，榮獲亞太電影大獎國際電影製片人協會獎。出版與竹村真一合著的《聆聽地球　關於三一一後的對話》。十二月，舉行「Ryuichi Sakamoto Trio Tour 2012 Japan & Korea」，於受災地岩手縣陸前高田市也舉行了三重奏的音樂會。

二〇一三年

一月，NHK大河劇《八重之櫻》開始播映，擔任主題曲譜寫。二月，首次造訪冰島，加州大學柏克萊分校頒發「柏克萊日本獎」。三月，於UAE的沙迦雙年展展出裝置藝術。五月，舉行「Playing the Orchestra 2013」。七月，發行Ryuichi Sakamoto + Taylor Deupree《Disappearance》。擔任山口媒體藝術中心（YCAM）十週年慶祝活動的藝術總監。發表與YCAM InterLab合作、將樹木發出的微弱生物電流轉換為聲音的裝置《Forest Symphony》，以及與高谷史郎合作、以媒體科技萃取出水所展現的多種樣態的聲音裝置《water state 1》。八月底，受威尼斯國際影展評審團主席柏納多・貝托魯奇邀請擔任主競賽項目評審。十月，參加「Lucerne Festival ARK NOVA松島2013」音樂活動。於YCAM發表與野村萬齋、高谷史郎合作的能樂演出《LIFE-WELL》。

二〇一四年

一月，與鈴木邦男合著的《愛國者的憂鬱》出版。四月，舉行「Playing the Orchestra 2014」，不同於前一年，以「演奏兼指揮」形式、邊彈鋼琴邊指揮演出。六月，喉嚨感到異狀，接受專科醫生診斷，確診口咽癌。七月起舉行、擔任客座總監的「札幌國際藝術節2014」，也因為要專心治療而留在紐約，不克出席開幕典禮。自一九九〇年移居紐約後，首次一整年都待在當地。於此藝術節發表與真鍋大度合作、將人類無法感知的電磁波化為可視聽感知的裝置《sensing streams－invisible, inaudible》。

二〇一五年

二月，為療養暫住在夏威夷。四月，與前往紐約的大友良英合演，以此為開端，逐步重新開始工作。八月，參與於國會前展開、抗議安全保障關聯法案的大規模抗爭活動。同時進行山田洋次執導的《我的長崎母親》、阿利安卓・崗札雷・伊納利圖執導的《神鬼獵人》電影配樂製作，兩部作品都於十二月底公映。受母校東京藝術大學之邀擔任客座教授，舉辦第一次也是最後一次的講課。

二〇一六年

三月，擔任其代表兼音樂總監的東北青年管弦樂團舉辦第一次演奏會。此樂團組成成員從小學生到大學生都是來自東日本大地震受災的東北全區。春季開始製作新的專輯。四月，舉辦主持的音樂廠牌commmons設立十週年紀念活動「健康音樂」。於KYOTOGRAPHIE京都國際攝影節二〇一六發表了受主辦單位委託、與高谷史郎和克希斯蒂恩翁・莎荷戴（Christian Sardet）合作的裝置展《PLANKTON－漂流的生命起源》。九月，將菲利浦・強森設計的「玻璃屋」本身當作樂器，與Alva Noto於同場地進行即興演出。擔任配樂、李相日執導的電影《怒》公映。十二月，於大阪與吉永小百合舉辦慈善音樂會「為了和平～詩與音樂與花～」。獲頒萬寶龍文化藝術贊助大獎。

二〇一七年

三月，發行專輯《async》，四月起於和多利當代美術館舉辦「坂本龍一—設置音樂展」。於紐約公園大道軍械庫舉辦「PERFORMANCE IN NEW YORK: async」。九月，由史蒂芬・野村・席博執導、坂本本人作為拍攝對象的紀錄片《坂本龍一：終章》於威尼斯影展首映，親自出席。於挪威奧斯陸舉辦與中谷二美子、田中泯、高谷史郎合作的演出《a・form》。十二月起於ICC舉辦「坂本龍一 with高谷史郎｜設置音樂2 IS YOUR TIME」。

於草月會館舉辦顧爾德八十五週年冥誕暨加拿大建國一百五十週年紀念特別活動「Glenn Gould Gathering」，擔任活動統籌。

二〇一八年

二月，擔任柏林影展競賽部門的評審。三月，於法國龐畢度中心梅斯市分館舉辦與高谷史郎合作的演出《dis・play》。開始於《婦人畫報》連載「坂本圖書」，連載直至二〇二二年二月號為止。四月，擔任ＮＨＫ節目《FAMILY HISTORY》來賓的集數播出。五月，於韓國首爾「piknic」舉辦開幕展覽「Ryuichi Sakamoto Exhibition: LIFE, LIFE」。六月，擔任配樂的電影《南漢山城》於日本公映。開始與Alva Noto的合作演出「ＴＷＯ」。十月，動畫《我的朋友霸王龍》於釜山國際電影節舉行世界首映。

二〇一九年

二月，為李禹煥於法國龐畢度中心梅斯市分館的個展「Inhibiting time」製作展場音樂。五月，於新加坡國際藝術節演出與高谷史郎合作的《Fragments》。六月，負責配樂的Netflix戲劇《黑鏡》（*Black Mirror*）第五季第二集《碎片》（Smithereens）上線播映。負責主題曲譜寫、由半野喜弘執導的電影《亡命之途》於台灣公映。七月，擔任配樂、由蔡明亮執導的電影《你的臉》於台北電影節獲得最佳配樂獎。十一月，擔任配樂、由艾莉絲・溫諾克爾（Alice Winocour）執導的電影《星星知我心》於法國公映。十二月，於「山下洋輔三重奏成團五十週年紀念音樂會爆裂半世紀！」擔任來賓。

二〇二〇年

一月，舉辦吉永小百合・坂本龍一慈善音樂會in沖繩「為了和平～海與詩與音樂～」。為名田高梧導演的電影《人造眷戀》譜寫原創主題曲。二月，遭逢新型冠狀病毒疫情，參與北京當代藝術中心策劃的線上音樂會「Sonic Cure」（良樂）演出。擔任盧卡．格達戈尼諾執導短片《踉蹌的女孩》（The Staggering Girl）的配樂。四月，「Ryuichi Sakamoto: PTP04022020 with Hidejiro Honjoh」免費線上直播。五月，開始「incomplete」合作計畫。六月，確診直腸癌。十二月，發現癌細胞轉移到肝臟。被宣告「只剩半年壽命」後，隨即舉行「Ryuichi Sakamoto: Playing the Piano 12122020」，緊接著進行MR（混合實境）計畫的拍攝。

二〇二一年

一月，接受長達二十小時的外科手術。三月，將自己上色設計的陶器破壞，製作成作品「陶片的現成物」，提供作為藝術盒《2020S》的內容。使用打破陶器的聲音製作的樂曲也收錄其中。大規模展覽「坂本龍一：觀音聽時｜Ryuichi Sakamoto: seeing sound, hearing time」於中國北京的「M WOODS」美術館開展。六月，與高谷史郎合作的劇場作品《TIME》於「荷蘭藝術節」世界首演。八月，負責配樂、由斐迪南多．西托．費羅瑪利諾執導的電影《厄運假期》於Netflix上線播映。九月，負責配樂、由安德魯．列維塔斯（Andrew Levitas）執導的電影《惡水真相》於日本公映。十二月，發表NFT計畫，將〈戰場上的聖誕節〉鋼琴曲右手彈奏的五百九十五個旋律音一個一個分解，以數位藝術的形式傳送。

二〇二二年

一月十七日，迎接古希（七十歲）。三月，為東北青年管弦樂團全新譜寫的樂曲〈現在時間傾斜〉於定期演奏會首演。四月，受到俄軍進攻烏克蘭所激發，提供樂曲〈Piece for Illia〉給住在基輔的小提琴家伊利亞．邦達連科。同時，義賣發行了蘊含非戰意念的鋼琴曲〈Zero Landmine 2022〉，其原曲為二〇〇一年為訴求世界零地雷而組成的音樂集團N.M.L的樂曲。以Dump Type成員身分深度參與威尼斯雙年展日本館及慕尼黑藝術之家的展覽。七月，許鞍華導演作品《第一爐香》獲得香港電影金像獎最佳原創電影音樂。九月，與BTS成員SUGA會面，隨後為他的個人樂曲〈Snooze〉彈奏鋼琴。以八天的時間錄製〈Ryuichi Sakamoto: Playing the Piano 2022〉，於年末線上播映。親臨〈Sonate pour Violon et Piano〉與〈Quatuor à Cordes〉的錄音現場。十月，負責配樂的Netflix動畫《exception》上線播映。

二〇二三年

一月，發行最後的原創專輯《12》。三月，橫跨二十年的J-WAVE廣播節目「RADIO SAKAMOTO」由大貫妙子代班主持了最終回。去信東京都知事小池百合子，要求重新審視明治神宮外苑再開發計畫。三月二十八日，逝世，享壽七十一歲。四月，擔任音響監修、館內音樂製作的電影院「109 CINEMAS PREMIUM新宿」開幕。五月，伊納利圖導演選曲的選輯《TRAVESIA》發行。六月，提供音樂、由是枝裕和執導的電影《怪物》上映。於紐約與曼徹斯特上演MR作品《KAGAMI》。口述回顧直到最晚年活動的本書《我還能再看到幾次滿月？》出版。七月，最大規模的展覽「Ryuichi Sakamoto: SOUND AND TIME」於中國成都的「M WOODS」開幕。九月，蒐集生前愛讀書籍的空間「坂本圖書」於東京都內開張。

（省略敬稱）

BOKU WA ATO NANKAI, MANGETSU WO MIRUDAROU
by SAKAMOTO Ryuichi
Copyright © KAB America Inc. / Kab Inc. 2023
All rights reserved.
Original Japanese edition published in 2023 by SHINCHOSHA Publishing Co., Ltd.
Traditional Chinese translation rights arranged with SHINCHOSHA Publishing Co., Ltd. through AMANN CO., LTD.
Traditional Chinese translation copyrights © 2023 by Rye Field Publications, a division of Cité Publishing Ltd.

日文採訪主筆：鈴木正文
日文編輯協力：空里香（KAB America Inc. / Kab Inc.）、湯田麻衣（Kab Inc.）、伊藤總研
照片版權：
封面、內文頁7、167、223、279：Neo Sora
內文頁7、167、223、279、44、116、197除外：KAB America Inc. / kab Inc.

國家圖書館出版品預行編目（CIP）資料

我還能再看到幾次滿月？／坂本龍一著；謝仲庭、謝仲其譯. -- 初版. -- 臺北市：麥田出版，城邦文化事業股份有限公司出版：英屬蓋曼群島商家庭傳媒股份有限公司城邦分公司發行, 2023.06
面； 公分
譯自：ぼくはあと何回、満月を見るだろう
ISBN 978-626-310-474-7（平裝）

861.67 112007547

我還能再看到幾次滿月？
ぼくはあと何回、満月を見るだろう

作　　者／坂本龍一
譯　　者／謝仲庭、謝仲其
主　　編／林怡君

國際版權／吳玲緯
行　　銷／闕志勳　吳宇軒　余一霞
業　　務／李再星　陳美燕　李振東
總 編 輯／劉麗真
事業部總經理／謝至平
發 行 人／何飛鵬
出　　版／麥田出版
115台北市南港區昆陽街16號4樓
電話：(886)2-2500-0888　傳真：(886)2-2500-1951
發　　行／英屬蓋曼群島商家庭傳媒股份有限公司城邦分公司
115台北市南港區昆陽街16號8樓
客服服務專線：(886) 2-2500-7718、2500-7719
24小時傳真服務：(886) 2-2500-1990、2500-1991
服務時間：週一至週五09:30-12:00・13:30-17:00
郵撥帳號：19863813　戶名：書虫股份有限公司
讀者服務信箱E-mail：service@readingclub.com.tw
城邦網址／http://www.cite.com.tw
香港發行所／城邦（香港）出版集團有限公司
香港九龍土瓜灣土瓜灣道86號順聯工業大廈6樓A室
電話：(852)2508-6231　傳真：(852)2578-9337
馬新發行所／城邦（馬新）出版集團 Cite (M) Sdn Bhd
41, Jalan Radin Anum, Bandar Baru Sri Petaling, 57000 Kuala Lumpur, Malaysia.
Tel: (603)90563833　Fax: (603)90576622　Email: services@cite.my

封面設計／倪旻鋒
印　　刷／前進彩藝有限公司

■2023年6月　初版一刷
2024年6月　初版八刷

定價：450元
ISBN 978-626-310-474-7
著作權所有・翻印必究（Printed in Taiwan.）
本書如有缺頁、破損、裝訂錯誤，請寄回更換。

城邦讀書花園
www.cite.com.tw
書店網址：www.cite.com.tw

※註釋為繁體中文版編輯部及譯者補充。